旺宅閒妻 3

風文創 578

落日圓 著

目錄

第二十二章

第二日，葉如濛起得有些晚，聽香北說清早宋懷遠便來了，在外院的前廳裡等了許久，這才剛走。她一聽，心中不免生起幾分落寞，更多的卻是愧疚。

寶兒和顏夫人也來了，在內院的前廳裡和她娘話家常，兩人也等了她一個早上，葉如濛還未到前廳，便聽見裡面傳來了低低的歡聲笑語。

在門口一望，見孫氏坐在上座，頭梳雙刀髻，身穿一件紫色的垂胡袖曲裾，雍容大方，說話間神采飛揚，她下座的寶兒梳著乖巧的雙丫髻，上身穿淺綠色的圓領對襟蜀錦襖子，下搭綠地團花繡的百褶裙，如今端坐在圈椅上，遙遙一見，倒有幾分大家閨秀之態。

葉如濛一到，她們都望了過來，葉如濛因為臉上的傷，有些羞於見人，略嫌扭捏地對顏夫人笑了笑。寶兒一見到她，面上立即笑靨如花，起身朝她小跑過來，腳上一雙變體寶相瑞花紋錦履在裙襬處若隱若現。

葉如濛正欲向孫氏行禮，寶兒已經過來拉起她的手，孫氏見女兒開心，自然也是笑容滿面，對她親切道：「濛濛不必多禮。」她聽林氏喚濛濛喚多了，再加上自己有心親近，便自然而然改口。

寶兒看著葉如濛臉上的傷，忍不住一臉心疼。「濛姊姊，妳的臉怎麼傷成這樣，妳還疼嗎？」她手忍不住抬起來，想碰她一下，卻又不敢碰。

「現在不怎麼疼了。」葉如濛笑咪咪的，後退一步打量她。「寶兒今天真漂亮。」

寶兒一聽，有些不好意思，摸了摸頭上的碧玉珠釵。「這是我娘早上給我梳的頭。」

葉如濛聽寶兒這麼一說，有些歡喜問道：「妳回府住了？」

寶兒嘟了嘟嘴，搖了搖頭。

葉如濛下意識地看向她身後的孫氏，孫氏微垂眼眸，神色有些失落。葉如濛住了口，目光落在寶兒耳上一對碧光瑩瑩的綠寶石珍珠耳墜，忙轉移話題。「咦？妳穿耳洞了？」她記得以前寶兒是沒有耳洞的。

「沒有。」寶兒摸了摸耳朵。「這個耳墜是夾上去的，我娘說重陽節再穿呢！」大元朝的姑娘一般都是重陽或清明天氣陰涼的時候才穿耳洞，穿了耳朵不易發炎。

「那快了，還有十來日。」葉如濛拉著她走上前去，笑盈盈地對孫氏福了福身。

孫氏起身親自將她扶起，又捧起葉如濛的臉仔細看了看，憐愛道：「可憐的孩子，天仙似的臉傷成這樣，我那裡有些續玉膏，晚點讓人給妳送過來，好快些恢復。」

葉如濛有些難為情地捧住臉。「謝謝顏夫人，不用了，我今日起身一看，已經消腫許多，過兩日就會好了。」

「是啊！」林氏也道：「您每次過來都帶這麼多東西，實在是太破費了。」

「這有什麼。」孫氏感慨道：「我看見濛濛就喜歡，若不是小五喜歡濛濛，我一定收濛濛做我乾女兒。」

孫氏這麼一提，倒讓葉如濛紅了臉，她都快忘了，顏小五也來向她提過親。

孫氏笑道：「不過婚姻大事，除了父母之命、媒妁之言，最重要的是兩情相悅，門當戶對倒是其次。」她輕輕拍了拍葉如濛的手。「宋家公子文采超然，我們家小五才學雖然比不上他，但他秉性純良，容貌和武功都不比那宋公子差，我這個做娘的還沒見他對哪個女孩子上過心，只獨妳一個。」

葉如濛給她說得頭都快低到地上了，寶兒有些撒嬌地喚了孫氏一聲。「娘！」

孫氏掩嘴笑。「濛濛真可以考慮一下。」她說著神色又凝重起來。「不過，容王爺也上府來提親，倒真讓我吃了一驚。」

聽孫氏提起容王爺，葉如濛母女倆都抿了抿唇。

孫氏嘆道：「其實那孩子，原本也是性子良善，可惜……他母親去世後，他父親變得鬱鬱寡歡，後來還……」孫氏說到這兒，忽然頓住了。「其實這些話不該說與妳們聽，他也是個可憐的孩子，是年幼時受了他父親的影響，性子才變得陰鬱沈著起來，我是真沒想到他會喜歡上濛濛。」

林氏輕輕嘆了口氣。

孫氏摸了摸葉如濛的頭。「濛濛，如果妳喜歡他，一定要好好待他。」

葉如濛一聽，登時瞪大了眼睛。

孫氏感慨道：「俗話說三歲看老，那孩子從小就固執得很，他喜歡起一位姑娘來，必然是比我家小五還專情。」她說著又話音一轉，頗無奈道：「不過聽妳娘說，妳不喜歡他。妳放心，他雖然冷情，但不是不講理的人，若有什麼為難的儘管來找我，我的話他多少還會聽一些的。」

葉如濛抿唇，低頭輕聲道：「謝謝顏夫人。」

「叫什麼顏夫人呢！」孫氏笑道：「妳喚我一聲伯母就好，寶兒還喚妳娘一聲嬸嬸呢！將來妳弟弟出生了，我還要收他做乾兒子，好親上加親！」

葉如濛聞言笑道：「還沒出生呢，都不知道是男孩還是女孩。」

「妳看妳娘肚子大成這樣，才剛滿四個月呢，就和人家五、六個月的有得比了，我見葉國公夫人的肚子，可比妳娘小了一、兩圈還不止呢！」

「那就承您貴言，希望娘親可以給我生個小弟弟。」葉如濛笑道。

幾人又圍在一起話了些家常，林氏和孫氏兩個婦人多得是話聊，寶兒和葉如濛兩個小姑娘倒有些坐不住了，沒一會兒，兩人就找了個藉口離開，來到外面的院子。

兩人在小園子裡，背靠假山，對著小池塘說起悄悄話來。

與此同時，葉國公府。

今日的國公府一片死寂，下人們說話都輕聲細語的，若沒必要，誰也不敢多加走動。

葉長澤和柳若是兩人都在葉如瑤的院子裡，葉如瑤坐在她的紫檀木象牙床上，哭得梨花帶雨，左手拿帕子抹著眼淚，脫臼的右手包紮著吊掛在胸前。

柳若是眼睛也哭得紅通通的，看著葉長澤。「國公爺，真的沒辦法嗎？瑤瑤都傷成這樣了，怎麼能送去那等地方！」

靜華庵遠在城郊之外，光是過去都得花一日車程，而且還是在寒山之上，到了冬日寒風瑟瑟，女兒自小嬌生慣養，一到秋冬整屋都得燒地龍暖著，去到那種地方哪裡受得了。

「爹！」葉如瑤抽泣不止。「瑤瑤不要去尼姑庵，您找人替我去呀，我偷偷留在京城裡就好，我保證不亂跑。」

葉長澤如今對這個女兒是又愛又恨，因為她，自己的仕途也受到影響，可是他就這麼一個嫡女，自小就捧在手心裡，便是發生了這樣的事也捨不得罵一句，只能氣道：「妳祖母都指派施嬤嬤跟妳去了，施嬤嬤軟硬不吃，爹哪還有辦法！」

施嬤嬤是他母親的陪嫁丫鬟，終生未嫁，一直伺候在母親身邊，便連他也要敬重她三分。

葉長澤無奈，嘆了口氣。「靜華庵那邊我已經派人去打點了，妳只管在那裡快些抄好經書，爹會尋個適當的機會，讓妳早一些回來的。」

葉如瑤一聽，哭得更厲害了。「祖母好狠的心！竟然要我與那班姑子們同吃同住，還和她們吃齋唸佛！我不如絞了頭髮也去當姑子算了！」娘親說盡了好話，祖母才同意讓她帶上一個丫鬟，可是她平日光是自己院子裡的丫鬟、婆子就有二、三十個，如今只帶一個吉祥去那苦寒之地，吉祥哪裡伺候得過來，她越想越氣。「廚子不讓帶！丫鬟、嬤嬤也不讓帶！她把我當孫女了嗎？只把那葉如濛當親生的孫女了！那葉如濛是嫡長女，我就不是！」

「說什麼胡話！」柳若是斥道：「妳爹都幫妳安排好了，到那邊自然會有姑子伺候妳，用的、穿的咱們都自己帶過去，還有吃的，也會想辦法偷偷帶給妳，妳小心些，千萬別被施嬤嬤發現了。」

「我討厭施嬤嬤！」葉如瑤抹了把眼淚。「她跟著去，不去服侍我，反倒還要看守起我來！」

「瑤瑤。」葉長澤正色警告道：「妳切記，到了那邊要聽話，千萬別頂撞施嬤嬤。」施嬤嬤性子耿直，向來都是一碗水端平，她到了那邊每隔一旬就要傳信回來，和母親稟報瑤瑤的情況，有任何動靜都瞞不了她。葉長澤耐著性子哄道：「妳若是表現得好，爹還可以在祖母面前幫勸幾句，讓妳早些歸來。」

葉如瑤霍地從床上站起來，氣憤道：「我堂堂國公府嫡女，還要聽一個老婆子的話？還要去哄她開心？這過得都是什麼日子，比姑子還不如呢！」

「瑤瑤！」柳若是怒喝她一聲，火氣一上來，忍不住甩了她一個耳光。

葉如瑤被她打得一愣，捧著臉呆呆地看著她，好一會兒才放聲大哭起來。

「妳這是做什麼！」葉長澤瞪了柳若是一眼，忙上前去哄女兒。

葉如瑤趴在爹爹胸前，哭得都快斷腸。「爹！娘有了弟弟、妹妹就不要瑤瑤了，你們不如就當沒我這個女兒，反正你們也要再生弟弟、妹妹，生個弟弟比我強，生個妹妹大家都寵著、愛著，我就一輩子待在尼姑庵裡好了，你們一定會忘了我，根本不會去接我回來！」

「妳這是說什麼胡話！」葉長澤忙柔聲安慰。「妳是爹的心肝寶貝女兒，爹疼妳還來不及……」

「老爺、夫人！」門外突然響起如意的聲音。

葉長澤皺眉，不滿地看過去，竟見門外站著一臉嚴肅的施嬤嬤，也不知站多久了。他一怔，想來剛剛如意稟報過了，他們卻沒有聽見，也不知剛剛瑤瑤的話有沒有讓施嬤嬤聽了去。

葉長澤忙起身。「施嬤嬤，請隨我來一下。」葉長澤二話不說，就將她請了出去，生怕女兒一氣之下又當著她的面說出什麼不得當的話來。

柳若是被女兒氣得全身發抖，待扶著肚子喘定氣後，怒斥道：「妳真是要把我給氣死！這麼多年，真是白疼妳了，妳是娘身上的一塊肉，娘不心疼妳還有誰心疼妳？可是……妳怎麼就這般死心眼呢！那葉如濛哪裡比妳好？她樣樣不如妳，妳偏生要去和她比，還要作踐自己去對她出手，妳二姨母和三姨母都把妳當親生女兒般疼著，妳看看妳，如今害她們成什麼樣了！」

柳若是恨鐵不成鋼，葉如瑤的二姨母柳淑妃沒有生育，一直寵愛著葉如瑤，這回因為葉如瑤之事，還被皇后冷言訓了幾句。葉如瑤的三姨母是逍遙侯的正妻，性子活潑，愛周旋在京城的貴婦圈裡，生有一子，沒有女兒，因此也是極疼葉如瑤的，但因為葉如瑤這事，她已幾日不敢出門了。

「偏妳還自作聰明在眾目睽睽之下演了那麼一齣，妳若不被人拆穿還好，如今被人拆穿了，人人都說妳城府深重、蛇蠍心腸。容王爺是什麼樣的人？妳敢在他眼皮子底下動他的人，以為逃得過他的眼睛？這麼多年來，娘看在眼裡，一直都不忍心打擊妳，他雖疼妳，可是妳看看他看妳的眼神，哪裡有一丁點的愛慕了？這麼些年，他不過是因為當年之事才……」

「娘！」葉如瑤忽然臉色慘白。「融哥哥他……他不會發現當年那件事的真相了吧？不然……他為什麼會突然向葉如濛提親？」

柳若是一頓，搖了搖頭。「不會的，若容王爺真知道了，只怕就不只是如此了，妳可還記得他那天說的話？」

葉如瑤哽咽，難過地吸了吸鼻子，她當然記得了，他說——看在當年妳救本王一命的分上，此事本王不追究，但今後，本王與妳再無瓜葛。

「所以說，融哥哥應該還是不知道的……」葉如瑤迫切地看著娘親。

柳若是有些遲疑地點了點頭。「當然不知道，若是知道了，只怕我們國公府上下都得遭殃。」

葉如瑤嚥了嚥口水，頓時一陣後怕。

「妳記住。」柳若是抓著她未受傷的那隻胳膊，壓低聲音道：「男人寵妳時，妳要天上的月亮他都摘給妳，他不寵妳的時候，妳在他面前便什麼都不是，容王爺性子決絕，以後妳在他面前最好安安分分的，免得給我們招來禍端。」

葉如瑤看著她，邊哭邊頂嘴道：「這要怨誰？當年融哥哥找來，蓉蓉就說了是葉如濛救的，還不是你們非要我替代她不可，我恨死葉如濛了！」這個葉如濛，明明是妹妹，可為什麼樣樣都要和她搶？嫡長女的身分、融哥哥的救命恩人，她通通都要搶！她必須死！葉如濛必須死！

柳若是閉目，當年不過一念之差，可是若能重來，她還是會做出這個選擇，絕不後悔。當年世子拿出來的那件斗篷，本來就是她女兒的，瑤瑤自小聰明伶俐，哪像大嫂的女兒，從小就迷迷糊糊的，那日在雪地裡還能將容世子錯認成小姑娘，再加上被找回去後一直高燒不退，她才會起這個心思。當容王府的人尋來時，鬼迷心竅地將自己的女兒推了出去，結果換來的可是整整八年的榮華富貴呢！若不是有容王爺的照應，她和夫君哪裡能過得像現在這般如意？就算以後沒了容王爺這座靠山，也足夠了，他們不虧！

柳若是盯著女兒看，盯得葉如瑤心中發寒止住哭泣，這才沈聲開口道：「出了這樣的事，妳就得長個教訓，在這兒哭哭啼啼是沒有用，解決不了問題。」她警告道：「如果妳還想回來，在靜華庵裡就給我好好表現，妳越鬧，情況只會越壞，妳乖了，才有提前回來的機會。」柳若是捧起女兒絕美的臉，忽生感慨，她這些年來真的將自己的女兒保護得太好了，什麼都幫她打點好，才養成她這般橫衝直撞的性子。

柳若是在裡面待了好一會兒，才從內室出來，已經收拾好包袱的吉祥看見她，連忙福身。這次姑娘去靜華庵只能帶一個丫鬟，沒想到如意竟是塞翁失馬，因為身上傷未好，不用跟去，卻慘了她，她身為大丫鬟，也是十指不曾沾過陽春水的，又如何能去那苦寒之地伺候姑娘？只不過她爹娘和弟弟都在府裡當差，她若是伺候不好，只怕會拖累他們。

柳若是剛對著吉祥警告了幾句，門外便響起施嬤嬤冷淡的聲音。「三小姐，咱們該走了。」

柳若是一聽見她的聲音，心中不喜，只是面上仍笑著迎上前，脫下自己手上的鳳血玉鐲子塞入她手中。「讓施嬤嬤久等了，瑤瑤自小未曾寄宿外地，還望嬤嬤多多照拂。」

施嬤嬤不動聲色收回手，面無表情道：「老奴給七夫人請安。七夫人，您這鐲子乃是貴妃娘娘所賜，老婆子愧不敢當。」

柳若是一聽，面色僵在臉上，想來剛剛瑤瑤說的氣話讓她聽了去，施嬤嬤又繼續道：「三小姐此行自有吉祥照顧，老奴這次去是作監督用，請夫人和小姐莫難為老奴。」

柳若是一聽，只是淡淡笑了笑，沒有說話；不過一個老婆子，仗著有老夫人撐腰罷了，老夫人如今身子大損，只怕她也得意不了幾年。

柳絮院。

柳姨娘倚在紅酸枝鎏金花好月圓貴妃榻上，哼著幽幽的小曲，葉如漫進來後，斜斜睨了她一眼，在一旁的核桃木玫瑰椅上徐徐坐下，懶洋洋道：「姨娘倒是好興致，小心別讓爹聽了去。」

柳姨娘嬌笑一聲。「她們，終於有這一天。」

葉如漫撐手倚在扶手上。「姨娘，別忘了妳也是柳家人，我們也好不到哪去。」

柳姨娘紅唇豔麗。「我不過是個庶出的，誰會想得到我呢？漫漫妳也別急，妳年紀還小，再過兩、三年才會議親，到時這事早就讓人忘了。」

葉如漫托腮，眼神似笑非笑。「不知三姊姊能去多久，說不定過幾個月就回來了。」

「那又如何？反正這苦她是吃定了，別忘了，施嬤嬤都跟著去了呢！」柳姨娘起身，軟軟的腰肢搖曳如弱柳。「聽說葉如蓉還去送她了，現在這個時候，人人都巴不得和她撇清關係，她倒是懂做人，知道國公府還是柳若是當家作主。」

葉如漫淡淡笑了笑，沒說話。三姊姊出了事，五姊姊影響是最大的，且不說她平日和葉如瑤往來最密切，她今年十四，正是議親的時候，前不久宋御史家還來提親，可是要來求娶她做妻子的，便連丞相夫人也特意來一趟，替自家兒子納妾來了。

柳姨娘低聲道：「估計經過這事，那宋家也不敢娶她了，說不定還真給那賀大公子做妾去，她倒是沈得住氣。」

葉如漫眸光流動，她和葉如瑤一般生得一對桃花眼，眼角微微上挑，睫毛極為纖長，雖然面容仍屬稚氣，但眼角眉梢處卻有些狐媚。「我聽說，幾位姊姊都想去大伯那兒看四姊姊，估計三姊姊這一走，她們也該動身了。」

「漫漫，妳也快跟去。」柳姨娘連忙道。

「我自然是要去。」她真得好好看看，這四姊姊是怎麼不動聲色地勾搭上容王爺，以前還真是小瞧了她，估計葉如蓉也是看走眼了。

葉府。

葉如濛晚膳時特意吃不多，準備留著肚子待會兒吃古董羹，林氏看得微微蹙眉。「濛濛，妳胃口不好嗎？」

「哦，沒有。」葉如濛連忙道：「我下午吃了四喜丸子，還有一碟馬蹄糕，現在還很飽。」

林氏略有埋怨。「妳病還沒好，怎麼能嘴饞吃這些。」

「就是，正餐不吃。」葉長風在一旁附和，有心討好妻子。

林氏斜看他一眼，沒有說話。

何忘憂放下筷子笑道：「今日顏夫人送了兩支五十年的人參來，廚房裡已經在燉參歸豬心湯了。濛濛晚飯最好別吃太多，晚點正好可以吃豬心湯，豬心湯除了可以壓驚鎮神，還可以給夫人養氣補血。」孕中期的婦人吃些豬心湯是很適合的。

葉如濛笑咪咪道：「那我就留著肚子吃豬心湯嘍，我最愛吃豬心啦！」

「有得妳吃的。」忘憂笑道：「這豬心湯可要連服七日，明日福嬸要燉黨參豬心湯，顏將軍家送了許多滋補的藥材過來，豬心可以連燉七日不同的藥材呢！」因葉如濛先前受驚過度，得多食藥膳安神定驚。

林氏聽到這兒，難得地主動跟葉長風開口。「顏夫人每次過來都送一堆貴重之禮，又不容我們推託，這倒讓我為難了，不知該回贈什麼適合。」

「唔……」葉如濛托腮。「娘您繡藝這麼好，不如繡點什麼東西送給他們？」

「不好。」葉長風立即道：「傷眼睛。」

林氏瞥了他一眼，忘憂連忙道：「確實，夫人懷了身孕也不宜久坐，得多起來走動走動。」

葉長風道：「將軍府吃穿用度皆是不愁，確實為難，為夫會想辦法的，妳就不用擔心了。」

林氏撇了撇嘴，也不去看葉長風，只對女兒道：「濛濛，陪娘去院子裡走走消消食。」

葉如濛正想答應，忽見親爹對她使了使眼色，她連忙道：「娘，可是我覺得有點累，還是先回房休息好了，您讓爹爹陪您去吧！」

林氏抿了抿嘴，站起來，葉長風連忙取來斗篷給她披上，她沒有拒絕，畢竟生了幾天的氣，也該有個限度。

葉長風輕輕擁著她走出食廳，又在她耳邊說了些討好的話。

林氏這才看向他。「你以後若再欺瞞我……」

「不敢了。」葉長風低眉屈膝的。「為夫再也不敢了，柔兒，妳別再生氣了，氣多了對肚子裡的孩子不好。」

林氏頓了頓，微微有些紅了眼眶。「我何嘗不知你是為了我和腹中孩兒好，可是，一想到你和全府的人都約好欺瞞我，我什麼都不知道，你可知我心中有多難過？我們是一家人，出了事一起商量，有個依傍不好嗎？」

「我自然知道。」葉長風心疼不已。「若妳不是有孕在身，我自然會說與妳聽，可是……而且，這事知道了，妳也只會擔心。」

「所以你就一人承受嗎？」林氏抬眸看他，淚眼汪汪。「發生那麼大的事，你還要在我面前故作輕鬆，你可知我的心疼？」

葉長風將她輕擁入懷。「以後不會了，以後有什麼事，我們一家人都一起承擔。」

「夫君……」林氏也擁住了他的腰，將臉貼在他胸膛上。這是她的夫君，她的天，有他在，她什麼都不怕。

這一晚，葉長風自然是樂呵樂呵地將書房裡的被褥捲好，搬回臥房了。

而此時閨房裡的葉如濛，早已換好衣裳準備出門，只是這一刻她對著鏡子有些發愁，臉上的傷雖然好了許多，但看著還是有些滑稽，撲些妝粉上去可能比較好吧！她正拿起粉餅，忽然東窗傳來「叩叩」幾聲，葉如濛連忙用手遮住臉，跑過去開窗，一推開窗，只見今日的殺手古怪得很——上半張臉覆著半個面具，而下半張臉，則貼上假鬍子，滿滿一圈落腮鬍，活生生就像寶兒的二哥！

葉如濛一個呆愣，忍不住笑出聲來，一笑便停不下來，笑得彎腰。

「很好笑？」祝融摸了摸鬍子，待會兒要吃東西，蒙面不方便，索性戴半張面具，怕她認出他是誰，又添了一圈鬍子遮擋，可謂用心良苦。

葉如濛忙收起笑，卻又忍不住笑出來，連連點頭。「挺好笑的，不像你了。」

「妳還認得出來是我？」

「嗯，就是認得出來。」葉如濛歪頭笑道。

「可以走了？」

「嗯……」葉如濛摸了摸臉。「可是我這樣，見人很失禮。」

祝融彎唇一笑，從背後拿出一副面具來。

「什麼東西？」

「轉過身去。」想來是心情愉悅，他話音中都帶著淡淡的笑意。

葉如濛聽話地轉過身，幾乎下一刻，便有一張柔軟溫暖的面具覆在她臉上，他輕柔地將繫帶綁在她的腦後。

葉如濛跑到梳妝檯前一看，這面具正好擋住了她還有些腫的傷口，只露出完好無損的半張臉，還有下巴，下巴那兒還微微有一點腫，但也看不太出來了。葉如濛笑逐顏開，摸了摸面具。「真好！」

「走吧！」祝融道。

「我們怎麼去啊？」她有些興奮，又覺得有點小刺激。

「我們坐馬車去。」祝融話一落音，手便搭上她的腰，葉如濛身子忍不住一僵。

祝融提起她的腰將她帶上圍牆，忽而察覺到她心跳加快，以為她是害怕，忙低頭輕聲道：「別怕，我帶著妳。」

落地後，祝融的手才鬆開她，牆外的巷子裡已經有一輛低調的馬車在等候，駕車的是個其貌不揚的年輕車伕。

葉如濛忽而後退一步，小聲道：「男女授受不親，你不可以這樣抱我。」

雖然……雖然她心中並不排斥，可是，她怎麼會不排斥這麼親密的動作呢？這不應當呀！

祝融沒說話，只是掀起車簾，葉如濛踩著馬凳上去後，祝融也緊隨進來，片刻後，馬車便平穩地駛動，祝融這才輕聲道：「我不是有意冒犯，只是……」他靠近她，低聲道：「忍不住。」

「什麼？」葉如濛眨了眨眼，待看見他眼裡的笑意，才知道自己被他調戲了，抬起腳在他靴面上重重踩了一腳，可她是坐著的，力道並不大，對祝融來說不過隔靴搔癢罷了，祝融朗聲一笑，顯然心情大好。

「你、你快和我說說金儀的正經事。」葉如濛正色道，坐直身子。她這次出來，可是為了和金儀公主串「口供」的，以防之後有人探問她們結識的細節。

「好好好！」祝融唇角彎彎，愉悅道：「這個『金儀』性子活潑，從小就愛捉弄人，妳跟她一定很合得來。」

「你們……小時候就認識啦？」葉如濛問道，覺得有些不對勁，為什麼她愛捉弄人，就會和她合得來？她覺得自己挺乖的呀！

「嗯，她是我小師妹。」表妹和小師妹，多少扯上一些關係，祝融這般自我安慰。

馬車停在春滿樓的後院，兩人下馬車後，低調地上了三樓，進了紫氣東來間。

葉如濛一進去，便看見裡面一張奢華的紅木炕床上坐著兩個人，一個是青時，今日的青時身穿白色圓領墨邊襴衫，頗有幾分書生氣，面上仍是笑盈盈的。他身旁坐著一位容貌驚人的少年，少年唇紅齒白，圓圓的巴掌臉上還有幾分稚氣，一雙明亮的大眼睛像星子般撲閃著，彷彿會說話似的，一眼望去，便覺得女氣十足。

見到他們，青時只是笑盈盈地點頭致意，他隔壁的少年倒是站了起來，對葉如濛若有其事地做了一揖，恭敬道：「師嫂好。」她的聲音甜美親切，顯然是名女子。

葉如濛一怔，反應過來後突地一下子紅了臉。

青時盈盈一笑，抬手拉了拉她的袖子，讓她坐下，她笑嘻嘻地坐了下來，眉開眼笑的模樣古靈精怪。

青時招呼道：「來得正好，剛煮滾，快坐下吃。」只見兩人面前放著一張方形大桌，桌心有一處鏤空大圓，裡面擱著一個雙耳三足圓腹青銅鼎，鼎中心有一處圓形長管，直通屋頂，做排氣之用，鼎腹下的方灶正燃著柴火，鼎中的水已經沸了，正咕嚕、咕嚕地滾著，冒出熱氣。

青時說完拿起一雙長筷，推了半盤羊肉入鼎。

「濛濛。」祝融喚了她一聲，有些呆滯的葉如濛這才跟著走過去。

食桌另一邊也是兩張輕便的藤面矮坐榻，上面置有軟軟的蒲團，祝融為她挪好位置，葉如濛忙理了理裙子，坐了上去。

「師兄倒是體貼，我和你出去從不見你幫我挪過桌椅。」銀儀饒有興趣地托腮看著兩人，笑道：「剛剛我看師嫂跟在師兄後面，倒像個小媳婦似的。」

葉如濛被她說得頭低低的，都不敢開口說話了。

青時笑得合不攏嘴，忙舉袖擋住臉，只是肩膀微微聳動著。

祝融微微皺眉，冷言道：「吃妳的，假金儀。」

銀儀一聽，鼓起臉瞪了他一眼，又笑咪咪地看向葉如濛，一臉討好地甜甜喚道：「師嫂……」

「叫濛濛。」祝融冷道。

銀儀撇了撇嘴，又笑道：「濛濛真好聽，妳也叫我小儀吧！」

葉如濛這才抬頭看她，見她神情明亮天真，滿懷歡喜笑容，又覺得有些難為情，靦覥喚了聲。「小儀。」

銀儀對她咧嘴一笑，露出一顆可愛的小虎牙，她的皮膚像牛奶般白皙，嘴唇像花瓣一樣殷紅，再加上生得一張可愛的圓臉，比起一般的美人，模樣更討人喜歡，真真是個玉人兒，葉如濛看得都有些移不開眼了，她的美看起來舒服而柔軟，全然不像她三姊姊那般美得霸道凌人。

「想吃什麼？」祝融柔聲問她。

「哇。」銀儀表情誇張，脫口而出。「表哥你……」

「咳咳……」青時連忙咳嗽。

「什麼？」葉如濛有些不明白，剛剛小儀說了什麼？青時一咳嗽她沒聽清楚。

「咳咳！」銀儀也忙清了清嗓子。「對不起，我還沒見小師兄這麼溫柔過呢，師嫂真的很不一樣哦！」銀儀有些羨慕地托腮看著葉如濛，真沒想到融表哥也有這麼溫柔的時候，說話輕聲細語的。

祝融抬眸瞥她一眼。「想回小元了？」

銀儀連忙擺手。「不想、不想！我好不容易才出來，不想回去了！」她待在宮裡都快悶死了，小元沒有大元民風開放，他們那邊一到晚上就宵禁，宮中更是如此，一日落公主、后妃便不能出自己的宮殿，哪像大元，晚上街邊還熱鬧得像過節似的，她真想一輩子都待在大元！

祝融取了一盤切塊的雞腿肉，用眼神詢問她。

葉如濛眼睛一亮，忙點點頭。

青時見狀，給祝融指了指鼎。「這一格。」

這鼎乃是五格鼎，除了中間的大圓格外還分成四個小格，調製出五種不同的口味，祝融將雞腿肉撥入其中一個看起來湯頭較為清淡的小格中。

「濛濛，我和妳說。」銀儀熱情介紹道：「這大格裡面的湯底是辣的，師兄說妳不能吃辣，這一格是微辣的，還有這格是清湯滋補的，這個是鹹的、這個是麻辣的，還有這個是酸的。」

「哦、哦，好的。」葉如濛連忙記在心中，又看了看桌上滿滿的食材，看得眼睛都花了，不知要先吃哪種適合。

她仔細想了想，還是先吃蝦吧，蝦快熟，只是……她手一伸，發現搆不著。

「想吃什麼？」祝融傾了傾身子問她。

「蝦！」葉如濛喜孜孜的，好多好吃的啊，她看著都覺得心滿意足。

祝融拿了一盤新鮮的蝦，撥了半盤入鼎中，鼎中滾沸的湯水平息了一下，又迅速沸騰起來，蝦身一下就燙紅，在乳白色的湯水中翻滾著。

祝融拿起一個小瓷碟，給她舀了兩勺爆炒蒜油醬，用漏勺將熟透的紅色大蝦撈起來，瀝乾水放在青白釉菊瓣瓷盤上放涼。

葉如濛淨了淨手，就想伸手拿蝦，祝融抬手輕輕一攔。「小心燙。」說著便拿起燙熟的蝦，擰掉蝦頭後剝去蝦殼，放在小瓷碟上。「趁熱吃，新鮮。」

「我、我自己來就可以了。」葉如濛有些不好意思。

「等下刺到手怎麼辦。」祝融輕聲道，繼續剝著蝦。

葉如濛低頭，有些難為情地拿起玉箸，挾起蝦送入口中。

「好吃嗎？」祝融問，又俐落地剝了一隻蝦到她的小瓷碟中。

葉如濛吃得直舔唇。「好好吃，好鮮啊！」

「真好。」銀儀羨慕道：「我也想吃蝦呢！」

「吃啊！」葉如濛連忙道。

「她不能吃。」青時搖頭笑道：「她一吃魚蝦蟹就會長紅疙瘩。」

「哦。」葉如濛同情地看著她，不能吃魚蝦蟹，得有多痛苦啊，如今正是菊黃蟹肥的時候呢！

聽得青時語音帶笑，銀儀惱道：「濛濛妳都不知道，以前青時可壞了，知道我不能吃，故意在我面前吃魚蝦蟹，有一次我一氣之下搶了他的一盤蝦就跑，結果吃了半盤全身癢得不得了，妳不知道，當時他都被我嚇哭了。」銀儀說到這，忍不住笑了起來。「他那時都有十二歲啦，哭得滿臉鼻涕，笑死我了。」銀儀想到當年，頓時笑得坐都坐不穩。

青時笑盈盈的，眸光如水，似並不放在心上，頗有種童言無忌的大度。

「妳還敢說。」祝融冷言道：「那時如果不是青時及時將妳送進宮請御醫診治，只怕妳小命不保。」

「是啊！」青時這會兒不忘邀功。「說起來我還是妳的救命恩人。」

「哼！」銀儀一臉傲嬌地轉過頭。

祝融垂眸抿了一口茶，偷偷注視青時，見青時面帶揶揄之色，並沒有多看銀儀一眼；只是祝融忽然想起，青時就是從那時開始突然習醫的，還美其名曰「醫毒雙修」，可以保護他保護得更周全。

祝融唇角彎彎一笑，青時如此醉翁之意，若不是他重活一世，只怕無論如何都想不到，他不由得向青時投去一個「我已看穿你」的眼神。

青時眼皮一跳，爺這種莫名其妙的眼神又來了，看得他一陣心虛。

葉如濛見祝融一直在給她剝蝦，連忙道：「夠了、夠了。」

祝融又多剝了兩隻，才停手，拿過一旁的檀香胰子在溫水盆中淨手後，又用漏勺撈了些嫩雞塊、肉丸子和羊肉片給她，還撈了一小勺麵條。「先吃點麵條墊墊肚子。」

「一點點就好，我快吃不下了。」葉如濛吃得臉鼓鼓的。「我在家裡吃過了。」這裡的東西真好吃。

「嗯，妳還想吃什麼？」

「等一下我自己來吧！」她碗裡都快裝不下了。

「小師兄，我也要。」銀儀遞了個碗過來，模樣好不乖巧。

「青時。」祝融喚了一聲。

青時忙拿起漏勺，撈起一勺好料。「要吃什麼？」

銀儀皺了皺眉，努了努嘴。「就那個吧！」

葉如濛一看，青時勺中有肉丸子、荸薺和藕片，青時應該不知道她指的是什麼吧？可沒想到，青時卻俐落地將荸薺撥到她碗中，銀儀埋頭吃了起來。

葉如濛會心一笑，這兩人倒是心意相通。

青時放下漏勺，不動聲色地看向祝融，祝融也在暗暗打量著他，剎那間，兩人視線交會了一瞬，青時的目光又極其自然地落到鼎中。

兩人各懷心思，而另外兩個人則是埋頭吃得不亦樂乎，很快，葉如濛就將自己碗裡的東西吃得見底。

還沒抬頭，祝融又給她舀了一個小蟹黃湯包、一個元寶餛飩、還有一個金黃燒賣。「這幾樣是春滿樓的招牌小吃，湯包裡面有汁，小心燙，先吃燒賣和餛飩。」他怕她吃撐了，每樣只給她拿一個。

銀儀看得一臉羨慕，小聲嘟囔道：「真羨慕表嫂。」沒想到表哥疼起人來比姑丈還溫柔。

她說得小聲，葉如濛沒聽到，祝融卻聽到了，一個眼刀掃過去，青時輕輕咳了一聲，銀儀這才意識到自己又多嘴了，連忙低頭扒起吃的來。

「哎呀。」正吃得認真的葉如濛突然抬起頭。「早知道就帶滾滾一起來了，這麼多肉，牠要是能吃到肯定開心死了。」

「可以帶點回去給牠。」祝融道。

「滾滾是誰啊？」銀儀眨著大眼睛問道。

「滾滾是妳師兄送給我的一隻小狗，圓滾滾、胖乎乎，超可愛的，而且很聽話，還會找人呢！」葉如濛提起滾滾便眉飛色舞，頗為自豪。「妳師兄說，上次我在林子裡可以順利被找到，就是滾滾帶著他找到我的。」

「這麼聰明啊！」銀儀聽得也有些興奮起來。「我記得師兄也有送葉……」

「咳咳……」青時又咳嗽起來。

葉如濛不由得看向他，青時是怎麼了？她撈了幾塊白蘿蔔遞給青時。「多吃點白蘿蔔，可以預防傷寒。」

銀儀抿嘴直笑，青時無奈接了過去，可剛一遞出碗，祝融便瞪了他一眼，他連忙又收回碗。「我自己來、自己來。」

「給我吧！」祝融光明正大地遞出碗。

「哦。」葉如濛忙將蘿蔔塊撥入他碗中，又看向銀儀。「對了，妳剛剛說妳師兄也送了什麼？」

「哦，他……」銀儀支支吾吾了一會兒。「我是說我小時候經常幻想他能送我一隻小狗，只不過他一直不理我。」

「哈哈，我小時候也很想養小貓、小狗，不過我爹不給養，他說我娘以前養過一隻貓，後來那隻貓老死了，見我娘很難過，他以後就不給養了。」

「都會有生老病死的啊，怎麼可以『因噎廢食』呢？」銀儀歪頭道。

「對啊！」葉如濛想了想，點點頭。

「而且，貓貓、狗狗壽終正寢了，不代表不見了，牠們還有子子孫孫啊，一直養下去就可以啦！」銀儀雙手合掌道：「濛濛，要是滾滾有生寶寶，妳可不可以送給我一隻呀？」

「啊？可是滾滾現在才兩個月不到呀！」

「哦……」銀儀聞言有些失望，但忽然眼睛又亮了起來。「啊！我想起來了，我記得前兩年葉如瑤的小狗多多有生一胎，那個時候我來晚了，多多的寶寶都送人了，今年不知道還生不生，我找人去問問……」銀儀說完，看到青時臉色不對，這才想起自己還是提了不該提的人，忙捂住嘴。「對、對不起，我不是故意提起妳姊姊的。」她姊姊對她做了那麼壞的事，她不應該提起這個人掃興的。

「沒關係。」葉如濛搖搖頭，微笑道：「多多很聰明的，我小時候也很喜歡牠。」

「是啊，雖然妳三姊姊人不好，但她養的狗還是很聰明的。」

青時皺了皺眉，這話聽著怎麼有些怪怪的？

銀儀總覺得自己說錯了話，連忙隨口換話題。「對了，說起多多，妳認識顏多多嗎？」

「嗄？」葉如濛一愣，怎麼話題突然從狗跳到人身上了？難道是……因為同名？

「認識嗎？」銀儀問道。

「嗯。」葉如濛點點頭，好像還不算陌生。

「我跟妳說，顏多多小時候挺好玩的哦，我表哥……唔……是容王爺啦，以前還說要娶……」

「咳咳……」這一次，輪到祝融猛咳嗽了，以前他覺得銀儀還算聰明伶俐，怎麼這會兒……他不禁無奈搖頭。

葉如濛不明所以地看向祝融，又給他挾了兩塊蘿蔔。

祝融看著銀儀冷道：「顏多多跟濛濛提過親。」

「什麼？顏多多跟濛濛提親？」銀儀叫了起來。「那師兄你沒意見嗎？」她一副幫祝融抱不平的模樣。

可祝融哪有機會表達什麼意見？他可是先顏多多一步提親的。

「不過……濛濛妳不喜歡他吧？」銀儀看向葉如濛。

葉如濛搖搖頭。「我和他……只是朋友。」

「對啊！」銀儀拍手。「要喜歡也得喜歡像我師兄這樣的，英明神武、智勇雙全、貌勝潘安，對不對？」

祝融覺得甚是欣慰，她總算說了句恰當的話。

「唉……」銀儀又一副遺憾的模樣。「不過，每個姑娘家都會記得第一個來向自己提親的男孩，像前兩年，番邦有一位王子來求娶我，雖然我只見過他幾面，也不喜歡他，但我現在還記得他。」

葉如濛聽得低下了頭，宋大哥來向她提親時，她確實是歡喜的，覺得既開心又幸福，就算她將來無緣嫁給宋大哥，可是那天的心情，只怕是永遠也忘不了。

祝融一陣心塞，以後絕不可讓銀儀再見濛濛了！

見周遭安靜下來，銀儀發現自己好像又說錯話了，有些委屈地看向青時。

青時摸了摸眉毛，一臉正經地安排這兩人串起「口供」來。

待兩人妳一言、我一語串好「口供」後，幾人也吃得差不多了，葉如濛飽得都有些坐不住了，連連摸著肚子。

「哦，對了！」銀儀又叫起來，從背後摸出一個牛角羊皮囊出來。「試一下這個！」

「什麼東西？」葉如濛問道，此物看起來甚是別致，像是番外之物。

「馬奶酒！」銀儀端過幾個別致的胡人抱角琉璃盞，拔開塞子注入奶酒。「這是韃靼可汗送來的，好喝得緊！」

今才大病初癒。

「喝妳的。」祝融道：「濛濛酒量差。」而且是奇差，他不準備讓她沾酒，尤其是她如

「哎呀沒關係啦。」銀儀十分好客。「這酒小孩子都能喝，喝了不上頭。」

「喝一點無礙。」青時也道：「馬奶酒性溫，有祛寒、舒筋、活血、健胃的功效，葉姑娘不妨小酌一、兩杯。」

「如此，便給她一杯，別倒太多。」祝融鬆口。

「知道啦。」銀儀倒了七、八分滿，遞給葉如濛，葉如濛雙手捧過胡人抱角琉璃盞，輕輕啜了一口，微微皺眉，仔細回味一下，酸甜滑膩，還帶著一股醇醇的奶香。

「好喝嗎？」

「嗯，好喝。」葉如濛點了點頭，又笑道：「不過我覺得還沒有我家自己釀的青梅酒好喝，可能是我不習慣。」

「真的呀？那、那我什麼時候能去妳家喝？」銀儀一臉期盼，別看銀儀年紀小，其實是個小酒鬼，只不過她的酒量也不怎麼樣，充其量就愛喝些果酒、花酒罷了，真正的酒是喝不來的。

葉如濛怔了怔。「嗯，可以呀！」

「濛濛妳真好！」銀儀笑咪咪的，興致又來了。「濛濛，我們來行酒令！」

「時辰不早了，喝完就回府吧！」祝融開口打斷了她。

銀儀一聽有些失望，只是片刻後又歡喜起來。「濛濛，我們明天去吃炙肉好嗎？我剛剛來的時候，看到路邊好多炙爐，架子上面掛著羊腿啊、雞腿啊，還有好多肉丸子串，聞起來可香了。」

「好啊、好啊！」葉如濛舔舔唇，她還沒吃過外面攤販的炙肉呢！她晚上其實很少出門，偶爾佳節夜歸時，確實能看到路邊擺滿各色小吃，炙爐也不少，可是爹爹都不給吃，說外面的炙肉都是用死耗子、病牛羊肉製的。後來，他們家買了一個圓圓的小炙爐，偶爾會在院子裡烤著吃，不過也不常吃，而且她總覺得，自家烤的好像沒外面烤的那麼香。

「妳想吃？」祝融問道。

葉如濛點點頭，一雙小鹿眼有些期盼，總覺得她要是想吃，他一定會想辦法帶她去吃。

「過幾日，妳身體好些了我再帶妳去。」

「真的嗎？」葉如濛有些小歡喜。

「嗯。」祝融輕聲應下。

「可是我覺得我現在身體就挺好的。」葉如濛眨了眨眼。「明、後天去行嗎？」

祝融頓了頓。「我回去問問忘憂，妳這幾日還是先好好休息，如果身子好得快，我就早些帶妳去吃。」

「好！」葉如濛高興應下，當即更下定決心要調養好身子，銀儀聽了，也開心得直拍手。

葉如濛捧起馬奶酒，小小啜了一口，嗯，好香，她又連啜了幾口。一盞馬奶酒下肚，她覺得有些睏，眼睛都快瞇起來了。

「我帶妳回家。」祝融靠過來輕聲道。

葉如濛看了看他，只覺得他的大鬍子有些滑稽，笑著點點頭，起身和青時、銀儀兩人道別。

葉如濛和祝融走後，銀儀又喝了幾盞馬奶酒，直到羊皮囊空了，再也滴不出一滴酒來，銀儀手指插入高高束起的髮中，已經有些許醉意。

青時恭敬道：「殿下，該回府了。」

「青時。」銀儀醉眼迷離。「你說我嫁給太子哥哥好嗎？」

青時一頓。「殿下醉了。」

「其實太子哥哥人這麼好，你說，姊姊為什麼就想嫁給韃靼王子呢？她說韃靼王子驍勇善戰，可是我覺得他不過一介莽夫，而且，」她直起身，極近地看著青時。「你知道他們那邊是收繼婚的吧？兄亡收嫂，弟亡收弟婦。」她依得近，淡淡的奶酒氣息輕輕呼灑在青時面上，她喃喃輕語。「還有舅舅娶外甥女，外孫女嫁外祖父……」

「知道。」青時往後退了退，不露聲色地與她拉開了一些距離。

「姊姊自小熟讀四書五經，最是推崇三從四德……」銀儀見他離遠了，生怕他聽不見自己的話，又依近了些。「我父王想我嫁給韃靼王子，我不想嫁，可姊姊卻想，真是奇怪！姊姊明明可以嫁給太子哥哥，坐上那個女人都會羨慕的位置的……」銀儀說到這，已醉入青時懷中。

青時輕聲問：「那妳想嗎？」

銀儀微微瞇了瞇眼，窩在他懷中看他，他的鼻子長得真好看，嗯，眼睛、眉毛、嘴唇，都好看。她喃喃笑問：「想什麼？」

「妳想嫁給太子殿下，當太子妃嗎？」青時沈聲低問。

「我？」銀儀眨了眨眼，只覺得睏得眼睛都有些睜不開了，手一揮，像是打了什麼看不見的東西下來。「不知道啊……我覺得，太子哥哥就和融表哥一樣，我都很喜歡。」她抬起手來，恍惚地摸上青時的臉，虛虛無無的，像是觸了個空，又像是摸到了。「其實，我覺得青時你滿好的，我也挺喜歡……」

青時抓住她覆在自己面上的手。「殿下喝醉了，休胡言亂語。」

銀儀格格笑了幾聲，嘟囔道：「好睏。」她翻了個身，人躺進青時懷中，不一會兒就安靜得像隻慵懶的小貓，睡了。

青時沈默不語，眸色越深，面上再無半分笑意。

第二十三章

此時，葉如濛坐在馬車上「搖搖欲墜」，剛開始她還能直著背坐好，只是沒一會兒便睏得靠上車壁，祝融見狀，往她腰後放了個抱枕。抱枕柔軟舒適，葉如濛靠上沒一會兒就睡著了，只是頭像小雞啄米般，時不時點一下。

祝融抿了抿唇，靜悄悄地挪到她身邊，向前傾了傾身，肩膀一低，緩緩接近她下巴，慢慢托著她的頭，將她身子的重心靠到自己這邊，一下子，葉如濛就靠在他肩膀上睡香了。

祝融小心側過頭看著熟睡的她，動作極小，生怕驚擾了她。

如此靠了一會兒後，馬車忽然顛簸了一下，葉如濛頭重重往下一點，祝融忙扶住她。葉如濛一怔，只覺得有隻溫熱的大掌捧在她的腮邊，定睛一看，發現自己靠在他的肩上，連忙直起身子，往旁挪了挪，直挪到角落裡，覺得臉紅耳赤。「對不起，我、我剛剛不小心睡著了。」

「嗯，再睡一會兒吧，還有一段距離。」她住的城北離城中心有段距離，他每日都得花費不少時間來回。七月底他命工匠在宮外建了一座五進院子的屋宅，是問過紫衣她們、依照葉家一家人的喜好所搭建的，已命工匠日夜趕工，想來近日差不多要竣工了，屆時找個名目轉給葉家，到時她爹去國子監，或者將來出仕上朝時也會方便許多，最重要的是，這處屋宅就在容王府的竹林後面。

「我不睡了，回家再睡吧！」葉如濛揉了揉眼睛，打起精神來。

「濛濛。」祝融柔聲喚著，葉如濛被他喚得心一顫。祝融緩緩伸出手，輕輕握住了她的手，葉如濛只覺得有一股電流自指尖傳來，電得她酥酥麻麻的，她的理智明明想收回手，可身體卻一動不動，任由他這般握著。

他的大手全然包住她的小手，馬車外雖然寒涼，但車廂內暖融融的，兩人的手也是暖和的。祝融以指腹輕輕摩挲著她的掌心，從掌心傳來的溫熱和酥癢令她悸動不已，整個人像是被點了穴，無法動彈。

葉如濛忽然有些害怕他接下來的動作，彷彿那將是她無法拒絕的觸碰一樣。

果然，祝融朝她傾身靠近，微微低下頭，尋找她的唇。她原已加快的心跳，此刻又更加劇烈，彷彿變成牛皮戰鼓，戰鼓聲如雷震耳，轟隆不絕……

在祝融的吻落下來之前，他臉上的假鬍子卻先撓到她的臉，這一瞬間，葉如濛如夢初醒，猛地抬手推開了他，連她也被自己這突如其來的反應嚇了一大跳。

祝融被她推得退回原來的位置，有些懵地看著她，葉如濛臉脹得通紅，沒底氣地斥了一句。「你、你想幹什麼！」

「我……」祝融張了張唇，微微別過了臉，原來，這就是情不自禁的感覺。此時此刻，他上半張臉覆著面具，下半張臉還黏著一圈落腮鬍，葉如濛自是看不清他的臉，可若是湊近細看，便能發現他耳尖已經微微泛紅。

接下來，兩人一路緘口無言。

馬車到了葉府高牆外停下後，祝融先一步下車，在車旁候著她，車伕為葉如濛掀開轎簾，葉如濛一出來，便見祝融朝她伸出手，欲扶她下馬車。葉如濛猶豫了一下，小聲道：「不、不用了。」她提著裙子，小心地踩在馬凳上下車，落地後定定地看著祝融。這……她要怎麼回去？他又要抱她了嗎？

果然，祝融上前一步，手輕輕握住她的腰，葉如濛心一顫，連忙雙手撐在他的胸前，祝融一個起落便將葉如濛帶入圍牆內，直接落在她閨房窗外。

漆黑的夜空中高掛著一彎淡淡的殘月，殘月散發出淺淺清光，不足以照清兩人的臉，地上只有斑駁的幾塊樹影，夜色暗得有些過，又像是暗得剛剛好，葉如濛覺得這夜色暗得有些曖昧，也寂靜得有些詭異。

她忙低下頭，明知道他看不清她的臉，可她還是不敢抬起頭來，她想推開他，可他放在她腰間的手卻沒有絲毫的鬆懈。

「濛濛。」祝融柔柔喚了聲，聲音像是帶著無邊的寵溺，彷彿在喚一個心愛之人。

葉如濛心一跳，抬起頭來，幾乎是下一刻，一個溫熱的吻便覆到她唇上。原諒他，他克制不住想吻她的衝動。

葉如濛怔怔地，彷彿看到一片漆黑的夜空中忽然亮起一道耀眼的閃電，這閃電擊中了她，從頭到腳。

祝融的唇像是觸到了最嬌嫩的花朵，他忍不住輕輕地摩挲著……這是一種什麼樣的感覺呢？彷彿在茫茫人海中找到了自己的歸宿，他的心就像是被最柔軟的棉花填滿了，棉花上停著一隻蝴蝶，蝴蝶的羽翼輕輕地顫動著，讓他的心顫抖得厲害。

她的唇瓣柔軟而溫滑，帶著淡淡的奶酒香氣，溫暖誘惑的氣息引得祝融忍不住想深入採擷，可才剛微微張開了唇，葉如濛便下意識地推了他一下，祝融生怕引起她的反感，慌亂中離開她的唇，可是停在她腰間的手卻是不願收回。

葉如濛低垂下頭，她的大腦一片空白，這一刻只想找個地洞鑽進去。她、她怎麼會和他親嘴呢？她怎麼……沒有推開他呢？

「濛濛。」祝融輕輕擁住她，下巴抵在她頭上。「我是真的、真的很喜歡妳。」

葉如濛咬唇不語，輕輕推開他，祝融覺察到她的窘迫，微微鬆開手。葉如濛一得到自由，便轉過身去，正想爬上窗臺，祝融的雙手卻忽然按在她腰後，葉如濛一驚，可祝融只是輕輕一提，把她提到了窗臺上。

葉如濛看也不敢看他，也顧不得自己動作狼狽還是不雅，兩三下就爬進房，躲到他視線看不見的地方去了。

祝融怔怔地看著空盪盪的屋內，忽而唇角彎彎。「濛濛……」他吻到了她。

葉如濛整個人還有些懵，軟著身子靠在衣櫃前，只覺得雙腿都快站不穩了，她的手，輕輕覆上了自己的唇，溫熱發燙的唇。這就是……親吻的感覺嗎？雙手按上自己的胸口，可是心卻還是撲通直跳個不停，彷彿就要蹦出來似的。

次日上午，葉如濛又睡遲了，若是平日，林氏定會來喚女兒起身，可因為先前之事，林氏哪裡捨得，看女兒睡得這麼晚，只有心疼的分，還囑咐紫衣她們不要吵到她，讓她好好睡。

葉如濛起身後，爹娘已經外出，聽藍衣說是去看宋叔叔了。先前宋叔叔在山林裡為了找她而傷了腳，爹娘自然是要去看望，她聽了，便想起宋懷遠，如今想起宋大哥，除了愧疚，便只餘深深的無奈。

葉如濛這邊剛用完早膳，就收到丞相府的帖子，賀明玉說準備和姊姊賀明珠下午來看她。她剛將帖子放下，香北又來稟報說她國公府的妹妹們都來了，葉如濛忙打起精神迎了出去。

葉如蓉走在最前頭，今日她穿著一身淡藍色的半臂襦裙，髮簪上簡單綴著幾支淺色玉簪，相比起以前淡雅的裝扮，多了幾分低調。她從垂花門外款款行來，面上帶著一如既往和善的笑意，身後緊跟著七妹妹葉如巧，葉如巧見到葉如濛，眼珠子都快瞪出來了，彷彿她身上帶著光似的，見她看了過來，忙對葉如濛擠出一個諂媚的笑臉。

兩人身後，葉如思和葉如漫並排走著，葉如漫見了她，嘴角噙著淡淡的笑意，眸色微有打量；她身旁的葉如思已經換上了襖裙，穿得有些厚實，葉如濛知道，葉如思有些怕冷，她與葉如思相視一笑。

葉如蓉見到葉如濛，忙快步上前去，親切地拉起她的手，頗有些埋怨道：「四姊姊，妳怎麼不在屋裡好好休息，外面風大，小心著涼了。」

「是啊！」葉如巧也湊上前來，盯著葉如濛的髮簪和衣裳，好像也沒見她穿戴有多好呀，還不是和以前一樣？

葉如濛微微一笑。「其實已經好了許多，只是臉上還有一些傷，不好意思出門呢！」她說著不著痕跡地將手從葉如蓉手中抽出來，輕輕撫上自己的臉。

葉如濛這麼一說，眾人才注意到她臉上還有著淡淡的青痕。

「哎呀，這是怎麼了？」葉如蓉一臉心疼問道。

葉如濛莞爾一笑，雲淡風輕道：「就是之前不小心撞了一下，現在是不是看不太出來了？」她才不想讓葉如蓉知道她醒來後痛得要死呢，自然得一筆帶過。

「是啊、是啊！」葉如巧連忙道：「四姊姊妳不說我根本沒發現，妳和以前一樣漂亮，沒有什麼不一樣呀！」

葉如濛彎唇笑了笑，這個七妹妹以前怎麼從沒對她這般熱切過？

「四姊姊，妳看大夫了嗎？」葉如思輕聲問道：「有沒有上藥呀？」

葉如濛拉起葉如思的手，笑道：「上了，將軍夫人派人給我送了續玉膏過來，所以我才好得這麼快。」其實，將軍府送來的續玉膏她還沒用過，忘憂說她的藥已經足夠了。

「將軍夫人對妳真好啊！」葉如巧羨慕道：「四姊姊真是有福氣，沒想到妳身邊那個寶兒丫鬟居然會是……」說著她突然住口，人家現在哪裡還是丫鬟，可是堂堂的將軍府嫡女，比公主還要受寵呢！

葉如濛沒有回應她，只是笑著將大家領入前廳，又吩咐香南、香北給她們上茶點。

葉如蓉關切地問了些她的情況，葉如濛挑著回答，沒有全部答覆她，葉如蓉也十分體貼地沒有追問，面色很和善；葉如巧則一個勁地討好她，誇這個、誇那個，葉如濛對著她笑得臉都僵了，逕自拉著葉如思說起話來。葉如思還是和以前一樣，人一多她就有些不好意思開口，葉如濛問什麼就答什麼。

說了一堆話後，大家都安靜下來，葉如濛看向一直悶不吭聲的葉如漫，她知道，這個八妹妹一直不動聲色地在打量她，其實葉如漫是個聰明人，只是有些傲氣，葉如濛既不討厭她，也不特別喜歡她。

至於像話嘮一樣的葉如巧，前世倒是經常刁難她，可用的都是些顯而易見的手段；其實她欺負自己，不過是為了討好葉如瑤她們罷了，葉如濛搖搖頭，這樣一個被人當槍使的角色，今世是欺負不到她頭上來了。

至於一直溫婉如初的五妹妹葉如蓉，葉如濛一直都是警戒待之的，她明白葉如蓉的性子，她不會輕易出手，可若一出手，便是極狠，回不了頭的。

「對了。」葉如巧興致勃勃道：「下個月初三是賀大姑娘的及笄禮，四姊姊妳去嗎？」

葉如濛輕輕「哦」了一聲，搖了搖頭。「我沒有收到丞相府的請帖呢！」下個月初三，也快了，只剩四、五日。

「四姊姊一起去應當沒問題的。」葉如蓉溫婉笑道：「我們府裡的姑娘都會去呢，蓉蓉記得，四姊姊和那賀二姑娘也挺相熟的。」

「是啊，她們還請思思了。」葉如巧道，以前這種場合，哪會有她和葉如思的分呢？這次不知怎地，居然也請了她們。

葉如巧不知道，葉如思是賀明玉請的，國公府的姑娘們都請了，就她一個不請，怕傳出去不好聽，於是就順便一起了。

葉如濛微微一笑。「我就不去了，大夫說我身子還須好好靜養呢！」

葉如蓉聽了，垂眸一笑，並未開口再勸。

「對了，四姊姊。」葉如巧有些討好地笑問：「我聽說容王爺來提親時送了好多聘禮呢，都放哪了呀？」該不會都退回去了吧？

葉如濛一怔，她不提她都快忘了，好一會兒才訕訕道：「我們家院子放不下，後來……容王爺租了隔壁的院子，都搬到那兒去了。」葉如濛不知道，祝融是直接將隔壁院子給買下了。

「哦，都有些什麼呀？一定很貴重吧？」葉如巧很好奇地打探道。

「不知道。」葉如濛搖搖頭。「我們都沒打開看過，而且……平日也是容王府的人看管的，不知容王爺有沒有搬回去。」

「呵呵，姊姊說笑了。」葉如巧拿帕子掩嘴笑了笑，下的聘禮哪有收回去的道理？

葉如濛沒說話，她可是認真的，說不定隔壁院子早就搬光了，誰知道呢？

「我聽說，」葉如蓉輕聲開口。「那宋大公子也來提親了？」

「是啊、是啊！」葉如巧道：「真的好巧，宋大公子向四姊姊提親，宋二公子向五姊姊提親，不過，四姊姊妳是什麼時候認識宋大公子的呀？」

「小時候認識罷了。」葉如濛微微一笑，宋懷玉向葉如蓉提親的事，她已經知道了，她先前還以為前世宋懷玉娶葉如蓉為妻是葉如蓉替自己謀劃來的，還真沒想到竟然是宋懷玉心悅她主動求娶的。

「你們小時候怎麼會認識呀？」葉如巧好奇地追問不停。

「我們爹娘認識。」

「咦？你們爹娘怎麼會認識呢？」

「這個……我就不清楚了，我也沒有問過。」

葉如巧還想追問，門口忽然傳來幾聲狗叫，緊接著，便見一隻胖嘟嘟的小狗跳過門檻跑進來，直奔葉如濛腳邊，歡快地搖著尾巴。

葉如濛見到滾滾，頓時心情大好，甜甜一笑，俯身將牠抱了起來。

「呀，真可愛！」葉如巧笑道：「長得比多多還胖呢！真好看！」

「四姊姊這是哪來的？」葉如漫終於開口，眼睛都亮了，看起來挺喜歡小狗的。

「嗯，我們從外面買回來的，剛買回來不久。」

「四姊姊妳不知道吧，三姊姊去靜華庵，把多多也帶走了。」葉如巧嘴快道。

葉如濛「哦」了一聲，並無興趣。

葉如濛這樣的反應讓葉如巧有些不知該如何往下說，難道四姊姊就不好奇三姊姊走的時候是什麼樣的情形嗎？不但是悄悄從後門離開，還戴著帷帽直接上馬車，肯定是覺得沒臉見人。

姊妹幾個又說了好一會兒話，葉如巧仍是問個不停，葉如濛懶得應付，索性直接帶她們出去外面園子走走，趁著葉如蓉她們賞花時，終於尋到機會和葉如思單獨說話。

「四姊姊，妳沒事吧？」葉如思有些愧疚道：「其實，我有想來看妳，只是一直尋不到……」

「我知道。」葉如濛對她眨了眨眼，她是什麼樣的性格她自然知曉，她落難的時候，她會悄悄地來幫她，可當她好的時候，她卻不敢靠近了，和葉如巧的性子完全相反。

葉如思對她抿嘴一笑，不再做多餘的解釋。

「妳也要去丞相府？」葉如濛問道。

「嗯，聽說鳳華郡主也會去呢！」葉如思第一次出席這樣的場合，未免有些緊張。

「妳有適合的衣裳、首飾嗎？」

「我……」葉如思有些難為情。「有一套，就那套石榴裙。」

「那一套？」葉如濛想起來了，那一套面料、花色都不錯，也夠雅致，就是薄了一些，以葉如思怕冷的體質，到時定會冷，想了想，葉如濛道：「我想起來了，上次我娘給我做了一套衣裳，有些做小了，送妳穿正適合。」

葉如思連忙擺手。「不用……」

「不過就一套衣裳，到時出席的貴女眾多，可別讓人笑話了去。」葉如濛笑道，不一會兒就跟紫衣說好了，讓紫衣挑兩套適合的衣裳和一些首飾，包好後讓葉如思的婢女帶走。

之前陶掌櫃和將軍府都送了不少好料子來，她娘和桂嬤嬤給她裁了不少衣裳，葉如思身量與她差不多，只是更瘦一些，挑兩件剪裁貼身點的穿一定很適合。

國公府姊妹幾個又在這兒待了一會兒，才趕在晌午前回去了。她們前腳剛走，葉長風和林氏便回來了，正好趕上一起用午飯。

午飯後，一家三口在園子裡散會兒步，秋日陽光正好，和煦地照在院子裡、池塘上，溫暖如春。

葉如濛感慨，歲月靜好，也不過如此。

林氏輕輕嘆了口氣，若是濛濛能嫁給遠兒，到時再帶著小孫子、小孫女回來玩，她此生就再無牽掛了。

下午，賀明玉姊妹倆來了，林氏午休未起，葉如濛將姊妹倆迎去前廳。賀明玉喝了杯茶後，關切地問了她幾句，賀明珠倒是問了些金儀公主的事，好在葉如濛昨夜剛與金儀公主會面，倒能接得上話。

寒暄得差不多了，賀明珠便開口請她去參加自己的及笄禮，說得很客氣，畢竟這葉如濛有容王爺提親在前，又與金儀公主相交在後，身分與以前大不同，再加上葉如瑤已經被送去靜華庵，如今國公府就數她身分最矜貴了。

葉如濛有幾分意外，賀明珠親自來請，還送上分量最重的金箔帖，可見是極希望她去的；只是，她卻不太想去，那樣的場合她不確定自己應不應付得來。

但她不便一口回絕，只推說身子還不算全好，過兩日看看大夫怎麼說再決定。

送走貴客後，她躺在床上準備午休，忽然想到一些事情覺得有點古怪。葉如蓉明知賀爾俊有意納她為妾，那她去丞相府參加賀明珠的及笄禮，就不怕賀爾俊動什麼手腳嗎？畢竟賀爾俊不是什麼正人君子，葉如蓉如果敢去，只怕是已經想好應對之策，想到前世被賀爾俊納作妾室的葉如思，今日見她還是一臉單純、毫無防備，她不免有些擔心。

看來，她還是得去一趟才行。

五日後，正是賀明珠及笄之日。

葉如濛抵達丞相府後，被管事們迎進後花園，花園裡歡聲笑語不斷，貴女們衣香鬢影，遊繞在花間。花園四處擺滿了各色怒放的菊花，其中不乏名品，還吸引了不少彩蝶流連其中。

葉如濛一踏入月洞式園門，賀明玉便迎了出來，拉著她熱情地介紹起園中華衣麗服的貴女們，貴女們面色含笑地與她套起近乎，一個個都客客氣氣的。這可是容王爺看中的人，哪裡能得罪了？

葉如濛五官生得柔和，性子也不像葉如瑤般嬌縱，應付一圈下來，大家都是和和氣氣的，氛圍融洽，途中遇到國公府的四個妹妹們，見時辰差不多了，賀明玉才安排她們姊妹幾個一起落坐。

此次是在園中擺設的宴席，園中假山玉石林立，小橋流水不斷，菊花百態，頗有秋意，擺了整整四十九桌精緻的華席。每桌華席上都擺放一盆名品菊花，圍繞著菊花鋪滿了各色小食，小食以金菊紅蟹為主；除此之外，園中還有佈置雅致的亭子供鑑賞詩畫，一時間，貴女們行酒令、猜花謎、賞菊品茶，說說笑笑，好不熱鬧。

葉如濛拉著葉如思坐在她身邊，她們這一桌可坐八人，除了姊妹五個，還坐了其他三位姑娘。這一桌擺的是一盆開得碩大飽滿的泥金九連環，這九連環菊瓣絢爛如抽絲，配上景泰藍掐絲琺瑯寬腹花盆，更顯得高貴典雅。

圍繞著花盆的吃食有菊花粥、菊花豆腐、菊花茶、菊花酒、菊花糕、菊花羹、菊花魚球、油炸菊葉、菊花炸魚球等等，肥肉螃蟹都已經剔好殼，用葵口銀溫碗溫著。

紫衣給葉如濛舀了一勺蟹黃膏和蟹肉，葉如濛輕輕挾了一筷子，蟹黃膏香醇濃郁，蟹肉細膩柔滑，實為蟹中之佳品。唔，真好吃，不過，她總覺得吃螃蟹得自己動手，吃起來才香，這些剝好的蟹肉吃著雖方便，卻少了些味道。

「四姊姊，試一下這菊花肉。」葉如蓉笑容滿面，從容不迫地舀了一勺到她碗中。菊花肉是一塊塊經過巧製的半透明狀肥豬肉，外面拌上一層半鮮半乾的菊花瓣製成的菊花糖而成，吃時肥肉清甜可口、爽而不膩，菊瓣液香凝喉，芬芳撲鼻。

葉如濛微微頷首，道一聲謝，卻沒有動筷子。

直到這會兒，她才有時間打量起身旁的葉如思，葉如思今日穿的是她送的那套淡雅綠繡菊花對襟襦裙，衣裳穿在她身上顯得有幾分弱柳扶風的嬌弱感。葉如思被她看得有些不好意思，頭低了低，葉如濛笑道：「妳今日真好看，不用瑟縮著。」她要是能自信些會更美。

葉如思小聲道：「謝謝四姊姊。」她有些紅了臉，端起霽紅釉瓷茶盞，低下頭來淺淺抿了一口菊花茶，以掩飾自己的羞澀。

吃了幾分飽後，眾人玩起擊鼓傳花，傳的是一個金色的菊花球，初時拿在手中涼滑滑的，沒一會兒就被眾人摸得溫熱起來。

一會兒後，丫鬟們上了新的熱菜，卻不小心將一碗蟹黃膏灑在葉如蓉的袖子上，丫鬟連忙跪下請罪，葉如蓉微微蹙了蹙眉，並不說什麼。

賀明珠剛好在附近，得到消息後連忙趕過來，一臉歉意道：「葉五小姐，真是對不起。」斥責了丫鬟幾句後，她對身邊的大丫鬟吩咐道：「快帶葉五小姐去廂房換一下衣裳。」

葉如蓉淡淡笑道：「無礙。」還面容親切地幫丫鬟說了幾句話，最後看向葉如思。「六妹妹，不如妳陪我一起去吧！」

葉如思哪裡會拒絕她，連忙起身陪同。

葉如濛一見，也跟著起身。「五妹妹，我也一起去吧！」

葉如蓉微微一怔，客氣道：「不用煩勞四姊姊了，妳還沒吃完呢，有六妹妹陪我就行了。」

「沒關係。」葉如濛笑道：「反正我也吃飽了。」

葉如巧也站起身。「五姊姊，我也陪妳們一起去吧！」她可不想被丟下，她沒來過這種場合，生怕自己出了什麼差錯，自然是要緊緊黏著葉如蓉。

葉如蓉面上閃過一絲不自然，可再推卻下去恐會引起懷疑，只能笑著同意。

姊妹幾個看向還在座上的葉如漫，葉如漫並無興趣跟著一起去，慵懶笑道：「我就在這兒等姊姊們回來吧！」

姊妹幾個出了後花園，經過荷梅園後才到後院的客臥。招待女賓的後花園和招待男客的前庭院正是以這片荷梅園隔開的，荷梅園顧名思義，荷花與梅花各占一半，夏秋看荷，春冬賞梅。平常宴會時，男客們在庭院裡傳杯換盞，高談闊論；女賓們則在後花園品茶吃食，賞花作詩，待各自吃飽喝足後，男客和女賓們才會陸續來這荷梅園裡會合，賞詩作畫。

今日賀明珠及笄的良辰是下午酉時一刻，大家吃喝得差不多後，就會在酉時之前聚到這裡來見證她的及笄禮。

葉如濛才剛走進後院，就被人喚住，來人是賀明珠身邊的大丫鬟，丫鬟恭敬道：「葉四姑娘，鳳華郡主有請。」

葉如濛一怔，她與鳳華郡主向來無交集，此番找她做什麼？葉如濛暗忖，莫非是為了容王爺？

鳳華郡主聶無雙是當今聖上的胞妹——長公主所出，長公主就生了這麼一個女兒，自然是捧在手心裡的。因為皇上自小與長公主感情深厚，對她的獨女也是寵愛有加，在聶無雙八歲那年便封給她一個郡主的封號。

聶無雙自小就心儀祝融這個表哥，可是祝融卻不愛搭理她，反而一心向著葉如瑤。聶無雙容貌生得極美，可真要和葉如瑤相比，姿色又略遜她幾分，是以她從小就與葉如瑤不對盤。葉如瑤身分雖比不上她，可是仗著有祝融的寵愛，還讓她這個郡主吃了幾次虧。此次葉如瑤受罰被送到尼姑庵去，可是樂壞了她，心情好得不得了。

葉如濛記得，鳳華郡主今年剛及笄不久，前世好像也是拖到十七歲才出嫁。

丫鬟見葉如濛遲疑，連忙道：「請小姐隨奴婢來，莫讓郡主久等了。」

葉如蓉見了，也道：「四姊姊，妳快去吧！」

「是啊！」葉如思也勸道：「快去吧！」鳳華郡主可不是好脾性的人，若是讓她久等了，只怕會藉故遷怒四姊姊。

葉如濛唇張了張，正想開口喚葉如思一起去，可是轉念一想，此次鳳華郡主不知是不是有意刁難，還是別拖葉如思下水了。

「七妹妹，要不妳陪四姊姊一起去吧？」葉如蓉提議道。

葉如巧一聽，連忙搖頭。「我不去，我陪五姊姊就好！」鳳華郡主脾氣大，她才不去自討苦吃呢！

葉如思聞言一怔，這才想到鳳華郡主說不定是要刁難四姊姊，她誤以為葉如濛剛剛的遲疑是因為害怕，正欲開口說要陪她一起去，葉如濛已經知道她的意思，笑著婉拒道：「沒事，我自個兒去就行，很快就回來。」

葉如思還想開口，葉如蓉卻輕輕拉了拉她的袖子，五姊姊的話她向來是聽的，這才作罷。

待葉如濛跟著丫鬟走後，葉如蓉壓低聲音道：「六妹妹妳放心，四姊姊如今身分大不同，郡主如何為難得了她？妳去了，說不定郡主就找妳麻煩呢，到時四姊姊可保不住妳，反倒叫她為難了。」

葉如蓉這話說得在理又誠懇，倒叫葉如思心中添了幾分愧疚，還是五姊姊想得通透，五姊姊以前跟在三姊姊身後，只怕沒少受過鳳華郡主的刁難，她去了，可能真會如她所說，給四姊姊添麻煩。

葉如濛剛走出院子，便低頭吩咐紫衣趕回去照看葉如思，以葉如思的性子，只怕被葉如蓉賣了還在幫她數銀子呢！此時的葉如思，就是前世的她，明明被葉如蓉耍得團團轉，還掏心掏肺地對她好。

丫鬟領著葉如濛到一個掛滿橘黃色簾幔的八角重簷石亭，遠遠地，便見亭中被眾星捧月般圍繞著的鳳華郡主聶無雙，聶無雙今日穿著一身大紅色宮裝，她生得一雙劍眉，配上一雙眼角微微上揚的鳳眼，美得凌厲逼人。

葉如濛被引入亭子後，上前屈膝行禮。「民女見過郡主，不知郡主召見民女，有何指示？」

聶無雙眨了眨眼，上下打量她，發現是個不認識的姑娘，顯然對她的貿然出現略感不滿。「妳是誰？」

葉如濛一怔，看向帶她來的丫鬟，丫鬟一臉無辜，這時，聶無雙身旁的賀明珠才笑道：「郡主，這位是葉四姑娘，剛剛郡主不是說，想見見這國色天香的葉四姑娘嗎？」

聶無雙聞言，眸中略有驚訝，這才將葉如濛認認真真打量了一遍，眼裡閃過一絲不屑，嘴角扯出一抹笑。「這回倒是看清楚了，原以為是個國色天香的玉人，如今看來，不過爾爾。」容貌雖說算尚可，可是哪裡比得上葉如瑤呢？不知容王爺怎麼會看上她？

葉如濛對她的嗤笑無動於衷，只是輕聲道：「既然郡主沒有其他吩咐，那民女就先退下了。」

「慢著！」聶無雙勾唇一笑，端坐在高位上審視著她。「既然來了，那就多待一會兒吧！我聽聞妳爹爹學富五車，想來妳也應當文采斐然，不如……」聶無雙一雙顧盼生輝的美目轉了轉，狡黠地道：「不如妳現場賦詩一首，為明珠的及笄之禮錦上添花吧？」

葉如濛彎唇一笑。「誠如郡主所言，所謂國色天香不過爾爾，所謂文采斐然實為胸無點墨，傳言不可盡信也。爹爹自幼便教導，女子無才便是德，是以民女實不通文墨，不敢在郡主面前獻醜。」

聶無雙正想再說些什麼，葉如濛又緊接著道：「不過，我五妹妹倒是有些才學，郡主稍等片刻，民女這就去喚她。」說完，她施施然行了一禮，不由分說便退下了。

聶無雙還來不及開口，葉如濛便一溜煙地跑得飛快，留下呆愣在原地的眾人。好一會兒後，聶無雙才嗤笑一聲，沒想到這葉如濛膽子小成這樣，怕得像隻松鼠似的，這樣一個人，將來如何能成為她的對手？

葉如濛匆匆忙忙地趕回去，不想和鳳華郡主有糾葛，適才的會面莫名其妙，令她對葉如思的安危更加感到不安。她走到院子門口，正好遇見丞相夫人和另一位貴氣的夫人，兩人帶著一群丫鬟，有說有笑地正欲入院。

「咦，妳是？」丞相夫人打量著她，見她一身穿戴不凡，可是看著卻有些眼生。

葉如濛自報家門後，丞相夫人身旁的貴婦人突然笑道：「原來是小濛濛，妳小時候我還抱過妳呢！」原來，這位夫人正是宋懷遠的姨母黃氏，黃氏嫁得不錯，夫君如今是朝中的二品文官。很久以前她還真的見過葉如濛一面，那個時候的葉如濛像個小粉團兒一樣，可愛得緊，一雙大眼睛滴溜溜的。

她打量著葉如濛，笑道：「沒想到一下子長得這麼大了，比出水芙蓉更勝幾分，三家提親也是其來有自。」

「夫人謬讚了。」葉如濛低頭，恰到好處地害羞一下，並不放在心上，不過是些表面的恭維罷了。

「葉四姑娘來這兒做什麼？」丞相夫人親切問道，她知道葉如濛的到來，只是先前一直忙著招待朝中命婦，沒遇見她。

葉如濛溫婉答道：「我五妹妹弄髒了衣服，正在裡面換衣裳呢！」

她話一落音，突然從院子裡面傳來了一聲女子的尖叫，緊接著，有東西砰然倒地的聲響傳來。

丞相夫人一聽，連忙快步走進院子，跑了好一會兒才來到客房，在客房外高聲呼道：「葉五姑娘怎麼了？」

「我、我沒事！」裡面傳來略微慌亂的女聲。

葉如濛一聽就覺得不對勁，這不是葉如蓉的聲音，這是葉如思的聲音！

丞相夫人的丫鬟們正欲推開門，卻發現門被人從裡面頂住了，還被人迅速鎖了起來，緊接著，隔著門傳來紫衣警戒的聲音。「是誰？」

「門外乃丞相夫人，裡面發生何事？」丫鬟忙高聲道。

紫衣一聽，這才從容不迫答道：「我家小姐正在換衣裳，請稍候片刻。」

「剛剛裡面傳來聲響，不知發生何事？」丞相夫人急問，面上帶著幾分殷切。

「回稟夫人，沒什麼事，是剛剛我家小姐不小心碰倒了屏風。」紫衣仍是不疾不徐。

丞相夫人聽得微微皺眉，她們剛剛可是先聽到一聲尖叫，再有屏風倒地聲的。

一會兒後，紫衣才打開門，丞相夫人等人忙快步走進房內，只見葉如思從倒地的屏風後繞出來，懷中抱著一隻白色小貓，身上還穿著一套略顯寬大的衣裳。

丞相夫人一見葉如思，頓時臉色一變，怎麼會是她？

葉如思面色還有些慌亂潮紅，這會兒看見丞相夫人連忙行禮，而後道：「剛剛換衣裳時這隻小貓不知從哪冒出來，嚇了我一大跳，以致不慎把屏風給推倒了，真是不好意思，驚動了夫人。」

「原來如此，無妨、無妨。」丞相夫人心不在焉地往裡探了探，她不確定她兒子是不是闖進來躲在裡面，還是誠如葉如思所說，她剛剛之所以尖叫，只是因為被貓驚嚇到了？

黃氏倒無懷疑，只是笑問道：「這小貓倒是精緻，是誰養的？」

丞相夫人瞥了葉如思懷中的白團子一眼，面色閃過不喜。「知君養的。」還是隻只有三隻腿的殘疾小貓，晦氣得很；她本來不讓養，可他倒好，平日從來不敢反駁的人，居然就在這事上忤逆了她！

最後被她罰在小祠堂裡跪了整整一日，直到丞相爺回來後問起，她才不得已放人，可是在那之後，也不知道他怎麼就說服了丞相爺，答應他養著了。

賀知君知她不喜，不怎麼讓小貓跑出他的院子，她平日也就睜一隻眼、閉一隻眼了，可如今竟然跑出來驚嚇到客人，她就不能不管，她冷道：「把這隻小貓給我關起來！」

「夫人。」葉如思一聽她語音中的不耐煩，秀眉都皺成一團了，連忙求情道：「其實這隻小貓挺乖的，是我自己看見牠嚇了一跳，才會驚嚇到牠，希望夫人能……好生對待，莫責怪於牠。」這隻小貓，想來是賀二公子心愛之寵吧！

葉如濛聞言笑道：「瞧妳這話說得，丞相夫人還能和一隻小貓計較不成，夫人不過是要讓人把小貓帶回去交還給賀二公子罷了。」

葉如思聞言，微微有些紅了臉，這才將小貓遞給丫鬟。「丞相夫人心慈面軟，定是宅心仁厚之人，是如思唐突了。」

丞相夫人面上一訕，笑著對身後的丫鬟吩咐道：「快，把小貓送回二公子院子去，讓他看管好就是。」

「是，夫人。」丫鬟摸了摸小貓，牠窩在丫鬟懷中倒也乖巧，只對葉如思喵了一聲，便乖乖地由著丫鬟抱走。

葉如思過了好一會兒，才不捨地將眼神從小貓離去的方向收回來，她對這隻小貓憐愛得緊，看見牠便生出一種同病相憐的感覺。

葉如濛這會兒倒有些不明白了。「思思，怎麼會變成妳在換衣裳？之前不是蓉蓉在裡面嗎？」

葉如思解釋道：「剛才紅蓮給五姊姊打了一盆熱水過來，結果不小心灑到我身上了，五姊姊怕我冷到，便讓我先在房裡換衣服。」紅蓮，正是葉如蓉的貼身丫鬟。

「那她人呢？還有七妹妹去哪了？」葉如濛不滿，她一個姑娘家在裡面換衣裳，居然連個守在門口的丫鬟都沒有？

「這……」葉如思四處望了望，一臉迷糊。「這我就不知道了，剛剛五姊姊她們還在門口的呀！」她在府中並不受寵，身為庶女，一般出席這樣的場合都是只帶一個貼身丫鬟，她的丫鬟跟賀府的丫鬟去取衣裳了，五姊姊和七妹妹剛剛明明就在這門口，不知什麼時候離開了。

就在這時，從走廊盡頭傳來了說笑聲，眾人轉頭，見葉如蓉和葉如巧正有說有笑地走回來，一見門口圍了這麼多人，兩人一怔，忙停止說笑快步走過來，葉如蓉關切地問道：「這是怎麼了？」

葉如濛面色有些難看。「六妹妹在裡面換衣裳，怎地沒一個人在外面守著？」

「怎麼會呢？」葉如蓉有些不明白。「剛剛我還讓紅蓮在這兒守著的。」

「是啊！」葉如巧也跟著道：「我們走的時候五姊姊就吩咐紅蓮在這兒守著了。」

葉如蓉看著如今氣氛略有些嚴肅的場合，有些不安地往裡面看了看。「發生什麼事了嗎？」

紫衣不卑不亢答道：「剛剛奴婢踅了回來，看到這門是開著的，一進去便發現姑娘正在屏風後換衣服，這才趕緊將門關上。」

眾人聞言，都大吃一驚，葉如濛也是，她竟不知還有此內情，葉如蓉急道：「怎麼會這樣？那、那剛剛沒被人看見吧？」她說著，眼睛卻往裡望了望，似在搜尋著什麼。

「自然是沒有。」葉如濛立即道：「幸好紫衣踅了回來。」

葉如蓉聞言，微微鬆了一口氣，又關切地看向葉如思。「六妹妹，妳剛剛進去的時候可有鎖門？」

葉如思搖了搖頭。「沒有，我看妳們都在外面守著……我就沒上鎖了。」而且她還在等她的丫鬟小欣送衣裳回來呢，哪裡想到得留個心眼將門鎖上。

「那就奇怪了，這門怎麼會是開的呢？」葉如濛看著葉如蓉不解道，明顯是懷疑到她頭上，難道前世，她就是這樣使計讓葉如思代她嫁給了賀爾俊？

「這個……」葉如蓉對她懷疑的眼神視若無睹，只是緊皺秀眉，一臉擔憂。「這事都怪我，剛剛看見一隻閃藍色的大蝴蝶，我便拉著七妹妹去看了，離開時我明明吩咐紅蓮守著，也不知道紅蓮去哪了？」
正想著，紅蓮回來了，葉如蓉見狀，連忙喝問：「紅蓮，剛剛我不是讓妳守在這兒嗎？妳人跑哪去了？」
紅蓮一聽，連忙福身。「剛剛奴婢是守在門口的，可是忽然有一位姊姊來喚奴婢，說是賀大姑娘找我有急事。奴婢說我們府上有小姐在裡面換衣裳，那位姊姊說她可以幫奴婢守著，奴婢這才敢離開的。」
「哦？那她人呢？」葉如濛問道。
「這個……」紅蓮一聽急了。「奴婢、奴婢也是剛回來……」
「妳從哪裡回來？」
「花園裡。」
「妳去花園見賀大姑娘了？賀大姑娘可有說找妳何事？」葉如濛連連追問。
紅蓮頓時面色為難。「剛剛奴婢到了園子裡，可是賀大姑娘說她沒有找奴婢，不知是不是誰傳錯了話……」紅蓮頭又低了低，福著身不敢看她們。「奴婢發誓，所言句句屬實！」
「呵。」葉如濛冷笑一聲。「剛剛紫衣回來的時候，見這門是打開的，妳可知，六小姐在內換衣裳，若有男子誤入，六小姐的名節豈不是就要毀了？」想到這，葉如濛語氣難免有些嚴厲。
紅蓮一聽，知道事情比她想像中嚴重得多，連忙跪下請罪。「奴婢知罪！可是、可是奴婢走的時候，明明是有位姊姊看守著的，奴婢也不知道房門怎麼會開了，請六小姐恕罪！」
紅蓮知道葉如思最好說話，轉而向她求情起來。
葉如濛審視著紅蓮，她不確定紅蓮是不是在撒謊，說不定就是紅蓮故意將門推開，然後一走了之的；可是這樣，這計劃只完成一半，還得等賀爾俊來才行呀！葉如濛忽然聯想到剛剛丞相夫人的表現，一下子明白了，葉如蓉這是將計就計！如果是這樣的話，紅蓮有可能不是說謊，而是真的有人將她支開了，是賀爾俊的人。
葉如濛轉而看向丞相夫人。「此事事關我六妹妹的清白，不知是什麼人故意支開我們府上的丫鬟，還將這門推開，只怕是意圖不軌，還請丞相夫人為我們做主。」
「這個……」丞相夫人面色有些尷尬，狡辯道：「我們府裡的丫鬟是斷然不會做這種事的，是不是風太大，把門給吹開了？」
葉如濛堅決搖頭。「我看這門挺結實的，如今秋風輕輕，哪裡會吹得開？」她看向紅蓮。「紅蓮妳說說看，來喚妳的丫鬟是什麼人、長什麼模樣、穿什麼衣裳，若是讓妳認，妳可認得出來？若是找不到那個丫鬟，此事便只能唯妳是問了。」
紅蓮連忙跪在地上，害怕極了。「奴婢……奴婢不一定認得出來，但一定盡力一試。」
丞相夫人這下為難了，那丫鬟是她派來引開紅蓮的，她自然不想為此事做主；如果只是幾個小姑娘，她說不定還能糊弄過去，可偏生如今還有黃氏在場。原先她帶黃氏來，就是想讓黃氏親眼見證，葉五姑娘已經叫她兒子不小心撞見了身子；黃氏身為命婦，自然不會長舌到處亂說，可是那宋懷玉的母親是她姊姊，姊妹倆還有什麼話不能說？以宋家那樣的書香世家，斷然是不會要這種不清不白的女子，自然就不會再和她兒子爭了；而且這樣一來，那葉如蓉失了清白，她兒子要納她為妾，也就更加順理成章。

她原本是想如此一箭雙雕的，誰知道這廂房裡的姑娘竟換成了葉如思，不知道如今她兒子是不是還躲在裡面。丞相夫人想到這，未免心急如焚，若是躲在裡面，可千萬別被人發現了，人家姑娘家在換衣服，他偷偷躲在裡面，要是傳出去有多難聽呀？而且說不定還得將這葉如思給收了。

萬般無奈之下，丞相夫人只好道：「妳放心，此事我一定為妳們姊妹做主。」她說著，將眾人領了出去。「只是這事不好聲張，況且今日還是明珠及笄之禮，不如低調處理如何？」她說著，端出丞相夫人的架子來。

「謝丞相夫人，不知丞相夫人準備如何處理？」葉如濛認真問道。

「這樣吧，等到宴席結束後，我讓管家將所有丫鬟聚集在一塊兒，讓紅蓮一一辨認如何？」

「好，濛濛在此謝過丞相夫人了。」葉如濛一臉感激道：「多謝夫人肯為我們做主，久聞丞相守正不阿，原來夫人更是如此。」她此番話同時也有另一個意思——若是妳處理不公，那就順便污了妳丞相夫君的英名。

丞相夫人臉上堆笑。

事情處理完後，葉如思的丫鬟小欣也帶著衣服趕回來了，葉如蓉和葉如思這才進屋去將衣裳換好。

待丞相夫人和黃氏走後，姊妹四人神色都有些不明，葉如濛對葉如蓉直言道：「五妹妹，妳和七妹妹先過去吧，我有點累，想在這兒休息一下，讓思思陪就好。」

葉如蓉一聽，眼珠子微微一轉，點了點頭，又面現愧色地看著葉如思。「思思，都是我不好，差點害得妳……」

「五姊姊快別這麼說。」葉如思也愧疚起來。「是我太大意了，自己沒有鎖好門。」

葉如蓉皺眉道：「妳放心，此事是紅蓮失職，我回去定會處罰她。」她又誠心誠意地對著葉如思道歉，這才和葉如巧離開。

待確認她們走後，紫衣連忙關上了門，卻是快步進到內室，打開衣櫃將裡面的賀知君放出來，葉如濛登時吃了一驚，只見這賀知君滿臉通紅，好不狼狽，見到她們，手都不知該往哪放了。

葉如思看見他，也側過身子，臉脹得通紅。

賀知君站定後，難堪地向葉如思做了一揖。「葉六姑娘，此事……是在下無禮在前，在下定會對姑娘負責。」

葉如思羞得說不出話來，只咬唇背對著他。

賀知君又向紫衣做了一揖。「多謝姑娘相救。」他看向紫衣和葉如濛兩人。「此事還望兩位姑娘能夠保密，免得污了葉六姑娘的名節。葉四姑娘，在下定會對令妹負責。」他誠懇道。

葉如濛這會兒還有些呆愣。「發生……什麼事了？」

她這一問，讓賀知君臉上剛褪去的紅潮又脹了上來，一下子連耳根子都紅了，賀知君不敢言語，只慌亂道：「在下告辭了。」說著就要往門口走去。

「等等！」紫衣連忙喚住他。「這個時候你還敢走門口？生怕別人不知道？爬窗啊！」

賀知君一怔，爬上窗子前又對幾人行了一禮。「在下失禮了。」

葉如濛呆愣片刻後，忍不住笑出聲來。「還真是個呆子！」她看向葉如思，見葉如思頭都要低到地上了，知道問她是問不出來的，又看向紫衣。

紫衣這才道：「剛剛奴婢回來的時候，賀二公子已經追著他的小貓進來了，這門是開的，賀二公子不知裡面有人，這才……」紫衣說到這裡便不再往下說。

葉如思只覺得臉上燙得厲害，支支吾吾的。「其實……也、也沒看見什麼，只是、只是……」

葉如濛面色含笑，六妹妹果然對賀知君有意，若換作是那賀爾俊闖了進來，只怕這會兒就不是臉紅，而是上吊去了。她笑道：「放心吧，這也算是誤打誤撞得來的緣分，我看賀二公子也是個知書達禮的，只怕不日就會上門提親。」

葉如思不敢看她。「四姊姊妳就別笑話我了，賀二公子哪裡看得上我。」

「啊！六妹妹可是不喜歡他？」葉如濛故作一臉擔憂。「要不，我去和他說說，讓他別對妳負責任了？」

「四姊姊！」葉如思一下子急得眼淚都快流出來了。

葉如濛掩嘴直笑。「放心吧，發生了這樣的事，如果賀二公子還不上門提親，我們也不要他了。」

葉如思急得眼睛都紅了，像隻小兔子一樣，聲音更是羞得無地自容。「四姊姊，妳就別笑話我了。」若賀二公子真因今日之事娶她，她也是難堪得緊，他不喜歡她，還要娶她，這不是為難人家嗎？

葉如濛見她實在羞得不行，也不敢再笑話她了，收起笑意，認真道：「六妹妹，經過這事，妳以後可得小心五妹妹。」

「什麼意思？」葉如思微微抬起脹得通紅的臉，一臉不明白地看著她。

「妳還看不出來嗎？」葉如濛壓低聲音道：「此次妳是著了五妹妹的道了。」葉如濛將事情的來龍去脈給她解釋一遍。「妳說，若當時在裡面的是蓉蓉，來的是賀大公子，賀大公子撞見了蓉蓉換衣裳，又當場被丞相夫人和宋懷玉的姨母抓個正著，妳猜會怎麼樣？」

葉如思聽得臉色都白了，好一會兒才結結巴巴道：「四姊姊的意思是，原本來的人應當是賀大公子，丞相夫人她們是刻意要當場撞見，坐實這件事？而五姊姊她、她是讓紅蓮故意潑我水的？」

葉如濛點了點頭。「我猜當是如此。」

「這怎麼可能？」葉如思難以置信地搖了搖頭。「五姊姊一向待我極好，不可能會這樣做的。」

葉如濛也不知該如何向她解釋。「妳要知道，如果賀大公子納了我們國公府的一個姑娘為妾，就不可能再納五妹妹了。總之，所幸來的是賀二公子，只是，賀二公子還未上門提親，這陣子妳還是小心些好，就怕還會出什麼意外。」

她不再多說，葉如蓉在葉如思心目中的印象太好，只怕她三言兩語還說不動她；若是前世，有人在她面前這麼說葉如蓉的壞話，她說不定也會懷疑那個人是來離間她們姊妹的。

「四姊姊……我、」葉如思面現愧色。「我不是不相信妳，只是……可能這其中有什麼誤會吧？」

「沒事，時間會證明一切的。」葉如濛語重心長道。「妳只要記得，以後小心些就是，在這次宴會結束之前，妳最好一直跟在我身邊，回府後，也要一切小心。」

「四姊姊放心。」葉如思忙道。

葉如濛沒承想，這回卻是她多想了，此計不成，心急的葉如蓉轉而將毒手伸向了葉如巧。

第二十四章

葉如濛和葉如思一行人從荷梅園經過，正欲回後花園，忽而聽到荷塘那邊傳來紅蓮的叫聲。「不好了、不好了，姑娘落水了！」

葉如濛等人一驚，連忙跑了過去，將近荷塘時，正好看見賀爾俊從庭院那邊跑過來，身後還跟著小廝和宋懷玉。葉如濛等人還沒趕到，便聽紅蓮哭著對賀爾俊道：「賀大公子，不好了，我家小姐掉到荷塘裡了！」

眾人一見，此時荷塘中花葉凋零，一片敗落，可見一女子在水中掙扎著，殘荷掩面，水花飛濺。

賀爾俊和宋懷玉一看，都是心中一沈，爭先恐後便欲下荷塘，明明是宋懷玉在前，可賀爾俊卻一把揪住宋懷玉的領子，用力將他往身後一扯，賀爾俊的小廝趕緊上前抱緊了宋懷玉，緊緊箍住他，賀爾俊見狀毫不猶豫，立刻撲通一聲跳下池塘。

葉如濛看得眉毛一跳，這麼冷的天，那荷塘的水有多冰涼啊，她光想都忍不住起了一身雞皮疙瘩。

就在這時，原本應該在水中的葉如蓉卻匆匆地從後花園那邊小跑過來，滿臉慌亂。葉如濛等人見了她都吃了一驚，葉如蓉在這兒，那掉入荷塘中的是誰？

葉如蓉喘著氣道：「青青已經去喊婆子過來了！」青青正是葉如巧的丫鬟，這麼說來，掉進荷塘裡的是葉如巧？

葉如蓉萬分著急，顧不得她們的詢問，直跑到荷塘邊趴下，擔憂地看向荷塘裡掙扎個不停的葉如巧，當她看向游得離葉如巧越來越近的男子時，嘴角露出一抹難以察覺的微笑，卻故作驚訝道：「是誰去救七妹妹了？」

「小姐，賀大公子下去救七小姐了！」紅蓮連忙道。

葉如濛看得皺眉，唇幾乎抿成一條直線，她一眼看穿了葉如蓉的詭計。這麼冷的天，居然使計讓葉如巧落水，葉如濛氣得直咬牙，真巴不得葉如蓉也落水，讓她試試這秋日裡寒涼的荷塘水。

她身後的紫衣眼珠子轉了轉，忽然，眼角餘光瞄到圍牆上有一隻皮毛發灰的老貓，這隻老貓正懶洋洋地躺在牆頭上曬太陽，時不時瞥他們一眼。

紫衣頓時有了主意，她悄悄打開袖中的盒子，指間捏住一顆薄紙包著的貓粉丸。這貓粉對貓的誘惑力極大，她先前就是一路撒來，才會引賀知君的貓進入客房，她今天沾在葉如思身上的分量也是剛剛好，讓小貓極為喜愛她；可是，使用貓粉得適量，若是一整顆的分量便不得了，極易引起貓的抓狂。

自家小姐不知道，還以為賀二公子是誤打誤撞進房的，卻不知原是主子牽的紅線。主子知道姑娘今日要來丞相府時，就已經先派暗衛來勘察過了，連葉如蓉和丞相夫人的陰謀詭計，也早在主子的掌握之中。螳螂捕蟬，黃雀在後，可都忘了身後還有網雀人。

葉如蓉這邊還趴在荷塘邊深情地演著戲，忽然覺得脖子像是被一顆小石子打了一下，力道有點大，害她差點就掉下去，還沒等她穩住身子，身後突然傳來一聲淒厲的貓叫，她一回頭，便見一隻全身炸毛的灰貓朝她撲了過來，灰貓在她臉上抓了一掌，她慘叫一聲，整個人還蹲著就直接撲通一聲掉進荷塘裡。

葉如濛看得眼珠子都快瞪出來了，這……怎麼想什麼就來什麼？剛剛若她沒看錯，有顆白色丸子射向葉如蓉，那顆丸子一碰到她的脖子就炸開化成粉，只不過因為角度的問題，只有她和葉如思看見了，不知是誰出手的，看樣子像是……從她們這個方向出手的，她不由得看向紫衣。

另一邊，被賀爾俊的小廝抱住的宋懷玉，此番見葉如蓉真的落水，突然猛地掙扎開來，將那小廝推倒後，二話不說衝了過來，撲通一聲就跳下池塘，游去救葉如蓉了。

這個時候，葉如巧的丫鬟青青已經帶著園中的貴女、丫鬟們風風火火地從後花園趕了過來，賀爾俊正好抱著他以為的「葉如蓉」靠岸，婆子們一見，趕緊上前幫忙，將濕漉漉的葉如巧拉上岸來。葉如巧已經嗆暈過去，婆子們忙將她的身子翻倒，用膝蓋頂她的肚子，如此頂了幾下，葉如巧才「哇」的一聲吐出一大口污水。

賀爾俊爬上岸後，雖然凍得瑟瑟發抖，可面上盡是喜悅，他抹了把臉上的水，準備對濕身的美人一飽眼福，可一看卻傻眼了，整個人僵在原地，猶如被晴天霹靂劈中一般，怎麼會是、會是葉如巧！

「快快！去拿斗篷來！」婆子們連忙給葉如巧披上斗篷，急急忙忙將她揹往後院廂房裡去。

葉如巧被送走後，宋懷玉才將葉如蓉托上岸，婆子們忙將全身濕漉漉的葉如蓉拉上來。可是這個時候已近酉時，前院裡已經有不少公子哥兒三五成群地往荷梅園這邊走近，一下子便看個正著——宋懷玉被葉如蓉一腳踩在臉上，他看不見，手胡亂一托，直接就托在葉如蓉的屁股上，他一怔，可也無暇顧及，只能用力將她推上岸。這屁股上的一掌，日後還被不少在場的公子們在醉酒後津津樂道呢，當然，這些都是後話了。

葉如蓉並未昏迷，自然也察覺到自己屁股上的這一掌，幾乎同時，聽到附近傳來男子的說笑聲，她狼狽地轉頭一看，便見那些男客們的眼睛都齊齊地望了過來，看得雙目發光。雖然他們已經被婆子們攔住不能再往前，可她濕身的模樣卻都被他們看了去，尤其是屁股上的這一掌，這一刻葉如蓉只覺得羞憤欲死，恨不得就此暈死過去，可宋懷玉救得及時，她不過是嗆了幾口水，還不到暈死過去的地步。

她被拉上岸後全身都凍僵了，只能瑟縮在岸邊，一時間承受不住涕泗橫流，婆子們以為她是驚嚇過度，連忙拿斗篷給她披上。

葉如思看著葉如蓉被人揹著離去的背影，臉色慘白，她不是真笨，事到如今，她還看不出來嗎？

七妹妹掉下去，紅蓮卻抓著賀大公子說「我家小姐掉到荷塘裡」，是「我家小姐」啊！雖然七妹妹也算是「我家小姐」，可她當時這句話，讓她和四姊姊都下意識地認定落水之人就是五姊姊了。所以，紅蓮是故意讓賀大公子以為掉下去的是五姊姊，好讓賀大公子跳下水去救人！再者，剛剛若不是被貓驚嚇到了，只怕五姊姊也不會落水。

葉如思不由得再往前細想，方才她在房裡換衣裳時，倘若闖進來的是賀大公子，給賀大公子作妾的就是她了。所幸來的是賀二公子，當時賀二公子追小貓誤入房中，他受到的驚嚇比她還大，兩人都是手足無措，多虧紫衣及時趕到，將賀二公子藏入衣櫃中。倘若當時他們兩人、尤其是她還衣衫不整地被丞相夫人抓了個正著，真不敢想像，她清白有損就不用說了，只怕還會影響賀二公子的仕途，賀二公子身為庶子，出仕是他唯一的出路，鬧出這樣的事，他的一生等於是毀了！

今日四姊姊對她所言，隻字不假！她頓時嚇出一身冷汗，腿都有些哆嗦了。

因為葉如巧和葉如蓉姊妹倆先後落水，葉如濛和葉如思、葉如漫只好陪兩人先回府，丞相府的這場鬧劇方才告一段落。

良辰已到，是賀明珠行及笄禮的時候，可是賀爾俊一身狼狽，只能缺席，丞相夫人又因為嫡子落水魂不守舍，雖說還有丞相主持大局，可賀明珠的及笄禮卻沒有想像中的完美，多少還是出了幾處差錯。

話說，宋懷玉下水救人後，也去廂房換了衣裳，雖然打了幾個噴嚏，卻是笑得合不攏嘴，這下，他可算是抱得美人歸了；只是……他也徹底和賀爾俊鬧翻了，沒想到賀兄居然如此卑鄙，居然出陰招阻止他救人，誰知道反而讓他誤打誤撞地救了葉五姑娘。哈哈，他心情大好，連薑湯也來不及喝，便匆匆忙忙地準備回家，他要回去將此事告訴爹娘，他明日就要上葉府向葉五姑娘提親。

宋懷玉臨出府前才想起自己的小妹，小妹平日甚少出席宴會，只因與賀明玉交好，此次才會應邀前來。他連忙喚小廝去將宋懷雪尋來，準備帶她一起回府。

這邊，宋懷雪正百無聊賴地坐在荷塘附近一處不顯眼的小亭子裡，大家都聚到梅林那邊去了，只有少數的失意人才會往這寂靜的荷塘來。其實不是她愛安靜，她性子也是活潑的，只是……她說不了話，便總給人一種安安靜靜的感覺；而且，她也有些自卑，她不想在大庭廣眾之下比手語，暴露她的隱疾。

她剛來時，賀明玉陪了她好一陣子，只是後面忙起來，也顧及不到她了，她便想著來這裡小坐一會兒，等待得差不多了再去向賀明玉辭別。

此時的宋懷雪並沒注意，在不遠處，已經有一雙色迷迷的眼睛盯上了她。這人乃是丞相夫人妹妹家一個不成器的嫡子，名喚吳尚留。這吳尚留說來，還是宋懷遠兄弟倆的同窗，只不過今年秋闈落榜了，一想到文采超然的兄弟倆，他不免起了嫉恨之心，今日看到宋懷玉帶了妹妹來，頓時起了淫心。

沒想到宋家三姑娘真是人如其名，皮膚白得像雪一樣，雖然是個啞巴，但啞巴，哈哈！他還沒試過啞巴呢！想來別有一番滋味。

雖然看起來年紀還小，但是，他最愛這種小處子了，緊致得銷魂啊！想到這，吳尚留就覺得自家老二已是慾火焚身了。

「去。」吳尚留對身旁的小廝吩咐道：「你派人去將她身邊那個小丫鬟引開，再派人守在外面，別讓人往這邊來。」

此時梅園裡，到處都是熱熱鬧鬧的，一襲紅衣的顏多多穿梭在人群裡，時不時和公子哥兒說笑幾句，少年劍眉星眼，舉手投足間盡顯風流，引得不少未出閣的少女偷偷看他。

顏多多此次是隨自己的幾個嫂嫂過來的，本來他還想將寶兒也帶過來一起玩，可是他娘說要等到寶兒正式認祖歸宗後，再讓她以將軍府嫡女的身分出席這些場合，如此他便只能作罷。

顏多多在人群中伸長脖子四處張望著，尋找穿鵝黃色衣裳的姑娘，剛剛他好像看到宋懷雪了。他摸了摸懷中的手帕，這是那次在春滿樓時，宋懷雪遞給他擦眼淚的，他當時擦得手帕都是眼淚、鼻涕，不好意思當場還給她。回府後他已經洗淨了，可是這帕子上面還繡著個雪字，他丟也不是，不丟也不是。姑娘家的手帕，他自然是不便留著，便一直想尋個機會還給她，讓她自己去處理，這樣會好一些吧？他還特意去霓裳閣買了一條新的帕子，準備賠給她，這一新一舊的兩條帕子，他已經懷揣在身上多日了。

在梅林這片蹓躂了好幾圈，顏多多也沒找著人，忍不住看向另一邊有些蕭條的荷塘，那個小丫頭，不會跑那兒去了吧？顏多多想了想，腳不由自主地往那邊走去。

走沒一段路，便見有個小廝守在那兒東張西望，一臉鬼鬼祟祟。小廝看見他，略顯慌張，忙露出笑臉道：「這位公子，荷塘已經衰敗，恐污了貴人的眼，請移步往梅林。」

顏多多跟著幾個哥哥審過案，心思比一般人要敏銳些，當即覺得這小廝有鬼，仔細一看，見不遠處有一座小亭子，亭子用簾幔圍了起來。真是奇怪，荷塘既然不待客，為何還會裝飾？忽而，裡面傳來瓷器破碎的聲音，顏多多二話不說，當即大步往亭子方向走過去。

小廝一見急了，連忙追上阻攔，顏多多一抬腳就將小廝踢了個仰倒，快步往亭子裡跑去，這裡面肯定有鬼！

小廝連忙喊道：「公子！公子！我家少爺正與婢女在亭內合歡！」

顏多多已跑到亭前，聽了這話急急止住步子，果然，簾幔裡面依稀可見個男子緊緊抱住女子的身影，顏多多頓時臉紅，連忙別過了臉。

這時，裡面傳來一個年輕男子輕佻的聲音。「這位公子，煩勞走遠些，我家婢女害羞得緊，你一來她都不敢叫了。」

顏多多一下子有些羞惱，果真是這等野合之事！不知是哪家的公子，竟在丞相府嫡女及笄禮上行出如此苟合之事，他不滿道：「即便是婢女，可如今是在他人府上，如何能在光天化日之下行此苟合之事！」

「公子說得是，我們很快就走了。」吳尚留連忙敷衍道，又緊緊抱住了懷中的宋懷雪。宋懷雪掙扎個不停，好在小丫頭力氣不大，他還制得住，看來啞巴還有這個好處呢！

「要搞回家去搞！」顏多多不滿嘟囔了句，說完便準備轉身離開。

可就在他轉身時，裡面那名男子突然「嘶」地倒抽一口氣，緊接著，從裡面拋出了一支簪子，正好落在顏多多腳邊。

顏多多一見，忽而眉毛一跳，立刻察覺到這是一個求救的信號，立刻轉身撕下簾幔，一見亭中的狀況，頓時氣得火冒三丈！

只見亭中一名身穿松花綠錦袍的年輕男子，懷中緊緊箍著一名少女，此時少女早已哭得像個淚人兒了，不是宋懷雪是誰？

吳尚留一見他，嚇得趕緊鬆手，他就覺得這聲音聽起來怎麼這麼耳熟，原來是顏家五公子，顏家人向來嫉惡如仇，要是讓他知道他欺負了人家姑娘，只怕不被打死才怪！他連忙狡辯道：「五公子，你別誤會，這位姑娘是青樓裡的，我只是……」

「你個王八蛋！」顏多多一把揪住他的衣領就將他狠狠摔出亭子，怒喝道：「居然敢玷污宋姑娘，還敢侮辱宋姑娘是青樓女子！」

顏多多正欲揍他，卻被趕來的小廝攔了一下，他二話不說，一腳就將小廝踢入荷塘中，又將想溜走的吳尚留抓了回來，揮起石頭般剛硬的拳頭對準他的臉一頓猛揍！

吳尚留自小便不成器，舞文弄墨不成，功夫上更是個草包，被打得毫無招架之力，連喊一聲的力氣都沒了。

顏多多對準他的臉揍了一拳又一拳，只覺得整個人暴怒無比，身上像是有使不完的力氣一般，不知往死裡揍了多久，待他覺得自己拳頭又痛又麻的時候，才總算停了下來，喘著大氣，再一看，吳尚留已經滿臉血淚，鼻青臉腫得像個豬頭一樣了，他這才憤憤地鬆開了他的衣領。

他一鬆手，吳尚留立即癱倒在地，剛開始他還能感覺到整個頭、臉痛得難以言喻，可是現在已經感覺不到疼痛了，只覺得一陣陣的頭昏腦脹、眼冒金星，彷彿已經被人打死了一樣。

顏多多揍完他後，整個手背都是血，疼痛得緊，忙甩了甩手，轉過身看了一眼亭中的宋懷雪。此時，宋懷雪蹲在地上哭個不停，哭得整張臉都脹紅了，像是隨時能哭死過去，顏多多看見她這可憐至極的模樣，又覺得怒火中燒，直接抬起腳對著吳尚留的子孫根狠狠踢了下去，吳尚留頓時痛得呼不出聲，全身像蝦蛄一樣蜷縮起來，臉憋得都綠了。

他越想越氣，宋懷雪今年才多大，和他妹妹寶兒差不多的年紀啊！想到這，他又抬腳狠狠踹了幾下，每一腳都對準了他的子孫根，吳尚留直接痛暈了，一動不動。

這邊，小廝從池塘裡爬了上來，喘了喘氣後，這才抬眼看過來，一見到自家公子躺在地上，當即嚇得大喊大叫。「打死人啦！」小廝邊喊邊想跑，顏多多見狀，連忙追上前去，一腳便將他踢得暈死過去。

顏多多懶得再看這主僕兩人一眼，跑回亭子裡，卻見宋懷雪哭得可憐，一張粉團兒似的小臉都哭腫了，哭成這模樣，連他都快認不出來了。

他頓時有些心疼，可是卻手足無措，在身上到處摸了摸，才摸出懷中的帕子遞給她，可宋懷雪這會兒哭得眼睛都看不見了，哪裡知道伸手接他的帕子？她只知道一個勁兒地哭，可是哭不出聲音來，就那麼無聲地抽泣著，顏多多看得心疼，這副肝腸寸斷的模樣，像是受了天大的委屈。

顏多多連忙打量著她，這個……衣裳什麼都是好好的啊，就是頭髮微微亂了一點，衣裳雖然縐了點，但是應該……應該沒被怎樣吧？雖然他未經歷過人事，但是也看得出來，應該只是被那畜生抱了一下，不過對這樣一個小姑娘來說，被那樣的禽獸抱了一把，估計也是難受得緊。

宋懷雪哭到最後整個人都跪在地上，捧臉而泣。

顏多多急了，連忙將手帕抖開來，最後抓著手帕笨拙地幫她擦著指間溢出的眼淚。

「妳、妳別哭了，他、他沒有欺負妳吧？我、我已經幫妳教訓他了，他以後不敢欺負妳了。」

顏多多見她還哭，又憤憤地跑出去對著那暈死過去的吳尚留狠踹了幾腳，踹完又跑回來。「妳看、我已經揍過他了，妳看看他的臉，我揍得他連他親娘都不認識了，估計這一頓踢，他以後得不……」顏多多想說不舉，但似乎在她面前說這個不好，連忙改口道：「總之，他以後再也不能欺負人了，妳別哭了好不好？」寶兒都沒這麼愛哭呢！顏多多索性將懷中的兩條手帕都掏出來給她擦眼淚，一會兒後，他輕輕抓起她的一根手指，將手帕從她指縫裡塞進去。

宋懷雪忽地鬆手，腫著眼看著顏多多，她哭得厲害，眼睛也看不清人了，直接抓住了他紅色的衣襟，將整張臉都埋入他懷中，啜泣不止。她害怕，害怕得緊，她想要她哥哥、想要爹娘、想要回家！

顏多多有些愣怔，好一會兒後才僵硬地伸出手，輕輕放在她背上，真是個可憐的小姑娘。

宋懷雪抓得更緊了，人越加往他懷裡縮去，這一刻，她只想他抱緊她，去掉剛剛那種被人從身後抱住又無法掙扎開來的感覺。顏多多生怕自己會錯意，可還是抱緊了她，輕輕拍著她的背，聲音也放輕下來。「別怕，有我在呢，壞人不敢欺負妳的。」

顏多多今日才知道，原來女人真的是水做的，宋懷雪這一哭就哭了好久，他感覺自己前襟都濕透了，他一直保持著半蹲的姿勢抱著她，腿僵麻得不得了，可是卻一動也不敢動。

「顏多多！」身後忽然傳來一聲怒喝。「放開我妹妹！」

顏多多一驚，忙與宋懷雪分開，一轉過身，便見宋懷玉衝了過來，身後跟著他的小廝還有一個丫鬟。

宋懷玉一把抱起坐在地上的宋懷雪，將她護到了自己身後，怒瞪著他。「你敢欺負我妹妹！」宋懷玉說著，直接捋起袖子就要揍他。

「你別衝動！」顏多多忙伸手攔他。「是那個人欺負你妹妹！是我救了她！」他連忙解釋，指著草叢旁的吳尚留。吳尚留今日正好穿的是松花綠的衣裳，躺在青黃色的草叢裡，宋懷玉衝過來時只看見紅衣的顏多多，並沒有看到地上還躺著個人。

宋懷玉愣怔的瞬間，宋懷雪從他身後跑了出來，擋在顏多多面前，滿臉是淚地用手比劃著，最後撲在宋懷玉懷中哭個不停。

宋懷玉氣得胸口起伏不停，連忙抱住她。「小雪別怕、別怕，都怪二哥不好，二哥來晚了。妳放心，二哥不會放過這個畜生的！」宋懷玉猛地將宋懷雪推到丫鬟懷中，隨即朝地上躺著的那人奔過去。

他蹲下身一把揪住那人的衣襟，見他雖然鼻青臉腫，可是看著卻有些眼熟，好生分辨許久，才驚呼出聲。「吳尚留！」這個畜生！居然是這個畜生！居然敢打他妹妹的主意！傳聞他最喜愛那些十一、二歲的幼女，真是個豬狗不如的畜生！宋懷玉一怒之下，又拳打腳踢胡亂狠揍了他一頓，吳尚留這會兒已經暈死過去，只在昏迷中「哼哼」叫了幾聲痛。

「別打了！」顏多多忙將宋懷玉攔住。「我已經打過了，你再打就要出人命了！」就算這畜生有錯在先，但打死人卻是他們下手太重，都打成這樣子，總不能說是失手；而且看他衣著華貴，再加上今日能出席丞相府，只怕還是有些身分的。

「這個畜生，居然敢打我妹妹的主意，我豈能放過他！」宋懷玉氣極，他膚色本來就白晳，此時卻氣得滿臉脹紅。

「你知道他是什麼人嗎？」顏多多問道。

「吳尚留！吳尚書家的嫡次子！」

這下子，顏多多心裡有底了，他想了想。「你放心，要教訓他，方法多得是。」

顏多多湊過去，在他耳旁低語了幾句。

宋懷玉想了想，面色有些尷尬。「這樣？可行？」

「你不敢？」顏多多瞪他一眼。「你放心，此事由我一人承擔！」

「憑什麼你一人承擔？我也要！」宋懷玉怒道。

「好！那就這樣說定了！」顏多多打了個響指，這是他們兩人第一次達成共識。

且說說葉府這邊，丞相府的管事將葉如蓉姊妹幾個送回去後，臨走前又去見了葉府如今當家的二房夫人季氏，一再強調，此事他們丞相府定會給個交代。

事已至此，葉如濛也無心思去追究當初引開紅蓮的那個丫鬟是誰了，只怕是丞相夫人安排的人吧！為了讓兒子開心，自己做賊的喊捉賊，即便抓得到，也不過是個替罪羔羊罷了。

只可惜最後，丞相夫人根本煩得連個替罪羔羊也懶得找來應付她們，她兒子想納的是葉如蓉，可不是那個姿色、氣度都差了葉如蓉幾條街的葉如巧啊！為了葉如蓉，她兒子還在這大冷的天跳進荷塘，誰知道救起來的卻是葉如巧，賀爾俊氣得當晚就發起了高燒。

落水的葉如蓉和葉如巧姊妹兩人，回去後也病了一場，連葉如思也是，大夫來看過後，只說她是受到了驚嚇。

次日，宋懷玉便上葉國公府提親了，這是他第二次上門提親。此次提親，他被留下用飯，一下子，他和葉如蓉的婚事便開了個好頭；而且這門婚事還是直接由葉國公老夫人做主，畢竟葉如蓉落水，可是由宋二公子親自救上來的。

而且聽丫鬟說，當時葉如蓉的濕身被不少公子哥兒看見了，若傳出去也是難聽得緊；不僅如此，葉如蓉的臉還被貓抓了幾道傷痕，傷口挺深的，也不知道到時會不會留疤，這些事葉國公府並未隱瞞，如實相告，難得的是這宋懷玉竟毫不嫌棄，可見是極為真心求娶的，如此兒郎，那是打著燈籠也找不著，於是這門婚事，便被葉老夫人當場敲定了。

賀爾俊當天知道此事後，氣得咳血。他為了讓他娘答應幫他納葉如蓉入門，可是同意娶那個凶巴巴、人高馬大的嬌寧郡主為妻，如今他這門親事訂了，可是葉如蓉卻是別人的了，這可真是賠了夫人又折兵！

這樣一來，賀爾俊說什麼都不肯答應嬌寧郡主的親事了，發著高燒還嚷嚷著要去退親；這可為難丞相夫人了，這麼大一門親事，要退親那是不可能的，關鍵是還得把葉如巧給納進來。

她兒子當著那麼多人的面救了葉如巧，這事是怎麼也堵不住的，人家宋家第二日就上門提親了，他們丞相府能不動作嗎？

可賀爾俊卻是死也不肯納葉如巧為妾，最後被下朝回來的丞相狠狠訓了一頓，關了起來。丞相夫人沒辦法，隔日就派人去葉國公府，堂堂一個國公府的庶女給他們作妾，多少也是委屈了的，好在這個葉如巧不算出挑，她這邊禮數做齊了，不該應諾的也應諾了，國公府便也答應了。

初四那日葉如濛回葉國公府探望幾個妹妹，因為葉如蓉和葉如巧傷寒頗重，恐過了病氣給她，她並沒見到這兩人，只去葉如思那裡坐了一會兒便回家了。

初六這日，適逢葉長風休沐，他便帶著葉如濛回了一趟葉國公府。

葉長風這次主要是回去探望葉老夫人的，葉如瑤的事已經過了十來日，葉老夫人氣消了些，不再拒見兒子了。

葉長風看見葉老夫人的病容，忍不住心生難受，說了一會兒話，他就將女兒支了出去，當場跪在葉老夫人膝前。

他悲從中來，聲淚俱下訴說長房的冤屈，葉老夫人聽得老淚縱橫，其實氣過之後想想，當初散播七房三姑娘的事，確實不像是長房所為，她了解自己這個長子的性格，若是做了必會承認，而且以長子目前的人脈，確實壓不過幼子和他那個媳婦娘家的勢力。

她已經一把年紀了，這些日子病來如山倒，只恐時日無多，何嘗不想兒女承歡膝下？長子、幼子，手心、手背都是肉啊！這兩個孫女，她也不知該如何說了。瑤瑤是她自小看著長大的，性子驕縱，可是一直有容王爺護著，她也就隨她去了，如今容王爺不庇護她了，只盼著她能懂事些吧！至於濛濛，這丫頭向來乖巧，如今又被容王爺看上了，容王爺寵了三丫頭這麼些年，何曾許諾過要娶她？可這個四丫頭，容王爺卻是親自上門提親，而且當時四丫頭被綁失蹤，聽說還出動了府中的暗衛搜尋山林。她是個通透之人，只怕四丫頭的好日子還在後頭呢！她何苦和長房過不去？

老夫人院子裡，母子倆已冰釋前嫌。

葉如濛從老夫人院子裡出來之後，直接去葉如思的院子探望她，葉如思回來後也在床上躺了幾日，今天才好了一些。

葉如濛見了她，欣慰地道：「妳今日看起來氣色好多了。」

葉如思看見她，心情也好了許多，起身後吩咐丫鬟小欣準備茶具，她要煮茶給葉如濛喝。

小欣出去後，葉如思低聲道：「就盼著四姊姊過來，我這幾日不怎麼敢出院子。」在丞相府中發生的事，她回來後不敢和人說，她娘紀姨娘服了忘憂開的藥後，近來身子已漸有好轉，她尤其不敢讓她知道，反正她娘知道後也不會有辦法，只會徒傷心神罷了。

「妳也別太放在心上。」葉如濛輕聲勸道：「如今五妹妹婚事已定，不會再打妳的主意了，只是平日裡，妳還是要小心些才好。」

葉如思垂首。「嗯，謝謝四姊姊。」

小欣將茶具送來後，葉如思煮了一些紅棗枸杞菊花茶，她慢慢烹煮著，輕聲道：「這茶養氣補血，好得很。」她用的是上好的杭白菊，還是前日二嬸派人送來給她的，送了二兩，若不是葉如濛來，她也捨不得喝。

葉如濛笑道：「跟著六妹妹，還真是有口福。」

葉如思淺淺一笑，往她的龍泉窯茶盞中添了兩顆冰糖。

葉如濛拿小勺攪著，輕輕抿了一口，唔，芳香清甜，可口得緊。

姊妹兩個喝著花茶說著話，很快就說到葉如蓉，葉如思皺眉道：「五姊姊右臉被貓給抓了，三道痕呢，我看有些深，也不知道會不會留疤。」

「這……」葉如濛想了想。「如果捨得用一些好藥，當是不會留疤的。」她那裡就有將軍府送來的好藥，不過她才不會拿出來給葉如蓉用呢，希望她往後能收斂點，不要老想害人。

見葉如思還在替她擔心，葉如濛癟了癟嘴。「反正她訂親了，人家宋二公子都不嫌棄她，妳替她擔心什麼？還不如擔心自己呢！」

「我自己？」葉如思不解。

葉如濛笑。「七妹妹都訂親了，妳呢？也不知道那賀二公子什麼時候上門來提親。」

葉如思一聽，當即有些臉紅。「四姊姊妳別胡說了，我和賀二公子……沒什麼的，賀二公子又不喜歡我……」她聲音越說越小，話雖如此，可她心中還是盼望著……他會喜歡她。

「誰說的，他當時可是當著我的面承諾，說一定會對妳負責任的。」葉如思聽得低下了頭，只用小勺子攪著茶盞裡面飄浮著的紅棗枸杞。「四姊姊別笑話我了，我們府上，已經有七妹妹嫁過去了。」

「七妹妹那是去給賀大公子作妾，和賀二公子有什麼關係？」葉如思聽葉如濛這麼一說，又有些替葉如巧擔心起來。「我聽說，那賀大公子已經訂了親，娶的可是平南王府的嬌寧郡主呢！」那嬌寧郡主，京中誰不知道她的潑悍，葉如思嘆了一口氣。「只怕到時七妹妹嫁過去，會被她欺負。」

她們雖然身為庶女，可好歹是國公府的小姐，若是談得一門好親事，說不定還可以嫁給一、二品官員的庶子為正妻，可偏偏救了七妹妹的是一個嫡子，還是已經訂了親的，七妹妹便只能委屈做侍妾了；這也就算了，偏生還碰上個那麼凶的主母。

「這個妳放心。」葉如濛笑。「七妹妹豈是任人拿捏的軟柿子？」只怕賀爾俊到時娶了這兩個女人，八成都不想回家了。

「希望如此吧！」葉如思見茶已喝了半盞，便道：「四姊姊，妳既然過來了，和我一起去看看五姊姊和七妹妹吧！」

葉如濛點了點頭，是得過去看一下她們，但若不是為了做做樣子，她才不想去看望葉如蓉呢！

她又坐了一會兒，才和葉如思去葉如蓉的院子，只是葉如蓉面上有傷，只躺在床上隔著帷幔與她說了幾句話，便連連咳嗽不止，葉如濛見狀，不想與她多說，沒一會兒便帶著葉如思離去。

葉如濛走後，葉如蓉面無表情，只是雙目陰鷙，白皙的面上三道黑色的傷痕顯得有些嚇人，她雙手緊緊攥住床下的被子，指骨泛白。

葉如濛姊妹倆離開葉如蓉的院子後，又去看望葉如巧，葉如巧哭哭啼啼的，她娘親姜姨娘正好言哄勸著，讓自己的女兒嫁到丞相府當侍妾，她自然是不願意，可是丞相夫人應諾她們許多，葉老夫人私下也給了她女兒雙倍的嫁妝，算是嫁得不差了。

葉如濛知道，葉如巧現在雖哭鬧，可哭鬧過後就好了，看她的樣子，倒不算是極不情願，只是事情來得太突然，她有些接受不了罷了。眼下這種情況她勸也不是，不勸也不是，只和葉如思面面相覷，同樣待沒一會兒就走了。

待葉如濛和葉長風離開國公府已近午時，正好碰到丞相府來人，葉如濛一驚，竟是賀知君。賀知君看見她，微微有些窘迫，遙遙做了一揖。

葉如濛笑而不語，這賀知君總算來了，只是……這是來提親的嗎？在這個時辰？葉如濛有些不明白。

她不知道，賀知君今日早上出門時，被丞相夫人刁難了許久，是以才會耽擱到近午時才來提親。

其實，賀知君要娶葉如思為妻，丞相夫人哪會不同意。她派人來葉國公府探查過了，知道葉如思在府中地位極低，姨娘也是個沒什麼背景的病罐子，而且她性子極好拿捏，賀知君要娶這樣一個媳婦入門，她偷笑還來不及呢！

在丞相爺猶豫的時候，她還幫這庶子和葉如思說了許多好話，總算是讓丞相爺點頭答應了。

不過她也不想讓他這門親事提得太順利，自然表面上不免打壓一下，賀知君心中知曉，只盼望自己明年能考取個功名，到時成親後分家，免得讓媳婦在府中受委屈。

不出三日，葉國公府七房三位庶女居然都議親了，這倒是讓京城中的人紛紛吃了一驚。原以為出了葉如瑤那樣的事，葉國公府這兩年不敢有人上門求娶，誰知道三日就訂了三門親事。

葉府，明月高懸。

東廂房裡的葉如濛有些興奮，她今晚約了那個殺手和銀儀去吃炙肉，晚膳後她就有些著急了，她知道他還有一個多時辰才來，可就是按捺不住，跑去洗了個香噴噴的花瓣澡，還穿戴了漂亮的衣裳、首飾，這會兒已經抱著滾滾坐在窗前等著了。

她笑得眼睛都瞇起來，滾滾也有些興奮，彷彿知道待會兒就要出去玩，蹲在她腿上直搖尾巴，時不時望著外面歡快叫上兩聲。

葉如濛正歡喜著，突然覺得不對，她這樣子要是被他看見了，會不會感覺很不矜持？好像她很期待他來一樣？她連忙手忙腳亂地爬下窗臺，又關上窗，想了想，乾脆在長案上鋪開宣紙練起字來，鎮定、鎮定。

可是她卻靜不下心來，寫沒幾個字就開始塗鴉，只寥寥幾筆，便畫出一隻憨狀可掬的小胖狗，嘿嘿，葉如濛掩嘴直笑，將筆擱下。

容？他說他叫容？因為容王爺也是這個「容」字，以致她一開始有點不喜歡這個名字，但……好吧，既然這是他的名字，她就看在他的分上不討厭這個「容」字吧！葉如濛重新提筆，在小胖狗爪子旁寫了個「容」字，嘿嘿，葉如濛看得傻笑不止。

「叩叩！」窗外，傳來了熟悉的敲窗聲，葉如濛心中一喜，連忙將筆擱下，又迅速將宣紙捲起來收入櫃中，這才跑過去。

經過梳妝檯前，她忍不住停下來，對著鏡子摸了摸已經梳得一絲不苟的髮髻，跑到窗前，手不自禁地理了理衣襟，喘了口氣，調整了下呼吸後才有條不紊地開窗，一臉淡然。

「哦，來了啊！」

葉如濛不敢對上他的臉，只覺得看見他的身影，心跳就有些加快了。

祝融淡淡應了聲，只是心跳也比往常快了一些，他看見她心中歡喜得緊，今日終於可以好好相處了，想到這，他唇角忍不住微微上揚。

今日的祝融仍是戴著上次吃古董羹的面具，只是這回換掉了落腮鬍，唇上有兩撇小鬍子、下巴一小撮山羊鬍。

葉如濛抬眸看了他一眼，只覺得有股說不出來的喜感，忍不住掩嘴直笑，就這麼歪頭看著他。過了一會兒，她舉起手來輕輕扯了扯他的山羊鬍，不敢太大力，生怕將他的假鬍子扯下來。

祝融彎唇一笑，看著她的雙眸盡是笑意。「濛濛，妳今日……真好看。」她今日穿得漂亮，頭髮也梳得漂亮。

葉如濛臉一紅，嘟囔道：「哪有，我平日都這樣。」她摸了摸頭上的髮髻，生怕有些亂了。「又沒有特意打扮。」

「嗯，好看。」祝融傻傻道。

葉如濛心中歡喜，只是面上強裝鎮靜，若無其事問道：「我們要去哪裡呀？」

「去上次那裡。」

「哪裡？春滿樓？」葉如濛問道，他們要去春滿樓吃炙肉嗎？

「竹林。」

「竹林？我們自己炙肉吃？」

「嗯。」祝融應了，手一撐便坐上窗臺，準備將她抱起。

「等等！」葉如濛突然蹲下去，再起來時，懷中抱著滾滾，她笑咪咪道：「我們帶滾滾一起去吃！」

滾滾開心得很，對他歡快叫了幾聲，祝融眸色略冷。

祝融將葉如濛抱起，滾滾就窩在葉如濛軟軟的胸前，一臉享受狀。

來到院子裡，祝融躍上圍牆，夜風吹來，他聞到她身上傳來的一股花香，忍不住靠近些嗅了嗅，嗯，好香，好像是茉莉花的味道，好好聞。

祝融還想偷偷靠近些，豈料一隻毛茸茸的爪子搭到了他臉上，祝融連忙別過臉。

「怎麼了？」葉如濛問道。

「唔，沒有。」祝融頓了頓，道：「妳身上好香，真好聞。」

葉如濛又覺得臉熱了，忙低下頭，唇角彎彎，只是嘴上仍小聲嘟囔道：「不許亂聞。」

「哦。」祝融略失意，但葉如濛懷中的滾滾卻湊近主人脖間嗅了嗅，嗯，主人身上真香，嗅著嗅著，兩隻爪子啪地搭在葉如濛軟軟的胸前。

祝融看得瞪大眼，一把將滾滾抓起來。

「嗷嗷……」滾滾好不可憐地叫了兩聲。

「怎麼啦？」葉如濛連忙伸手想抱回滾滾。

這會兒他們人已經落地了，祝融忙一甩手將滾滾直接丟上馬車，葉如濛立刻不滿道：「你對滾滾那麼凶幹麼？」

祝融唇張了張，沒有說話，只將她人打橫抱上馬車，動作卻是輕柔得緊，與剛剛對滾滾的粗魯形成明顯的對比，葉如濛被他突如其來的溫柔弄得有些難為情，低聲道：「我可以自己上馬車的。」

「嗯。」祝融淡淡應了聲，隨即一掀長袍，上了馬車。

駕車的暗衛面無表情，內心卻是波濤洶湧！原來王爺真是喜歡女人的，可是他為什麼要假裝自己不是王爺？他不是已經向這葉四小姐提過親了嗎？為什麼要大半夜翻牆把人帶出來？

暗衛面容淡定地駕著馬車，可是心中的小人卻在抓狂地咆哮著，滿腦袋都是疑問，怎麼他家王爺行事總是如此高深莫測呀高深莫測……

此時還不算太晚，街上仍有不少夜歸的人，車窗外有些嘈雜，葉如濛正想掀開車簾看看，祝融忙攔住她。「別亂看，免得被人撞見了。」

「哦。」葉如濛忙乖乖坐好，要是被熟人看到她大晚上跑出來，說不定會傳到她爹娘耳朵裡，到時就麻煩了。

她覺得殺手果然行事謹慎，其實祝融只是怕她認出這是前往容王府的路。祝融不知道，對葉如濛來說，同一條路，白天看和晚上看是不一樣的，回去時和來時感覺也很不一樣，他的擔心根本就是多餘的。

馬車到王府後院停下，暗衛看著翻牆的王爺心中的小人又抓狂了，為什麼王爺回自己府裡都要翻牆，後門就在前面左拐啊！

王爺平日絕對沒有翻牆的愛好，看來應該是這位葉四小姐喜歡翻牆，暗衛暗暗猜想。

葉如濛隨著祝融在竹林裡走沒多久，便聞到了香噴噴的烤肉味，她循著烤肉味來到有上次煮松茸雞湯的地方。

只見上次置放火堆的空地，已經擺上一個長方形的青銅炙爐，炙爐旁有一張長案，上面放置著洗淨處理好的各種蔬菜、肉類，銀儀和青時兩人已經坐在小高凳上，兩人手中皆執著三叉鐵叉，時不時在炙爐上翻一下，鐵叉上串有肉丸子、雞腿、蘑菇等食材。

銀儀待他們走近才發現人來了，她看見葉如濛自然歡喜得緊，她將鐵叉放在炙爐上，不忘對青時吩咐道：「你幫我看著啊，要是焦了就罰你都吃了！」

青時唇角彎彎，並不答話。

「濛濛，妳來啦！」銀儀迎了上去，走近了才看清她懷中抱著一隻黑白色的小狗，一下子驚喜得叫起來。「哇！哪來的小狗啊！」

「牠是滾滾。」葉如濛笑嘻嘻的，抓起牠一隻雪白的爪子對銀儀打招呼，滾滾也熱情地對銀儀叫了兩聲。

銀儀笑得眼睛都瞇了，立即將滾滾抱了過來，在牠身上蹭了蹭。「好乖的小狗啊，真好看！」

滾滾喜歡美人，尤其喜歡喜歡牠的美人，牠伸出舌頭在銀儀臉上舔了舔，惹得銀儀哈哈大笑。

今日的銀儀仍是身著男裝，束起的袖口繡有金色祥雲紋，頭髮高高束起，穿戴十分俐落，只是笑起來天真無邪，頗顯女態。

「濛濛，妳要吃什麼，自己去叉來烤。」銀儀將滾滾放在草地上，拉著葉如濛來到長案前，祝融也跟了過去。

幾人挑好食材後來到炙爐前坐下，一邊翻轉著鐵叉上的食物一邊聊著天。

「對了。」銀儀忽然提起。「我聽說昨天顏多多被大將軍打一頓鞭子，打得全身都是傷，還被押到大理寺去了。」

「為什麼？」葉如濛吃了一驚，這顏多多是犯了什麼事？

銀儀附在她耳旁，小聲道：「因為在丞相府嫡女及笄禮上，他將尚書家的嫡次子給揍了，聽說打到昏迷了幾日，昨日才醒過來。」

「這麼嚴重呀？」葉如濛聽了，不禁有些擔心，這個顏多多平日就愛打架，看來這次是沒有留意分寸，出事了。

「這還不止，他打完人不夠，還把人家的衣裳全扒光了，五花大綁地吊在亭子裡，故意引來好多賓客過去看……」

葉如濛一聽，臉都紅了，這顏多多未免過分了些，怎麼能做出這種事呢，以後讓那個尚書家的次子怎麼見人？只怕尚書大人老臉都給丟盡了。

「聽說那尚書兒子以後都不能人道了……」銀儀還想往下說，突然腳踝被一顆小石頭打了一下，她連忙住了口。

「人道是什麼？」葉如濛不解問道。

銀儀有些尷尬，這個葉如濛，還不知道什麼是人道？

青時摸了摸鼻子，遞了根肉串過來給銀儀解圍，銀儀連忙低頭啃起肉串。

這邊，祝融也遞了根竹串過來，葉如濛接過手，又順口問起祝融。「人道是什麼？」她身為閨中小姐，前生今世都未有人在她面前提起過男女之事，自是不知。

祝融一怔，身後的青時突然猛咳了一聲，連忙低頭吃肉串。

葉如濛皺了皺眉，人道、人道，為人之道，但好像又不是這個意思，見眼前幾人的反應，彷彿這是個不便明說的話題，便沒有再往下追問了。

幾人都安安靜靜地吃著，祝融與青時對酌幾杯竹葉青酒，葉如濛酒量差，不敢喝，只乖乖地喝著桑菊飲，銀儀想喝酒，可是祝融一個眼神掃過去，她只能端起酸梅湯。

待幾人吃飽喝足後，祝融看天色已晚，便帶著葉如濛先回去了。

兩人走後，青時跟在銀儀身後護送她回屋。

容王府大得很，此時除了隱在暗處的暗衛，不見任何一個小廝、婢女，周圍安安靜靜的。

「欸。」銀儀先開了口。「青時，你說如果像小時候一樣，姊姊和我可以一起來大元，今晚是不是會更加開心？」

「嗯。」青時淡淡應道。

「唉，為什麼姊姊會喜歡那個韃靼王子呢？太子哥哥俊美無儔、氣宇軒昂，說實話比韃靼王子好了不知道多少倍。」銀儀實在是想不通，姊姊為何會想嫁給那樣一個粗莽的漢子？銀儀嘆了口氣，突然，腦海中像是有什麼劃過，她猛地停下腳步。「你說，姊姊不會是因為我……才、才會……」她話說出口，聲音都有些顫抖了。

青時看著她，沈默不語。

只見銀儀臉色慘白，雙手緊緊地捂住嘴巴，片刻後，她拔腿便往外跑。

「殿下！」青時終於追上了她，將她緊緊按在盤柱上。「殿下，妳要去哪？」

「我、我要回去，我要回小元！」銀儀哭道：「我不跟姊姊交換了，我要回去嫁給韃靼王子！」虧她們還是雙胞胎，姊姊的心思連融表哥他們都猜想得到，她居然不知道！她是真的不知道嗎？還是一直在自欺欺人？

青時咬牙沈聲道：「別胡鬧。」

聽她說要嫁給韃靼王子，他心中便生起按捺不住的怒火，他情願她嫁給太子。他深知太子稟性，她若是嫁給太子，太子定會護她一世安康，將來入宮為后，以她身為小元公主的背景，又有容王爺這個表哥護著，在深宮中無人敢動她！

「姊姊才應該嫁給太子哥哥，她是嫡長公主，該嫁給韃靼王子的是我，姊姊是怕我吃苦才想代替我嫁給韃靼王子的！」銀儀已淚流滿面。「以前相師就說過，我們姊妹倆一個有鳳命，那肯定是姊姊啊！姊姊若是嫁給了韃靼王子，只會糟蹋了她！」

「妳嫁就不糟蹋嗎？」青時沈聲質問。

「我不能讓姊姊為我犧牲，我竟然到現在才想明白……」銀儀又哭又喊，是她不懂事，真以為自己是在幫姊姊的忙。

「胡說八道！」青時大聲斥道。

「你放開我！」銀儀掙扎著，可青時卻緊緊按住她的手，將她扣在盤柱上，盤柱上的浮雕硌得她的背生疼。

「不放。」青時斬釘截鐵地說，怕極了她在他眼前消失，直接捧起她的雙頰，一個凶狠而霸道的吻鋪天蓋地襲向她，攻城掠地。

銀儀驚訝得忘記了哭泣，就這麼瞪大眼，怔怔地望著他。

片刻後，青時鬆開她，倒抽一口氣，彷彿在三九寒天有冰水從頭上淋灌下來一般，連連後退幾步，一臉震驚。

兩人大眼瞪小眼，銀儀一時間都有些懵了，剛剛……是他親她嗎？

銀儀怔怔的，指著他說不出話來。青時驚得又退了幾步，不可能，他不可能會做出這般衝動的事！他轉身就走，直奔到竹林深處才停下來。

他居然、他居然親她了……青時閉目，人重重倚在竹上。

祝融在回去的路上得到暗衛的消息，低低笑出聲來。

回府後，青時已在書房中等候他，只見青時面容淡定，動作也自如，一如往常。

祝融淡淡道：「今日太晚了，有什麼事明日再說。」說著轉身就欲回屋。

青時一頓，爺這是存心讓他今夜難眠？連忙喚住他。「爺，有話不妨直說。」

「哦？」祝融轉過身來看他。「我無話可說。」

「我……」青時第一次覺得有口難言，聲音帶著苦澀。「屬下有話要說。」

「嗯？」祝融雙手抱臂，饒富趣味地看著他。

「爺就不想問點什麼？」青時微微垂首，只覺得面子都有些掛不住了。

「什麼時候的事？」

「嗯？」

「你，什麼時候喜歡上那個丫頭的？」

青時頓了頓，面上都有些熱起來，微微側了側身。「屬下不知。」

祝融轉身就走。

青時無奈，連忙跟上。「屬下確實不知，大概是……從很小的時候吧！」

祝融放慢了腳步。

「屬下今日犯下大錯，還請主子責罰。」

「責罰？」祝融停下腳步。「你自己說說怎麼處理。」

「總之屬下以為，不該讓銀儀殿下和親。」

「哦？銀儀不該嫁給韃靼王子，應該嫁給你？」

「屬下不敢。」

「本王以為，」祝融看著他。「男子漢大丈夫敢作敢當，親了她，你不想負責任？」

「屬下知錯。」青時垂眸。「殿下金枝玉葉，屬下不該踰矩，願任憑王爺處置。」

祝融湊近他。「她沒打你？」

青時一怔，搖了搖頭。

祝融沈吟不語，也不知在想什麼，隔了好一會兒才開口。「過些時候，我會給你一個立功的機會，到時，你去聖上面前求娶銀儀。」

「這個……」青時眸色微有慌亂，爺既然說得出口，他就不會懷疑這個「立功」的機會，可是……

「你還顧忌什麼？」

「可是……殿下她、她……」青時遲疑，她喜歡他嗎？他不知道，那日她的醉話中……

祝融笑而不語，原來青時這隻笑面狐狸也會有這麼焦慮不安的時刻呀！

青時心中忐忑，爺自從認識葉四姑娘後，開始會笑了，而且……似乎也對男女之情開竅許多，直覺簡直是準到讓他覺得毛骨悚然。

「可是，與韃靼和親之事？」青時複問。

「金儀只能是太子妃，韃鞀那邊，我自有法子。」祝融道。

前世金儀嫁過去後，那韃鞀王子不到一個月就被刺殺身亡，金儀忍辱嫁給了其長兄，後來其兄即位成了可汗，金儀也生下一子，只是不出三年，這可汗又暴斃而亡；金儀向小元上書求歸，可小元國君卻敕令金儀從胡俗，令其嫁可汗長子為妻，金儀不堪再受辱，不出三日便「失足」落入月牙湖，從此香消玉殞。

他舅舅，小元國國君年輕時曾是個勤政愛民的好皇帝，只是如今沈迷於女色，日漸昏庸。前世小元太子被廢黜，二皇子登基為帝，當時若不是顧忌太子的胞妹在大元為后，只怕二皇子就要趕盡殺絕了；既然韃鞀王子這麼想和親，那就讓他娶二皇子的胞妹，三公主吧！

第二十五章

次日早晨，葉如濛在閨房裡練字，忽然看到了昨夜的塗鴉，她心血來潮，翻出上次那塊月白色的棉布，猶豫許久，拿來了針線籃，挑了湛藍色的線，在上面一針一線地繡起來，唇角含笑。

不過一小炷香的時間，就將渾圓的滾滾給繡出來，一氣呵成、活靈活現的，她想了想，又挑了極淺的藍線，在爪子旁繡了一個「容」字，極淡的「容」字幾乎隱在月白色的棉布中，不仔細看還看不出來。

葉如濛繡好後，心跳有些快，又有些羞，將棉布按在胸前，心中卻是歡喜的。她喜歡他，這是不同於對宋大哥的喜歡。

她對宋懷遠的喜歡，猶如曇花一現，是青梅竹馬、兄妹般淡淡的喜歡；可是對另外那人的喜歡，卻是極其濃烈的，現在她滿腦子、滿心都是他的身影、他的聲音。或許，如果她與宋懷遠有緣，她也會這般喜歡他的，可惜，宋懷遠已經遲了，她的心已經被那個人占據了。

下午，寶兒過來一趟，葉如濛連忙問起顏多多的事。

寶兒道：「我哥哥今日已經被放出來，是容王爺放的呢！」

「容王爺？」葉如濛吃了一驚。

「我娘也說，沒想到容王爺會出手幫我們。」顏寶兒感慨道：「濛濛妳都不知道容王爺有多厲害，他一查就查出來，那個吳尚留其實是個人渣，自家屋裡囚禁了好幾個小女孩，以前還弄死過一個良家姑娘，聽說才十一歲，現在那小姑娘的家人都找上門來了，容王爺秉公處理，判那吳尚留流放三千里，尚書大人吭都不敢吭一聲。」

「哦。」葉如濛淡淡應了聲，有關容王爺的事，她是不敢多說的，也不想知道得太多，想了想，又道：「妳五哥會打他，應該也是那吳公子做了壞事吧？」

「嗯。」寶兒點頭。「我五哥說是看到他欺負人家姑娘，所以才出手教訓他的；可是五哥又不肯說吳尚留是欺負誰了，因此才會被我爹打了一頓鞭子。早上那戶人家才找上門來，可是……哎我不能說了。」寶兒捂住嘴巴。「濛姊姊對不起，我答應過我五哥，這事不能說出去的，五哥說要是傳了出去，對人家姑娘名聲不好。」

「嗯，那妳千萬別說。」葉如濛想了想，點頭道：「妳五哥做得對，就是委屈他了。」

「是啊！」寶兒一臉心疼。「我去將軍府看他，他趴在床上好可憐，蓋著被子，也不讓我看，說一點都不疼，可是明明看起來就是好疼的樣子，他一動就出了滿頭汗。我覺得我爹好可怕，打人居然用鞭子。」寶兒不禁皺起小臉。

「這……」葉如濛摸了摸頭。「不過我聽說妳五哥從小到大經常挨打的。」

寶兒一聽，未免覺得有些丟人，這麼說好像也沒錯。

葉如濛忍不住彎唇一笑，笑定後看著她。「寶兒，妳還不回家呀？」

寶兒低頭，有些難為情。「我……其實我這次過來就是想和妳說，我初十就要回家了，屆時的歸宴妳可一定要來。」

「真的呀？」葉如濛驚喜。

「這是我和我爹提的，我跟我爹說要是不打五哥，我就答應回去。」

「妳爹答應了？」

寶兒點了點頭。

「太好了寶兒，妳早該回家了，到時我一定會去的！」葉如濛這會兒開心得緊，答應得十分爽快，可是她若知道容王爺也會去的話，估計就會好好思慮一番了。

兩人又拉著手說了好些話，一會兒後，葉如濛悄聲問道：「寶兒，妳知不知道『人道』是什麼意思啊？」

「『人道』？什麼『人道』？」寶兒一臉不解。

「就是『不能人道』的『人道』，我聽說那吳二公子被打得『不能人道』了。」葉如濛一臉懵懂。

寶兒想了想，很認真的回答：「我知道那個吳二公子被我五哥打斷了腿，應該是站不起來或者不能走路的意思吧！」

「這樣啊！」葉如濛恍然大悟地點了點頭。

「應該是吧！」寶兒想了想。「晚點我回去問問陶哥哥，陶哥哥什麼都知道的。」

「嗯。」葉如濛點點頭。

「其實我這次回去，也挺捨不得陶哥哥的。」寶兒想到這，有些悶悶不樂。「不過，陶哥哥家離我家不遠。濛姊姊，妳家要是也能搬到城南來就好了，這樣我就可以天天都來找妳玩。」

葉如濛也愁。「可是城南房子好貴，如果想在城南附近買房子，可能得把這裡給賣了。」

寶兒聽了，無奈地撇了撇嘴。

晚上，葉如濛洗漱完後，正欲爬上床睡覺，忽聞有人在窗外敲了幾聲。

葉如濛心生歡喜，是他過來了！連忙披了件外衣去開窗，一打開窗，便見他站在窗臺前，葉如濛有些難為情地問：「你來做什麼？」

「我……我來看看妳。」祝融垂眸看她。

葉如濛嘟了嘟嘴，想了想，忍不住開口問道：「你有沒有明面上的身分？」

「明面上的身分？」什麼意思？

「我……」葉如濛咬唇。「我想帶你去見我爹。」他們兩個不能再這樣偷偷摸摸下去，整日弄得像夜半私會一樣。

「見妳爹？」祝融有些不明白。「為什麼？」

葉如濛頭低低的，這個人怎麼這麼笨，她小小聲道：「你不是說……你喜歡我嗎？」

祝融一聽，連忙點頭，又見她低著頭看不見，連忙湊近她，在她耳邊回道：「喜歡！我喜歡！」

葉如濛有些羞。「你若有明面上的身分，就來見見我爹。」

「好！」祝融想也不想，重重點了點頭，可又有些不確定，仔細想了想，終是問出了口。「濛濛，這是……見未來岳父的意思嗎？」

葉如濛抬頭瞪了他一眼，臉都羞紅了，哪有這麼問出口的。

「我……」祝融撓了撓頭。「我明天就安排一個身分，我準備一下，明、後天……不！我、明天、明天就來拜訪伯父。」他又補問了一句。「是、是要來提親嗎？」

「提什麼親？」葉如濛被他說得有些羞惱。「不許大張旗鼓地來。你忘了，容王爺也來和我提過親？」

她不說，他還真的忘了。

「你悄悄地來，別讓容王爺知道，不然我怕他會……對你下毒手。」

「濛濛我……」她這是、這是答應要嫁他的意思了？祝融這會兒心中有些亂，腦子也不好使了。「好！好！沒問題！總之妳放心，我回去就想辦法。」

葉如濛遲疑了片刻，低聲道：「你……等一下。」

她說著，轉身走進屋內，來到床頭。她手有些顫，從枕頭下摸出那個才繡好的香囊，此時香囊攥在手中，她心中又糾結起來。她好像太衝動了些，可是……都和他說得這般清楚了，她的香囊也繡好了，有什麼理由不給他呢？

「濛濛。」

「啊！」

葉如濛還沒轉過身，祝融便突然出現在她身後，嚇得她手中的香囊掉了下去。

祝融忙俯身撿起，拿在手中，卻是一怔。

葉如濛一下子紅了臉，這回，不想送也得送了，那就這樣吧！她眉眼低垂著，如同一個小媳婦兒。

祝融皺了皺眉。「妳繡的？」

「嗯。」葉如濛嬌羞地點了點頭。

「是一隻狗？」祝融有些悶悶不樂。

「啊？」葉如濛呆呆地抬起頭來，待看到香囊上繡著的小狗，便有些明白了，他是……是嫌她上面繡隻小狗不好嗎？想想也是，他一個大男人，她給他繡一隻小狗，若是被人看見，說不定會笑掉大牙。

她失望地伸出手，咬唇道：「那、那還給我吧！」

「嗯。」祝融將香囊還回去，心中又一次哀嘆人不如狗，連滾滾都有香囊了，他的香囊……唉，他羨慕地又瞄了一眼香囊，他本就是個眼力極佳的人，藉著不甚明亮的燭火，依稀看到小狗爪子旁繡了個字，乍一看，有點像……「容」字？

他連忙又拿回香囊，仔細一看，大腦忽然轟的一聲，一片空白。

「怎麼了？」葉如濛問。

「妳……」祝融嚥了嚥口水。「這香囊是給我的？上面、上面繡著個『容』字。」祝融聲音有些發顫，生怕葉如濛看不見字，將香囊湊到她眼前。

「是啊！」葉如濛嘟了嘟嘴。「不是給你的，還能是給滾滾的不成？」

「我、我……」祝融唇張了張，喘著氣，若不是戴著面具，葉如濛這會兒定能看到他笑得合不攏嘴。

祝融傻笑了好一會兒，還無法回神。

他戴著面具，葉如濛看不見他的笑，只是發現他的眼睛有著從未有過的明亮，眼底帶著濃郁如墨的笑意。

「送給你了。」葉如濛輕聲道，但願他知曉她這話的意思。他應當知道的，他怎麼可能會不知道？這是他說過的——等妳覺得我在妳心上了，那妳就繡一個香囊給我。

葉如濛沒等來他的回覆，卻見他忽然抬起手，緊接著，香几上那盞昏暗的燭火就滅了。

室內一下子暗了下來，葉如濛還沒反應過來，祝融迅速地取下面具，抬手一把扣住葉如濛的後腦勺，低頭吻了下去，速度快如閃電。

不知隔了多久，祝融才鬆開她，葉如濛羞得一個字都說不出來，只知道將頭埋得深深的。這一刻，祝融笑得像個孩子一樣，他抱緊她，低頭吻著她的秀髮，認真道：「我明天就來提親，我要娶妳過門！」

葉如濛緊緊咬住紅腫的唇，只覺得心跳得都快喘不過氣，久久之後，才輕輕地「嗯」了一聲，像隻剛出生的小奶貓一樣。

祝融咧嘴直笑，看著手中的香囊，無視上面可愛的小狗，只看到幾乎隱在布面下的「容」字，這是她一針一線親手繡的，想到這，他忍不住親了一下香囊，朗聲笑道：「濛濛，我好喜歡。」

他這沒來由的一句話，讓葉如濛誤以為他說的是剛剛的親吻，更讓她羞得只想挖個地洞鑽進去，可是她卻只能小聲抱怨道：「不害臊。」

「什麼？」因為她埋首在自己胸前，祝融並沒有聽清她的話。

葉如濛沒有回答他。

祝融此時哪還會計較這個，他笑得臉都開花了。「濛濛，妳繡得真漂亮，我好喜歡，我答應妳，我會一輩子把這香囊戴在身上，就放在我懷裡。」祝融摟緊她，下巴在她髮上蹭了蹭，壓著嗓音道：「濛濛，我真的……不能沒有妳。」以前沒有她，他的世界也就那樣了，可是現在有了心上人，他不可能、也不能再失去她。

葉如濛對他說的話有些莫名其妙，難道這就是情話？沒頭沒尾的……

「濛濛，妳什麼時候可以嫁給我？」祝融有些迫不及待。「我明天就來提親。」

「這……哪有這樣的，你提了，還得我爹答應呢！」葉如濛小小聲道。「反正我嫁人，是一定要我爹娘都同意的。」

「好好好，妳爹娘要是同意了，我們就成親好不好？不要等妳及笄了好不好？」祝融聲音是從未有過的柔軟，如果可以，他可以現在就抱她回容王府。

「這……」葉如濛咬唇低笑。「這個要聽我爹娘的。」

「那、那我知道了。」祝融直覺葉長風好像有點難搞定。

「你明天要以什麼身分來提親？」

「我還得回去想一下。」祝融認真道，這時間有點緊。

「啊，不過明天是重陽節。」葉如濛忽然想起來。「明天我們約了陸伯伯一家人去踏秋。」

「那……那我後天來吧！」祝融道，確實，明天的話時間上有點趕，提親又得早上，就一個晚上的時間，從容王府到這裡的路上，來回都得去掉半夜了。

「後天，可是後天寶兒要回家呢！」葉如濛又道，這兩天都有事情要忙。

「將軍府不是吃晚宴嗎？」祝融是知道的，容王府也收到了將軍府的請帖。

「可是，時間有點緊呀！」如果爹同意了，留他下來用飯，吃完飯都快下午了，再沒待一會兒就得趕去將軍府。

「可以的，我會安排好。」祝融摸了摸她柔順的長髮。「我明天安排好，明晚來和妳商量，後天一早就來提親。」

葉如濛想了想，甜甜一笑，點了點頭。她喜歡趴在他胸前聽他說話的聲音，他一開口，胸腔震啊震的，好溫暖，她好喜歡這種感覺，抱著他窄瘦的腰，她撒嬌道：「我都聽你的。」

祝融笑開懷，最後懷揣著香囊，歡天喜地地騎著紅烏回容王府了。

祝融一回到容王府，便立刻跑去將熟睡的青時喚醒。

「快準備聘禮！」

「什麼？」青時坐了起來，軟被垂下，露出白色的中衣，此時他墨髮披肩，人還有些懵，臉色比平日清醒的時候溫和許多，沒有一點點的防備。

「聘禮！」祝融笑道：「快來我書房！」

青時一下子打了個激靈，再定睛一看，門口已經空無一人，可是迴盪在耳邊的聲音卻是那般地熟悉；不、不，是陌生而熟悉，說陌生，是因為那聲音中帶著從未有過的笑意，與以往冷冰的聲音全然不同。

等等，他剛剛是不是看到爺在笑？而且還笑得露出一口大白牙？不不不，一定是作夢，青時揉了揉眼，忙披衣起身。

直到天微亮，青時才打著呵欠從書房裡走了出來。

青時搖了搖頭，一個人如果十年都不笑，很有可能他會在一夜之間將十年內沒笑的分都笑個夠，爺就是一個活生生的例子——

「爺，您笑了一個晚上，嘴巴不瘦嗎？」

「瘦，但我忍不住。」

第二天一早，葉如濛睡得正香，翻了個身，在夢中格格笑出聲來。

「小姐、小姐，起身了。」耳邊傳來紫衣柔柔的呼喚聲。

葉如濛皺了皺眉，從睡夢中睜眼醒來，有些不愉快，她正作著美夢呢！夢見他來提親，爹娘都好喜歡他，她娘還說，他們倆小時候就訂過娃娃親了，爹也一口答應了，他們還當場準備拜堂成親，正準備拜天地呢，就被紫衣給喚醒了。

好快啊，葉如濛睜開眼，抓了抓頭，有些緊張，他明天就要來提親了嗎？她那麼快就要成親了嗎？

「小姐，該起了。」見葉如濛還在發呆，紫衣拿了衣裳過來。「今日要出門，可別晚了。」

「好。」

葉如濛連忙起身，往年重陽這日他們家都會去登高望遠，可今年她娘有孕在身，就不去了，只約了陸伯伯一家人去郊外賞秋。

賞秋回來後，到家已是午後，葉如濛在家休憩了一會兒，又去了一趟將軍府。因寶兒即將正式搬回將軍府，明日將軍府便要舉行盛大的歸宴，今日將軍府上下忙得緊，孫氏見寶兒有些緊張，便體貼地幫她請了葉如濛過來。

孫氏還私下問葉如濛，問她明日能否一早就過來陪寶兒，葉如濛一聽，未免有些為難。見她面露難色，孫氏知其不便，也不勉強，只道希望她明日下午能早些過來。

忙了一天，回家後才剛入夜，祝融便來敲窗了。葉如濛一推開窗，他便躍了進來，仍是往昔的裝扮，一襲黑衣，臉覆面具。

葉如濛看了他一眼，不免有些害羞。「你……都準備好了？」想到他明日就要來提親了，她覺得心中甜蜜，又有些忐忑不安。

「嗯。」祝融心中也是歡喜的，他看著她，覺得怎麼也看不夠。

兩人正親密說著話，突然西窗被人砰的一聲猛地推開，兩人皆是一驚，祝融忙將葉如濛護到身後。

一看清窗外之人，葉如濛臉都白了。

窗外，站著黑著臉的葉長風！

「爹！」葉如濛登時嚇得腳都軟了。

紫衣和藍衣這會兒才匆匆地趕了過來，先前她們一個被林氏喚去房間，一個被福嬸喚去廚房，卻沒想到竟是中了葉長風的計！

屋內，葉如濛正急著想讓祝融從窗口離開，卻發現窗外站著默不吭聲的福伯，她又被福伯嚇了一跳，差點都站不穩了。

祝融連忙扶住她，可他這毫不避諱的動作，又落入了剛踏進房內的葉長風眼中。

「過來！」葉長風喝道，聲音帶著難以抑制的怒火。

「爹……」葉如濛害怕極了，可是此時此刻哪裡敢反駁，只能小心翼翼地走過去，縮頭縮腦的，這一切發生得太突然，她根本不知道該怎麼辦才好。

祝融一動不動，微微皺眉，對上了葉長風的臉。

葉如濛一過去，葉長風便一把將她拉到身後，緊接著，窗外的福伯也躍了進來，他欲伸手擒住祝融，卻被祝融兩三下反擒住，祝融氣都沒喘一口，直接一掌將福伯甩到一邊去，朝葉長風走去。

葉長風大驚，忙將女兒護在身後，生怕他過來搶走女兒。

祝融只上前幾步便停下來，恭敬地對葉長風開口道：「伯父，在下真心想求娶您的女兒。」

葉長風一聽，頓時氣得直喘氣，一把抓起書案上一塊沈甸甸的風字硯，狠狠朝他砸過去！還真有臉，居然有臉說出這樣的話！他早就覺得紫衣姊妹幾人不是普通人，濛濛這陣子也很不對勁，晚膳用得少，早上又起得比平日晚，起早了便呵欠連連，他留了個心眼，誰知竟會發現這種結果！

祝融忙側身閃過，硯臺砸到他身後的屏風，將那鏤空的斑竹屏風都給砸壞了，直接穿了過去，葉如濛看爹下手這般狠，都快急哭了，連忙攔住爹，朝祝融尖聲道：「你快走啊！」

祝融見葉長風暴怒，只能轉身從窗口離開。

「混帳！」葉長風氣得站都站不穩，瞧他那副熟門熟路的模樣，都不知道爬過多少回窗了！

「爹！」葉如濛一下子眼淚就流出來了。

「妳給我跪下！」葉長風怒道。

葉如濛哭著跪下來，眼淚不住地往下流。

葉長風氣得一句話都說不出口，只能一隻手撐在書案上直喘氣。他真沒想到、真沒想到一向乖巧懂事的女兒，居然做得出這種傷風敗俗的事！

「他是什麼人！妳說！」葉長風指節重重地敲著案面。

「我、我……」葉如濛這會兒竟發現自己也說不出個所以然來，一下子哭得更凶了。

「爹，女兒知錯了。」

「妳平日在家中毫無閨秀模樣就算了。」葉長風斥道：「可是爹真沒想到妳居然會做出這種敗壞門風之事！」

「爹。」葉如濛流淚道：「他明日就要來提親了。」

「提親？」葉長風氣得跺腳。「這種畜生，要是敢來我打斷他的腿！這種男人如何靠得住？大半夜跑到妳閨房中，還是翻牆、爬窗進來的，與妳無名無分，就敢對妳做出這等輕薄之事。」葉長風痛心道：「妳身為閨中女子，如何能做出這般輕賤自己之事！」

葉如濛淚流不止，哭得都快喘不過氣了，趴在地上泣道：「女兒對不起爹爹教誨，可是、我們是兩情相悅的，求爹爹……」

「兩情相悅？發乎情，止乎禮！如此兩情相悅，談何真心？若不是顧及妳名聲，我定要將這個畜生抓去見官！」葉長風氣急，從書案上抽起一條紅木鎮尺。「把手伸出來！」

葉如濛心一顫，下意識地握緊了拳頭，她小時候調皮的時候也被爹用戒尺打過掌心，可那是戒尺，這鎮尺可是一塊木頭啊！她光看就覺得疼，可是對上爹爹震怒的臉色，只能瑟縮著將手伸了出去。她確實做錯了，做錯事就要接受懲罰。

葉長風氣急，抬手便舉起鎮尺，葉如濛緊緊閉上眼，伸出去的手顫抖得厲害。她聽見鎮尺破空揮下的聲音，緊接著，便聽到啪地重重一聲，可是自己的手心卻不見疼，葉如濛猛地睜開眼，卻見一隻手擋在她手心上，白淨的手心一下子就紅腫起來。

祝融竟然又回來幫她擋了這一下！

「你！」葉長風氣急，抬腳狠狠踢了他一腳。「你個畜生，還敢回來！」

「爹！」祝融被踢倒在地，葉如濛連忙爬過去將他扶起來。「你回來做什麼！」她又急又氣。

祝融看著她哭紅的小臉，雙手緊握成拳，唇幾乎都抿成一條直線，他爬了起來，直挺挺地跪在葉長風面前，抬頭挺胸，從容不迫道：「伯父，一切都是我的錯，與濛濛無關，要打要罵，請衝著我來，我不允許任何人欺負她，包括伯父。」

「濛濛！濛濛是你叫的嗎？」葉長風瞪著他。「你到底是什麼人！」

祝融頓了頓，沈靜的雙目對上了他的眼。「我愛她，我要娶她為妻，請伯父成全。」他就這般直視著葉長風，明明是跪在地上抬眼看他，卻硬是生出一種居高臨下的氣勢。

葉長風垂首，按捺住心中的怒火，這個人，有著上位者的氣勢，定不是普通人。他忽地看向門外的紫衣、藍衣兩人，心中有了確認，冷道：「我不管你是什麼人，總之你休想娶我的女兒，小女已經與別人訂親了。」

「令嬡三家求娶，不知與何人訂親？」祝融跪得背如挺竹。

「我已經將她許配給宋家長子。」葉長風直言道，毫不避諱。

「爹！」葉如濛急了，這是什麼時候的事？她怎麼不知道？

「混帳！」葉長風斥了她一聲。「宋懷遠來提親，當時妳怎麼說的？爹已經都答應他了，妳現在又與他人私訂終身，妳現在若要悔婚，讓爹以後拿什麼臉面去見他？」

「爹……我、我……」葉如濛哭得厲害，掩面直泣，她竟不知道爹已經答應了宋懷遠的提親，這下她哪還有臉面見人？

祝融咬牙，這隻老狐狸，居然背地裡答應了宋懷遠的親事！

葉長風看著他，冷臉道：「請你帶著你的幾個下屬離開我們葉家。」紫衣、藍衣兩人，不能留了，包括……忘憂。眼前這個人身分定不簡單，想來上次迎秋宴的那套衣裳和首飾，就是他準備的。

「爹！」葉如濛急了，爹這是要趕走紫衣她們嗎？

「濛濛！」葉長風看著女兒，痛心道：「妳不是不懂事的，爹給妳一個機會，妳老實交代，他們究竟是什麼人？妳若心向他，以後就別叫我爹！」

葉如濛抬手用手背擦了擦眼淚，看向祝融。

「我來說。」祝融沈緩開口。「我與濛濛相識於臨淵寺，當時我刺殺太子未遂，是她救了我。」

「什麼？」葉長風大驚失色，刺殺太子？刺殺儲君，可是誅九族之罪！他頓時警戒起來。「你究竟是什麼人？」

「我是朝廷的人。」

「你是……」葉長風想了想，忍不住壓低聲音問道：「二皇子的人？」

祝融默了默，沈聲開口。「我是太子的人。」

此言一出，葉長風整個人都定住了，一會兒後，額上冒出陣陣冷汗，太子的人刺殺太子？此事事關重大，絕不是他該知道的，此人刻意透露，顯然是要拖他下水啊！而且，他竟然參與此事，可見身分也是舉足輕重。葉長風咬牙，真沒想到竟招來了這麼一個燙手山芋。

「伯父，不如我們去書房商談如何？」祝融提議道。

葉長風連忙點頭，這些事情，女兒還是少知道為妙，最好什麼都不知道。

見他同意，祝融忙將葉如濛扶起來，葉如濛這會兒哪裡還敢讓他扶，忙推開他，向著葉長風跪好，頭低低的。

葉長風掃視了他們一眼，才冷聲道：「起來！」

葉如濛如蒙大赦，乖乖地站起來。

祝融輕聲客氣道：「請伯父先去書房，待會兒我和您說的事情非常重要，可能一時半刻說不完，您最好先和伯母知會一聲。」即使是在府中，他們夫妻鶼鰈情深，總是不會分開太久的。

葉長風心中又生出幾分警戒，這人竟對自己府中情況這般了解，可是這會兒他哪裡放心讓他與女兒獨處？

祝融猜到他心中所想，連忙道：「我只與濛濛說兩句話，您請放心。」

「老爺，夫人過來了！」屋外傳來忘憂的聲音。

葉長風一聽，連忙迎了出去，千萬不能讓妻子看到裡面的情形。他臨走前瞪了祝融一眼，眸中盡是警告，祝融倒是表現得恭恭敬敬的。葉長風哼了一聲，諒他沒這個膽子！

葉長風一走，祝融便交代紫衣道：「給我多爭取點時間。」他話一落音，便立刻關上房門。

葉如濛一驚，還未反應過來便被祝融打橫抱起。「你幹什麼！」她不敢叫太大聲，只壓低了嗓子，推著他的胸膛。

祝融將葉如濛放上床，葉如濛連忙坐起來，可一坐起來，祝融便欺身而上，將她壓在床上，狠狠地吻住了她。

「唔……」葉如濛唇被他堵住，話都說不清了，她想推開他，可是雙手卻被他緊緊擒住，按在頭的兩側。

他的舌長驅直入，極其霸道，掠奪著她的氣息，一吻結束後，祝融鬆開她的手腕，輕輕捧起她的臉，低低沙啞道：「相信我，從我第一次牽起妳的手開始，我就知道我要娶妳為妻。」

「我們……不可以……」葉如濛泣道，他的身子沈得緊，她怎麼也推不動。

「濛濛，相信我。」祝融抓起她推著自己的手。「我會和妳爹說清楚，我保證，一定讓妳爹消氣，同意我們的親事，妳相信我嗎？」他雙目直視著她，唇親吻著她的手指。

「你、你先起來！」葉如濛怕死了，要是她爹踅回來看到了怎麼辦？

祝融終於鬆開了她，將她拉坐起來，伸手用指腹輕輕擦拭著她頰上的淚痕。「不哭，我現在就去和妳爹說清楚，一定會好的，妳不許哭，我回來的時候，要看到妳好好的。」

「可我爹他……」

「妳乖乖睡覺。」祝融將她壓倒在床上，為她蓋好被子，葉如濛想掀開被子，又被祝融按住，他雙目直直地看著她。「妳不相信我？」

葉如濛一怔，竟被他的眼神給震懾住了，他的眼睛溫柔而冷靜，沒有一絲絲的慌亂，極其鎮定。她突然平靜下來，彷彿周圍萬籟俱寂。是的，她相信他。

祝融的吻落在她眼睛上，葉如濛反射性地閉上了眼，耳邊傳來他溫柔的輕語。「等我回來。」

待她睜開眼時，只看到他果斷離去的背影。

葉如濛眨了眨眼，總算徹底止住了哭意，看著他的背影，彷彿他要去完成一件不可能達成的事，可是她卻知道，他做得到。

第二十六章

葉長風到書房時，祝融已經等在那兒了。

他站在那兒，自有一股威嚴的氣勢，沈聲開口。「濛濛，我勢在必得。」

葉長風一聽便生起幾分慍怒，卻不表現出來，只謹慎地打量著他。

「我記得，伯父答應過我，在濛濛及笄之前，不會答應他人的求親。」祝融說著，緩緩取下臉上的面具。

葉長風震驚得連連後退幾步，臉色煞白，此時此刻，竟不知該不該行禮。

「本王希望，能與國公府好好合作。」祝融面容沈靜。「太子如今羽翼未豐，尚在用人之際，他助你入國子監，看中的不只是先生之才學，更期許先生能教導出忠君愛國之將相良才，以協助我們的大業。將來我們能做的，就不僅僅是幫你奪回國公之位了。」對於葉長風這個聰明人，祝融也不拐彎抹角，三言兩語便將話給說清了。

葉長風一聽，整個後背都濕透了，國子監的學生皆是朝中大臣之子，太子殿下與容王爺要拉攏的不僅僅是他，他不敢答應，只惶恐答道：「微臣不敢。」葉長風連忙後退一步，做了一揖。「微臣不過是一個小小的五經博士，難擔太子厚愛；至於我們國公府……不過家事，不敢煩勞王爺操心。」

祝融唇角一勾。「家事？莫非先生想自己珍愛的妻子如前世般一屍兩命？」祝融微垂雙目，咄咄逼人。「讓濛濛在兩老離世後寄人籬下，受盡屈辱？」

葉長風震驚不已，一個趔趄，差點摔倒在地，他直直地看著祝融，雙唇顫抖著，竟是一個字也說不出來。

「良禽擇木，先生是個聰明人。」祝融慢條斯理道：「本王不欺瞞先生，葉長澤多年前遭同僚報復下了絕子丹，早已不能生育。」

葉長風聞言一驚，祝融微微一笑。「先生放心，此事除了下藥之人與我，並無第三者知曉，柳若是腹中的野種，還請先生不要插手。」

葉長風眉皺成川字，抿唇不語，面色還算淡然，心中卻已掀起驚濤駭浪。

「令夫人這一胎，早有人虎視眈眈。先生可知，我手下的暗衛已替令夫人擋下了多少毒手？先生今日與好友陸清徐一家外出賞秋，可是吃了一碟菊花糕？那是陸家一位新來的廚娘所製，十六塊菊花糕中，其中八塊被摻了通經活血之用的紅花，若是令夫人不慎吃下一塊，今日回府只怕就會見紅，小產還是其次，就怕再嚴重些……」

葉長風一聽，面色頓時變得慘白，顫著腿轉身就想回房確認夫人是否安好。

「先生放心，那碟菊花糕在出門前就已經被換掉了。」祝融不疾不徐地道。

葉長風自然知道他們已經處理好了，可是他還是不放心，一想到妻子可能會出事……他就像是被人緊緊地掐住脖子，不能呼吸，早知如此，他情願此生無子，這樣妻子就不必遭這些罪了！

「忘憂心思縝密、醫術精湛，平日隨夫人外出，她都會先行試食；可是今日，先生也知道，忘憂可能只會吃到普通的菊花糕，而尊夫人仍可能不慎吃到有紅花的……」祝融點到為止，原先輕緩的嗓音突然變得鏗鏘有力。「本王以為，與其一直提防，不如將老虎的爪子砍掉、牙齒拔掉，讓牠變成一隻再無威脅能力的小貓，先生覺得如何？」他雙目直視著葉長風。

葉長風一動不動，就像被人點了穴一般。祝融是個有耐心的人，靜靜地等待著，兩人就如同兩尊雕塑似的，彷彿是在打賭，要是誰先有動作，誰便輸了。

良久後，葉長風終於動作了，卻是跪下向祝融行了一個大禮。「微臣，謝容王爺救命之恩。國公府，願誓死為太子效忠。」

祝融恰到好處地俯身相扶。「先生請起。」

葉長風不敢起，有些心虛地道：「剛剛……微臣衝撞了王爺，還望王爺恕罪。」打那一下手心姑且不說，重要的是踢了他一腳，現在想想都覺得汗顏。

祝融一聽，收斂通身氣勢，恭敬地將他攙扶起來，躬身一副乖女婿的模樣，聲音都變溫柔了，討好道：「伯父……我與濛濛，確實是兩情相悅，還請伯父成全我們。」

葉長風嘴角一個抽搐，這容王爺，變臉比翻書還快！不過，對於濛濛與他兩情相悅之事，他還是有些疑慮的，葉長風有些沒底氣地問道：「濛濛好像不知道王爺您……」

祝融一臉溫馴，一副人畜無害的模樣，客客氣氣道：「伯父您先請坐。」

夜已深，濃稠如墨。

祝融輕輕推開東廂房的門，室內燭火還亮著，他毫無聲息地繞到屏風後，見葉如濛趴在床上抱著繡枕睡著了，眼睛、鼻子還有些紅，睡得很熟。

祝融緩緩蹲了下去，不知她夢見了什麼，微微皺了皺眉，紅唇微嘟。

祝融抬手，將香几上的燭火熄了，俯下頭，藉著微光輕輕吻上去，葉如濛睡得不熟，一下子就驚醒了。

「唔……」她知道是他。

「濛濛……」祝融呢喃呼喚，在她唇上輕輕摩挲著。

葉如濛輕輕推開了他，黑暗中她看不清他的臉，只知道他的臉離她離得好近，她連忙問道：「我爹呢？」

「妳爹不生氣了。」

「這怎麼可能？」葉如濛不信。

「我說真的。」祝融將頭埋在她脖間，深嗅著，她身上好香。

「不是，我爹呢？」葉如濛想起身，卻被祝融按了回去。

「別起來，外面冷，妳爹回去陪妳娘了。」祝融仍埋在她脖間，說話時溫熱的氣息噴灑在她耳邊，葉如濛覺得有些癢，她往後縮了縮脖子，關切道：「我爹沒有打你吧？」

「沒有。」祝融的唇又湊了上去，輕輕觸了一下她微涼的耳垂，葉如濛忍不住身子一顫，祝融忽然張口輕輕咬住，葉如濛立刻打了個哆嗦，整個人都懵了，他、他在對她做什麼？

祝融上下齒輕輕咬含著她的耳垂，唔，好嬌嫩，嫩得他想一口吞下去。

葉如濛只覺得像有一股電流從敏感的耳垂傳來，一下子傳遍全身，她慌忙推開他，捲著被子滾入床裡，慌亂道：「你、你咬我做什麼？」

祝融笑，將她拉了出來，托腮擋住半張臉，就這樣笑盈盈地看著她。此時屋內一片漆黑，葉如濛看不清他的臉，只能看到他一雙眼睛亮晶晶的，她有些生氣。「你不許這樣！要是被我爹看到，我爹非打斷你的腿不可！」

「濛濛很關心我。」祝融語音帶笑，心情很愉悅。

「你怎麼這樣！」葉如濛急了，她是很認真地在和他說話，怎麼他倒像是在開玩笑，一點也不擔心！

「濛濛，妳爹說不插手我們兩人之間的感情。」

「什麼？」葉如濛瞪大了眼，難以置信。

「嗯，我們以前怎樣，以後也怎樣，就這樣。」祝融笑道。

「這個、這個怎麼可能？」

「岳父大人對我滿意得很。」祝融一本正經道。

葉如濛臉一紅，羞惱道：「別亂喊！」

祝融湊近她，在她耳邊賴皮道：「岳父大人、岳母大人，還有妳，是我夫人。」

葉如濛聽了他這話，羞得臉都發燙了，所幸屋內暗看不清她的臉，若是能看清，定然是紅得像猴屁股一樣。

葉如濛過了好一會兒，才問道：「我爹真的同意了？」

「嗯，滿意得緊。」祝融點頭。

葉如濛覺得神奇得很，不由得好奇打探道：「你是怎麼和我爹說的？」她的頭枕在枕上，就這麼側仰著臉看他，眼睛漸漸習慣了屋內的黑暗，按理來說應當能看出他的輪廓，可是祝融身子正好背著光，又隻手托腮，似有意無意地擋著臉，她便看不清了。

祝融神秘兮兮道：「這是秘密。」

葉如濛嘟了嘟嘴，有些不樂意了。

祝融夜間視力極好，見她嘟唇，在她唇上輕啄了一下。

葉如濛一愣，有些不確定自己是不是被他用嘴巴親了一下，可是能確定的是，他又輕薄了她，她從被中伸出手來重重地捶了他一下。「不許！」

祝融「嘶」的一聲，伸手捂住了自己的左肩。

葉如濛一下子急了。「怎麼了？是、是剛剛我爹踢的那一下是嗎？」她爹當時那一腳踢得可狠了。

「嗯。」祝融點了點頭，剛剛泰山大人踢了他的右肩，不過他現在捂的是左肩，他按著肩膀可憐兮兮道：「妳給我揉揉。」他想試試青時說的苦肉計可不可行，青時說得斬釘截鐵，不行的話回去收拾他。

「那你先讓我起來。」葉如濛連忙道，他壓著她她怎麼起來呢？

「別起。」祝融將她按了回去。「外面冷，我不疼了。」

「你、那你手疼嗎？」葉如濛忽然想到他今日手掌還挨了打的。

「不疼。」

「你給我看看，我摸摸看。」

她要摸他的手，祝融哪有不給摸的道理，忙伸了過去。

葉如濛一摸，便心疼地「嘶」了一聲，手心都腫起一大塊了，也不知有沒有傷到筋骨，她低聲問：「疼嗎？」聲音帶著憐惜。

祝融本想搖頭說不疼，但想到青時交代的，便聲音略顯委屈地道：「有點疼。」

「那得搽藥才行呀！」

「我知道，回去讓青時給我揉揉。」祝融頓了頓，覥著臉道：「妳親一下就不疼了。」

還好天色黑，不然這話他還真說不出口。

「什麼？」葉如濛一愣，她聽清了，可是覺得這話不像是他會說出口的，便以為自己聽錯了。

「不親還是疼的。」祝融老實道。

「你！」雖然知道他看不見，可她還是瞪了他一眼。

祝融皺了皺眉，還好現在是在黑暗中，要是濛濛能看清，說不定他得挨揍了，看來他回去得找青時練練手才行。

「唔……妳好好休息，我先回去了。」要走他自然是捨不得，可是這麼晚了，真不能多待了，他只能伸出手揉了揉她的小腦袋，算是慰藉。

「我爹，真同意了啊？」葉如濛還有些不敢相信。

「嗯，不信妳去問他。」

「我才不去。」

「那……我走啦。」

「嗯。」葉如濛猶豫了下，忽然抬手摸他的臉，迅速地在他臉上輕啄一下，又立即翻了個身，像烏龜一樣縮進被子裡。她都要羞死了，也不知親到了哪裡，應該是臉吧？

祝融怔怔的，抬手摸了摸自己的臉，有些難以置信。真是難以置信！沒想到青時這傢伙居然比風流公子還有兩把刷子，他怎麼不去出書！

祝融笑得合不攏嘴。

回到王爺府後，青時一眼就看出來了。「爺，她親你了？」

祝融一驚。「你怎麼知道？」

「親這裡對不對？」青時用手指了指自己的臉，爺回來後一直傻笑著，抬手摸這個位置摸了幾十次，爺可不像是這麼自戀的人。

祝融舔了舔唇，他笑得嘴唇都有些乾了，他拍了拍青時的肩膀。「以後庫房裡的東西，要什麼隨便拿。」

青時得意地笑。「爺，我再告訴您一招，如果她下次想親您的臉，您可要反應迅速一點，把臉轉過來，假裝不經意讓她親到您的嘴。這個時候她會嚇一跳，趁她愣神這一會兒，您順勢吻住她，不要給她逃脫的機會。老樣子，她輕輕推一下沒什麼的，您只要用力抱緊她，讓她感覺到您強壯有力的胸膛，她就會知道，以她這隻小鳥的力量無法拒絕您這隻雄鷹的擁抱，然後，她就會停止掙扎了。」

祝融聽得直嚥口水，只是面上仍是一如既往的冷酷。「這樣吧，你跟銀儀的婚事就安排在我們之後。」

青時笑咪咪的。「謝謝爺！」他說著，邊神秘兮兮地從懷裡掏出兩本小冊子來，遞給祝融。「爺，昨夜您是不是在書房找太子殿下給您的那本書？我這裡有兩本更好的！」

祝融掃了一眼，從容不迫地接了過來，納入懷中。

第二日一早，葉如濛起得有些晚，其實她已經醒了，只是今日冷得很，而且早起得和爹一起用早膳，經過昨夜的事，她有些不敢面對爹，便以天冷的藉口賴了半個多時辰的床，又睡了回籠覺。

好不容易起身用完早膳後，她乖乖窩在房間裡逗著滾滾玩，也不敢出門。只是該來的還是會來的，沒一會兒桂嬤嬤便來傳話，說是葉長風讓她去小書房一趟。

葉如濛心中忐忑，戰戰兢兢到小書房後，見爹爹坐在書案後的櫸木太師椅上，面色不喜不悲，令她更加惴惴不安。

她一跨過門檻，葉長風便開口道：「把門帶上。」

葉如濛關上門後，上前幾步主動在書案前跪下去，低頭道：「爹，濛濛錯了，讓爹失望了。」她確實沒臉見她爹，可是……她見了他，總是會情不自禁，他要做什麼，她都像是沒辦法拒絕他。她愛上了，便身不由己、情難自禁。

「爹問妳，妳真的不喜歡宋懷遠嗎？」

葉如濛沒想到葉長風會問這個，怔了好一會兒，才咬唇答道：「宋大哥很好，可是，就是他太好了，好到近乎完美，女兒總覺得他離我離得有些遠，很不真實，就像是畫裡的人一樣，摸得到，但是碰不到。女兒覺得，我配不上宋大哥。」葉如濛實話實說。

葉長風沒說話，說到底只是接觸少罷了，那宋懷遠恪守禮儀與她保持距離，如此君子作為，卻輸給了一個沒皮沒臉的登徒子！

「妳真的喜歡那個人？」葉長風有些不死心地再問道。

葉如濛對上爹爹嚴厲的臉，咬唇點了點頭。

「不管他真實身分是什麼人？」

葉如濛蹙眉，他的身分……她猜他可能是一名暗衛吧，總之是刀尖上舔血的人，也難怪爹爹不同意……想到這，她更堅定道：「爹，不管他是什麼人，女兒都喜歡他。」

葉長風沈默不語。

「爹。」葉如濛小小聲問道：「您不是……同意了嗎？」

葉長風眼睛一瞪。「他和妳說我同意了？」

葉如濛一愣，也瞪大了眼。「您、您沒同意？」他騙她？

葉長風心中憋著氣。「同意了！」

葉如濛這才鬆了一大口氣，頓時笑逐顏開。「謝謝爹爹！爹您放心，以後我們……」葉如濛低頭，有些害羞。「以後我們一定會好好孝敬您和娘親的。」

葉長風覺得胸悶得厲害，真憋屈，若是女兒不喜歡容王爺，他還能爭取一下，可是看女兒這模樣，顯然是已經對他死心塌地了。

今日，是將軍府嫡女顏寶兒認祖歸宗之日。

一大早，顏寶兒就隨顏家人隆重拜祭了列祖列宗，繁文縟節直折騰了一個上午。中午過後，葉如濛應孫氏之邀，吃完午膳後就來到將軍府陪寶兒。

顏寶兒與葉如濛敘舊聊了一會兒，便帶她去看五哥顏多多。顏華下手太重，至今顏多多雖然能起來了，可是一動作就會牽扯到傷口，大夫也囑咐他靜養，他只能百無聊賴地趴在床上。

顏多多看見葉如濛，有些難為情，可到底還是開心多一些。她來探望他了呀，這不就表示關心他嗎？顏多多正想撐著身子起來，可是一動作，便疼得齜牙咧嘴的。

葉如濛忙幾步上前阻止他。「你別起來。」看他氣色還不錯，雖然臉色有些蒼白，但還算挺精神的。

「濛濛，我正好有話想跟妳說。」顏多多突然開口喚她。

葉如濛一聽，有些不好意思，怎麼連他也叫她濛濛了？這可是她的小名，這會兒她應也不是、不應也不是，有些難為情地看向寶兒。

顏寶兒連忙道：「五哥，你不能叫濛姊姊的小名，要喊葉四姑娘。」

「哦！」顏多多撓了撓頭。「葉四姑娘。」都怪平日聽他娘提起她時叫濛濛叫習慣了，一不小心就脫口而出。他看了她一眼，小聲道：「我是要跟妳說，要是我娘說要認妳做乾女兒，妳可千萬別答應啊！」他說著又看向寶兒。「寶兒，妳也要記得啊！」

「放心吧！」顏寶兒抿嘴笑道：「娘要是提起，我就攔著娘。」

「寶兒，妳別胡說。」葉如濛有些不好意思，看了顏多多一眼，欲言又止，她不知該怎麼說他才好，沒待多久便尋個藉口出去了。

顏寶兒朝顏多多做了個鬼臉也跟著跑了出去，追上葉如濛後親切地挽著她的手，笑咪咪道：「濛姊姊，我還真希望妳當我嫂子呢！我四哥也快娶媳婦了，現在就差我五哥孤家寡人一個了。」

「妳想太多了，叫妳五哥先把傷養好吧！」葉如濛捏了捏她的小鼻子。

顏寶兒對她吐了吐舌頭。

葉如濛笑，寶兒好像胖了一些，臉總算有些肉了，想來這陣子過得很好，回到將軍府後，日子也過得很幸福。想想也是，有爹和娘，還有那麼多個哥哥、嫂嫂疼著，府裡人都當寶貝捧著呢！真的是成「寶兒」了。

晚宴時間未到，將軍府門前已是車水馬龍。將軍府在京城中威望極高，對於此次找回嫡女之事也極其重視，豪門貴胄們哪有不給面子的道理，皆紛至沓來，不到片刻，將軍府便門庭若市了。

葉如濛和顏寶兒跟在孫氏身後，跟著她招呼著女賓，貴婦、女眷們紛紛前來道賀，寶兒笑起來和孫氏一模一樣，十分好認。

如今京城的人都知道，顏將軍家的寶兒自小遭人拐賣，六、七歲時被賣到葉長風府上當丫鬟。葉長風的獨女葉四姑娘與寶兒年紀相當，兩人十分投緣，自小便親如姊妹，那日在玲瓏閣，還有之前中秋夜在宮裡，兩人的相好眾女眷們都是有目共睹的。

貴婦們都紛紛感慨，被拐賣輾轉去到葉長風的府上，也算是寶兒的福分了。怎麼說呢，一個小丫頭當了人家府上的丫鬟，長開後就怕老爺和少爺動手動腳，清白就不好說了；可是葉長風無子，而且他還是出了名的寵妻狂人，誰會往那一方面想去？而且這葉長風是什麼人呀？曾經任太子少傅，如今是五經博士，品德、文采自不在話下，寶兒自幼跟在葉如濛身邊受葉長風的教誨，耳濡目染定也學了不少，琴棋書畫都略有涉獵，瞧瞧，身上的氣質和普通的小丫鬟哪裡一樣了？

一路招呼下來，葉如濛和顏寶兒笑得嘴都痠了，孫氏心疼女兒，忙讓她們先回屋裡休息一下。

在回房的路上，寶兒見到了宋懷雪，連忙拉著葉如濛上前。葉如濛看見宋懷雪，私心裡覺得有些尷尬，不知她大哥有沒有來。

顏寶兒對宋懷雪打招呼，小聲問道：「妳是來看我五哥的？」

葉如濛聽了，有些不明白，宋懷雪有些臉紅，她身邊的丫鬟曉雲連忙解釋道：「不是、不是，我們小姐是隨府上兩位少爺過來的。」

「哦、哦。」顏寶兒這會兒也不好意思了，她剛剛不應該這麼直接問她的。

葉如濛聽了不禁心虛，宋懷遠也來了？

還沒等她回過神來，便聽到身後傳來嬤嬤們壓低的說話聲。「容王爺來了，快通傳下去！」

葉如濛一聽，身子一僵，容、容王爺來了？

「小姐。」一個身著粉衣的小丫鬟匆匆來向顏寶兒稟報。「太子殿下和容王爺替皇上和皇后娘娘送賀禮過來了，小姐快去前廳接旨吧！」

顏寶兒一聽也慌了，她身旁的夏嬷嬷連忙安撫她。「小姐別怕，太子殿下極好說話，至於容王爺，雖然不愛笑，但其實不凶，他小時候還逗過妳玩呢！」

「我、我……」顏寶兒看向葉如濛，她心中有些沒底，想讓葉如濛陪她一起去，可是一看，葉如濛比她還害怕呢！其實顏寶兒之所以會這麼怕祝融，也是受葉如濛的影響，她有些想不通，濛姊姊怎麼會這麼怕容王爺呢，她娘還挺喜歡容王爺的。

顏寶兒想了想，對葉如濛道：「濛姊姊，要不妳帶宋姑娘去看一下我五哥吧，我先去前廳接旨了。」太子殿下和容王爺都是怠慢不得的人。

「好好好！」葉如濛連忙一口答應，寶兒膽子大，她膽小！

顏寶兒跟夏嬷嬷一走，葉如濛就趕緊帶著宋懷雪從後門出園子，生怕走慢點容王爺就追上來了。

剛走出園子，葉如濛忽然想起來，她帶宋懷雪去看顏多多做什麼？宋懷雪和顏多多兩個人什麼時候這麼熟了？而且宋懷雪一個小姑娘，由她帶著去看顏多多，怎麼想怎麼奇怪。

就在葉如濛想不通時，宋懷雪的丫鬟曉雲開口了。「葉四小姐，能不能等一會兒？我們小姐要和大少爺、二少爺一起去看望顏公子。」

葉如濛眨了眨眼，二少爺是沒問題，可是大少爺……有大大的問題啊！她當初將那盆細文竹退回去，便以為這門親事已經了結，誰知道她爹竟然私下答應了宋大哥？其實說起來，宋懷遠是明面上來提過親的，怎麼說都比那個殺手要光明正大一些，況且宋大哥還是她爹點頭認可的；可是她已經和容私定終身了，這會兒想到要見宋懷遠，她便心虛得厲害。

正當她猶豫著要不要找寶兒的哥哥、嫂嫂來的時候，曉雲卻忽然對著她身後招手道：

「大少爺，我們在這兒！」

葉如濛一驚，轉身一看，便見宋懷遠站在不遠處的一棵玉蘭花樹下，宋懷遠聽到有人在喚他，也側身看過來。葉如濛沒想到，原來男子也會有一種驀然回首、令人驚豔的美，許久未見，他仍如畫中人一般，不，應該叫畫中仙。

今日的宋懷遠身著一件藏青色圓領襴衫，腰繫一條茶白色的腰帶，溫雅如初。他的模樣雖沒有容王爺那般俊美，卻比他多出幾分飄飄然的仙氣。他的儒雅，是京中任何一個文人才子都比不上的，他身上那股坦蕩的正氣，便連她爹葉長風都要輸上幾分。葉如濛看得略微失神，心中又生出幾分自慚形穢的感覺。

宋懷遠看見她，眸色略帶驚豔，下意識地對她溫文一笑，笑意直達眼底。

宋懷遠身後是身穿紫色儒服的宋懷玉，宋懷玉看見葉如濛，禮貌地朝她點了點頭。

葉如濛也報以微微一笑，說來也怪，這兄弟倆站在一起，面容明明有六、七分相似，可神韻怎麼就全然不同了呢？

以男子來說，宋懷遠膚色是白皙得剛剛好，宋懷玉倒是白嫩得有些過了。其實單獨看宋懷玉，也算是一位翩翩少年郎，如畫如玉，只是站在宋懷遠身邊一對比，便明顯地被比下去。宋懷遠體型勻稱挺拔，站如松，行如風，言行舉止頗具陽剛之氣；宋懷玉或許因為年紀的緣故，矮了宋懷遠小半個頭，再加上精神氣態不如他，相較之下便顯得較為纖細。

溫潤如玉的兄弟倆漸行漸近，來到葉如濛跟前，先後對她做了一揖，宋懷遠輕聲道：「葉四姑娘，好久不見。」

葉如濛忙福身回禮，低頭淺笑道：「許久不見。」

宋懷遠微微一笑，嘴角泛起好看的弧度，許久不見，甚是想念。

葉如濛這會兒哪敢看宋懷遠，光聽見他的聲音都心虛得厲害；而且，她總感覺她身後的紫衣在盯著她，彷彿她只要多看宋懷遠一眼、和他多說上一個字，就會立刻傳到那個誰的耳朵裡去。

葉如濛低著頭，帶著他們兄妹幾人往顏多多的院子走去。

一路上，宋懷玉憂心忡忡，他心中愧疚得很，對付吳尚留這事本來說好兩人一起扛的，誰知道出事後，顏多多一人全扛了，被顏將軍揍了一頓不說，還給大義滅親地送進大理寺。那日他和大哥趕到將軍府說明實情，才知道顏多多為了自己妹妹的清白，竟是忍著一個字都不吭，就在他們兄弟兩人準備趕往大理寺時，顏多多又全身是血地被人抬了回來。

原來容王爺出手查明真相，揪出當日在場的吳家小廝證明，自家公子是因為無禮欺辱了人家姑娘，顏多多路見不平才動手教訓他的，只是到底欺負了哪一家的姑娘，因為從未見過，也不知身分，所以便無從得知了。這之後，宋懷玉不敢來將軍府探望他，畢竟兩人先前不對盤，在這風頭上他怕惹人猜疑，畢竟事關自己妹妹的清譽。是以，兄弟倆只能藉今日將軍府大喜前來探望。

又憋了好一會兒，宋懷玉終於忍不住開口問道：「葉四姑娘，不知道顏五公子的傷怎麼樣了？」

葉如濛聞言，抬眸看了宋懷玉一眼，有些好奇他什麼時候這麼關心起顏多多了？想到顏多多，她忍不住輕嘆一聲。「顏將軍下手太重了，將顏五公子打得……唉，現在還不能人道呢！」

她這話一出口，宋懷遠兄弟倆不約而同地停下腳步，連紫衣都有些懵了，顏多多什麼時候不能人道了？

宋懷玉嚥了嚥口水，有些艱難地開口問道：「打得不能人道了？」顏將軍真的下手這麼狠？還是不小心……給打傷的？

「是啊！」葉如濛點點頭，覺得這宋懷玉的反應有些誇張，嗯，看來他真的很關心顏多多呢！

「這個、這個……」宋懷玉唇張了唇，他有心細問，卻覺得難以啟齒。

走在最後面的宋懷雪一臉迷茫，她自小身在閨中，年紀又小，自然沒聽明白葉如濛的意思，可是她看見自己二哥的臉色，直覺不是什麼好事，便打手語悄悄問曉雲——什麼是「人道」？

曉雲頓時臉一紅，她們丫鬟私下愛偷偷傳些話本什麼的，人道的意思她是知道的，她猶豫了下，有些扭捏地給她解釋，宋懷雪聽得瞪大眼，一下子臉都紅了，可是緊接著，又覺得心中愧疚得緊，沒一會兒就紅了眼眶，她竟然害得他……

葉如濛還不知道自己鬧出一個大笑話，見幾人停了下來，又道：「往前面拐個彎就到了。」她繼續往前走，保持著在外人面前的閨秀模樣，宋懷遠和宋懷玉兩人面面相覷，繼續跟了上去。

一行人到顏多多的院子後，宋懷玉向小廝表明了來意，小廝恭敬道：「請幾位稍等片刻，奴才這就進去回稟。」

在院門口靜候時，宋懷遠不動聲色地看了葉如濛一眼，思慮片刻，終於上前一步道：「葉四姑娘，不知能否借一步說話？」

葉如濛眨了眨眼，點點頭，其實她也有話想對他說，她覺得還是與他說清楚得好，向他表明自己已經心有所屬了，免得耽誤了他；至於親事，想來她爹會找個適當機會和他說的。

兩人往一旁走了七、八步，來到院外的漏窗下。

宋懷遠停下腳步，看著她，忽然柔柔喚了一聲「濛濛」，聲音極輕。

葉如濛一聽，莫名其妙地紅了臉。先前他喚她濛濛，總有種鄰家大哥哥在喚隔壁小妹妹的感覺，帶著一種親切感；可是這一次他的這聲呼喚，卻帶了些曖昧，就像是一位夫君在喚自己的小娘子似的，帶著溫柔的寵愛。

見她臉紅，宋懷遠淺淺一笑，上前一步，葉如濛一驚，忙後退了一步，可因兩人本來就是站在牆角下，她的背一下子就抵到了院牆上，宋懷遠眸中笑意不減，這回只克制著上前了半步。

這距離不遠不近，可是對葉如濛來說已經算是有些親密了，宋懷遠微俯下頭來，壓低聲音，輕語道：「濛濛知道，『人道』是什麼意思？」

葉如濛抬眼看他，有些結巴地問道：「不是……不能走路的意思嗎？」

宋懷遠眸底濃濃的笑意暈染開來。「以後這話可不能亂說。」他湊了過來，聲音又低了低，彷彿只有他們兩人才能聽到。「人道，是敦倫之意。」

「敦倫？」葉如濛眨了眨眼，她好像知道是什麼意思，只是一時半刻有些想不起來，或者說是，她還沒反應過來。

宋懷遠眸中笑意加深，湊得更近了，幾乎湊到她耳旁，低語道：「周公之禮。」

其實，他們兩人尚未正式訂親，他也知道自己不當與她這般親密，可是看見她這可愛的模樣，他忍不住想要逗弄她一下，偶爾不恪守禮儀，卻讓他收穫到意外的驚喜，他心情忽而有一種說不出來的愉悅。

仔細想想，這話由他來解釋其實並無不妥，他們兩人明年就要成親，到時她將會是他的妻子，他現在若不先說與她聽，只怕等一下見了外來的賓客，她又這般言語，就不只是鬧出笑話這般簡單了。

葉如濛一聽，腦袋頓時轟的一聲全空白了，整個人都懵了，臉脹得通紅，支支吾吾半晌都說不出話來。

宋懷遠幽幽一笑，這小濛濛，還真是個小迷糊。

顏多多有些不明白，怎麼今日宋懷玉看他的眼神，好像極其淒涼，宋懷雪也是，彷彿他遭受了什麼慘無人道的刑罰一樣；還有葉如濛，進來後頭一直低低地看著地上，不敢看他，好像他身上沒穿衣服似的，這四個人，就只有一個宋懷遠看著還算正常。

宋懷玉真沒想到，發生了這樣的事，顏多多居然還笑得出來，如此有義氣又樂觀的漢子值得敬佩，這朋友他交定了！以後倘若他有什麼需要的，他宋懷玉定然赴湯蹈火，在所不辭！

宋懷雪看見顏多多一如既往的燦爛笑容，忍不住偷偷抹了抹眼淚，他還在強顏歡笑，更令人心傷……

「唉，你們都不知道，這陣子我都快悶死了！」顏多多趴在床上，仰頭歡喜地看著他們，這麼多人來看他，他真的覺得挺開心的。就在這時，他瞄到宋懷遠身後的宋懷雪正用帕子抹著眼淚，知道宋懷雪是在心疼他，突然有些急了，想撐起身子，可是一挺起身又扯到了傷口，忍不住「嘶」了一聲，他連忙道：「宋姑娘，妳、妳不用哭，我根本沒事，過陣子就好了。哎呀，我從小皮粗肉厚的，我爹經常打我，我都習慣了！」

宋懷雪一聽，哭得更厲害了，這個……這個能好嗎？他一定是不想她愧疚，在安慰她。

「真、真的沒事！我好著呢！」顏多多聲音又提高些。

「都怪我。」宋懷玉心痛道：「此事是我害慘了你。」

「真的沒事，這根本不算什麼！」顏多多不以為意。

葉如濛頭低得都快到地上去了，她要怎麼和他們兄妹倆解釋才好？不不不，千萬不能當著顏多多的面解釋，她得私下解釋，讓他們保密，千萬別告訴顏多多，不然顏多多要是知道了，她以後就真的沒臉見他了。

宋懷遠摸了摸鼻子，輕咳一聲，終於開口道：「二弟，你隨我出來一下。」

葉如濛眼睜睜地看著兄弟兩人離開，神情極為複雜。

「葉四姑娘。」門外忽然有將軍府的丫鬟來稟。「我們小姐有急事找您呢！」

葉如濛一聽，覺得自己正好可以藉這個機會離開，只是又有些顧慮，她一走就只剩下宋懷雪和她的丫鬟在這兒了。

「姑娘，請快一些吧！」丫鬟催促道：「小姐急著呢！」

葉如濛還未開口，顏多多便大方道：「既然寶兒有急事找妳，妳就去吧！」

顏多多心大，自然沒想到男女大防之事，葉如濛又看向宋懷雪，宋懷雪對她點了點頭，微微一笑，曉雲見狀道：「沒事的小姐，我們家兩位公子就在外面呢！」

聽她這麼一說，葉如濛對宋懷雪歉意一笑，客氣了兩句便先行離開了。

葉如濛離開後，宋懷雪便開始盯著顏多多看，顏多多被她看得有些不自在，是他臉上有什麼東西嗎？

宋懷雪吸了口氣，鼓起勇氣，抬手朝他打起手語，顏多多沒看明白，看向一旁的曉雲。

曉雲看見宋懷雪的動作，瞪大了眼，好一會兒後才吞吞吐吐道：「我、我們家小姐說……公子你將來要是娶不到媳婦，她就嫁給你。」

「什麼？」顏多多頓時嘴巴張得像雞蛋一樣大，詫異地看著宋懷雪。

宋懷雪淚眼汪汪地看著他，上前一步，主動抓住了他的手，顏多多手一僵，竟有些抽不回手來，只覺得自己臉上都有些發燙了。宋懷雪咬唇，輕輕拍了拍他的手，一會兒後，吸著鼻子出房間了。

這個……顏多多看著主僕兩人離去的背影，有些不明白，宋姑娘這是因為他救了她，所以要以身相許嗎？可是，他只想過要娶葉如濛，從來沒有想過要娶她呀，畢竟宋懷雪年紀太小了，雖然她真的很乖巧，性格也討人喜歡，娶回家當娘子正適合……不對，他在想什麼呢？顏多多拍了拍自己的腦袋，不過一個小姑娘，他想太多了。

另一邊，葉如濛出了顏多多的院子後，便去找寶兒，這才聽說太子殿下帶了聖旨過來，聖上親封寶兒為遺珠郡主，不僅如此，容王爺還認寶兒為義妹，這個郡主的封號就是他向皇上請封來的。如此種種，幾乎將寶兒給嚇壞了，所以急著想找葉如濛說說話。

如此變化葉如濛也沒有料到，她能理解寶兒的不適應，太多的關注令人不自在，她要寶兒不必想太多，再多封號也不影響她開心做自己呀！寶兒想想也是，鬱悶的心情稍有舒解，此時丫鬟來報，說是陶掌櫃來訪，正在園子裡等著，葉如濛催促她快去相迎，寶兒才又轉往另一邊招呼。

日漸西沈，將軍府的長廊亮起了花燈，賓客們漸漸離席，只餘三三兩兩的賓客。角院裡，陶醉身著一件冰玉藍的淨面杭綢直裰站在一棵梨樹下，遙遙一看，頗有幾分書生氣。

寶兒有些遲疑地朝他走過去，直到他面前才停下來。

陶醉看著她，微微一笑。「遺珠郡主。」

寶兒仰頭看著他，有些皺眉。「陶哥哥，不管以後怎樣，你都還叫我寶兒，好不好？」

陶醉莞爾一笑，他想抬手像以往那樣摸摸她的頭，卻發現她的頭上已經覆滿了華麗的珠釵，令他無從下手了。

寶兒並不開心，神色有些受傷。「陶哥哥也要像小玉那樣嗎？」她和小玉的關係曾經是那樣地要好，可是自從她回復將軍府的嫡女後，小玉便漸漸與她疏遠，今日她被冊封為郡主，她見到她都是一副誠惶誠恐的模樣，連話都不敢大聲說一句；就只有濛姊姊，濛姊姊還是像以前一樣待她，私下裡還會捏一捏她的鼻子。

陶醉抿唇看了她許久，終於開口問道：「頭重嗎？」

寶兒眨了眨眼，有些委屈地嘟了嘟嘴，點點頭，重得很。顏寶兒髮上的金步搖玉流蘇隨著她的點頭晃著，有些晃了他的眼，這般華貴的首飾閃耀在這張還充滿稚氣的臉上，一點都不適合。她不適合當一隻金鳳凰，那太沈重，會讓她飛不起來，她適合當一隻簡簡單單的小鳥，自由自在地飛在林間。

陶醉伸出手，取下她髮上的一支垂珠奪月金釵，片刻後，海棠滴翠碧玉簪、羊脂色茉莉小簪、碧璽雕花步搖、赤金紅寶石蝴蝶花簪紛紛從她髮髻上取下，只留下最樸實簡單的飾物，陶醉抬手，像往常般摸了摸她的頭。

寶兒對他露出了笑臉，天真一如從前，嘴邊兩個深深的梨渦就是她最美的妝容。

顏寶兒忽而上前一步抱住他，環住了他的腰身，一臉幸福。

陶醉身子微僵，沒有回抱她，只是垂著手道：「寶兒是大姑娘，以後不可以這樣了。」

寶兒搖頭，將臉貼在他溫熱的胸膛上，小聲道：「陶哥哥，寶兒……以後可不可以嫁給你？」

陶醉一怔，沈默了許久，終於輕輕地推開她。「妳年紀還小。」

寶兒微微鬆手，仰頭看他。「可是，陶哥哥你剛剛還說我是大姑娘了。」

「我大妳八歲。」陶醉輕聲道，她年紀終究是太小。他已及冠，以他的地位，家族不敢逼婚，但再等三年她及笄之後，她只怕不會如願婚配於他。因為她的身分是不會變的，她不僅是將軍府唯一的嫡女，還是聖上親封的遺珠郡主、容王爺的義妹，能匹配得上如此身分的如意郎君，若非世子、親王，少說也要是個前途無限的狀元郎，那時她眼界開闊了，不再是不諳世事的小丫頭了，又怎麼會看得起他這滿身銅臭的商人？

顏寶兒哪裡知道陶醉的擔憂，她只以為他嫌棄她年紀小，乳臭未乾，她鬆開了他，有些著急地數著手指。「沒什麼的，就兩個四歲而已。陶哥哥你等我長大好不好？寶兒以後每天都多吃點好不好？我一定會快快長大，長得高高的。」

陶醉沒有說話，對上她一雙滿懷期望的眼，終是不忍拒絕，或許也是給自己一個念想的機會吧！他終於道：「三年後，這個問題妳可以再問一遍。」

寶兒一聽，眼珠子轉了好幾轉，才明白他的意思，頓時笑得瞇起眼睛。「那、那在我長大之前，陶哥哥不要娶別人好不好？」

陶醉淡笑不語，寶兒則仰著臉認真地看著他，直看到他點了點頭。

顏寶兒露出深深的兩個梨渦，拍手歡快道：「陶哥哥最好了！」

與此同時，城北葉府。

東廂房裡，葉如濛站在梳妝鏡前，看著身後的祝融親手為她簪上血龍木百合簪。這支百合簪是祝融親手雕的，是他送給她的訂親之物。

葉如濛面容嬌羞，看著鏡中他的手，他動作優雅得如同在插花。祝融身量高，頭沒有入鏡，葉如濛只看到衣襟上露出一截白潤的脖子，他凸出的喉結滾動了一下。

「濛濛，妳真好看。」頭頂，傳來他略顯沙啞的聲音。

葉如濛低頭，咬唇笑了笑。「不過，我還沒準備回禮給你。」

「已經有了。」祝融從身後抱住了她。「香囊。」

葉如濛沒有說話，羞得不敢看鏡子裡自己的臉了。

「濛濛，等一下我去和妳爹說一聲，我們兩個就算正式訂親了。」祝融低頭，隔著面巾親了親她的髮。「委屈妳了，但是我保證，到時我們成親，我一定給妳一個最盛大的婚禮。」

「可是。」葉如濛道：「我們兩個……可以光明正大地成親嗎？」

「嗯，一定可以。」祝融肯定道：「濛濛，明年四月，妳及笄後我就迎娶妳入門。」這是他和葉長風約定的時間，到時他會再來求娶一次。

「嗯。」葉如濛輕聲應下，她相信他。

第二十七章

次晨，葉如濛起床後，藍衣整理著床鋪，發現枕頭下的百合簪子，訝異地問：「咦？哪來的簪子？」

「給我，我的！」葉如濛連忙道，藍衣將簪子遞過去，她立刻接了過來，遞給正在為她綰髮的紫衣。「我想以後天天用這支簪子。」

紫衣給她挽了一個渾圓的髮髻，笑道：「小姐和主子訂親了？」

葉如濛有些羞澀地點點頭，整張臉都洋溢著幸福。

「恭喜小姐。」紫衣笑道。

藍衣湊了過來，笑問：「預計什麼時候成親？」

葉如濛面上有著難掩的笑意，小聲道：「他說明年四月。」想到他們明年就可以成親，她心中歡喜得緊。

「恭喜小姐。」紫衣、藍衣兩人齊聲笑道。

葉如濛低頭，有點羞怯，弄得好像她今日就要出嫁似的。

盥洗後，葉如濛去食廳用早膳，見自己的爹娘正坐在榻上說著話，看他們表情略顯沈重，似乎討論的事情並不輕鬆。

「爹、娘。」她走了過去，眼帶探究。

葉長風看著女兒，將手中的一張地契遞給她，葉如濛接過來一看，吃了一大驚。

葉長風道：「這是昨日將軍夫人給妳娘的，說是給我們照顧寶兒的謝禮。」誰知道小匣子一打開，竟是一張地契。

葉如濛一聽更是驚呆了，整整十畝地啊，就算是做成七進的院子也綽綽有餘，只是爹爹品級在身，只能住五進的院子，於是後面的地便都闢成花園。一整套五進的院落屋宅，還帶一大一小兩個後花園；更重要的是，這個地契的位置就在城南中心，皇城外啊！將軍府怎麼有這麼大的能耐，買下這樣一套院落給他們？

「這個我們不能收吧……」她道，這份禮太重了。

「我也是這麼想。」林氏道，又看向夫君。「可是妳爹覺得……」

葉如濛吃驚地看著爹。「爹，您不會……想要收下吧？」

葉長風面容冷靜。「收。」這份禮哪是將軍府送的，想也知道是容王爺安排的，將軍府不能不賣容王爺這份人情，而他也不得不收這份禮。

「爹！」葉如濛有些激動。「這我們怎麼能收下呢？」

葉長風道：「此處離國子監、將軍府、國公府都近，以後我們出入會更方便。」當然，離容王府是最近的。

「可是爹，這樣做只怕會落人口實。」以她爹的能力，根本就無法購置一座這般大的院落，若是讓人知道他們收了將軍府送的禮物……

葉長風坦蕩道：「滴水之恩，湧泉相報，錯乎？」

葉如濛聽得都覺得有些尷尬了。「爹，這將軍府的湧泉相報可太不一般了！」

葉長風並不在意，想了想，忽而笑道：「放心，入住那日，爹自有法子讓人不敢說一句我們的不是。」

「爹有什麼辦法？」葉如濛好奇問道。

葉長風笑而不語。

一家人用完早膳後，葉國公府傳來消息，說是七房的柳姨娘也懷了身孕，已經一月有餘，因未滿三月，是以並未大肆宣揚，只知會一聲。

葉長風聽了，臉色好是複雜。

七弟如此迫不及待告知自己，想來是有些示威的意思——

雖然他最近因葉如瑤之事官場失意，可如今一妻一妾都懷了身孕，就算其妻生的是女兒，可說不定柳姨娘生的就是兒子，柳若是與柳姨娘本就是姊妹，到時抱養過來當嫡子，也不是問題，只不過……

想到祝融透露的秘辛，葉長風不禁搖頭，真是難以想像，柳家這兩姊妹竟是如此地不守婦道，將來這禍事不知該如何收場！

三日後，葉長風帶著府中眾人去了城南的新大院，他已請人算過，兩日後的九月十五寅時三刻正是良辰吉日，入宅大吉。因此今日，他先帶家中眾人來看看新屋。

林氏和葉如濛一大早就起來了，因為林氏懷了身孕，馬車駛得有些慢，走了一個多時辰才到。

馬車停穩後，葉長風先扶林氏下馬車，葉如濛在馬車上掀起車簾一看，入目的是一座高大氣派的院門，朱紅色的院門上高高掛著一塊匾額，「葉府」兩個龍飛鳳舞的鎏金大字在陽光下耀眼奪目。這字跡看著有些眼熟，葉如濛想了好一會兒，才認出這是她爹的字跡。

一下馬車，葉如濛都看傻了，這院子有多大呀，左右院牆延伸至幾乎看不到盡頭，看起來竟比國公府還要大，整體建築並不奢華，而是沈穩肅穆，有著一股懾人的威嚴氣勢。

福伯正欲上前敲門，大門忽然被人從裡面打開來，只見深深的庭院裡站了兩排人，一排是青衣小廝，一排是青衣婢女，皆是畢恭畢敬的，站在最前的是一位身著深藍色長袍的中年男子，男子年約三、四十，生得有些瘦高，留著八字鬍，看起來很是精明幹練。

這名男子連忙將他們迎進去，葉長風介紹道：「這是梁叔，府裡的管家。」因為城北舊宅還保留著，此處新宅便安排了新的人手。

梁叔忙對林氏母女兩人俐落行了一禮。「給夫人和小姐請安！」

「梁叔請起。」林氏溫婉道。

梁叔俯著身子，恭敬笑道：「夫人折煞老奴了，奴才單名一個安字，夫人喚奴才梁安即可。」

林氏微笑頷首。

待葉長風眾人入府後，府內的小廝便上前迅速關上大門。梁安道：「老奴謹遵老爺吩咐，在正式入住之前低調行事，是以奴才等人未出門相迎，還望夫人莫怪。」

「梁管家言重了。」林氏微笑道，面容十分和善。

梁安引著他們入內，葉如濛跟在林氏身後四處張望，前面是一塊青磚影壁，浮雕著精緻的八仙圖，上面的人物栩栩如生。

影壁右邊有道門，梁安介紹道：「這是咱們府上的車馬院，現在院中共有四輛馬車，這四人是車伕。」梁安為他們介紹後，引他們進入前院。

進入前院後，左手邊是一排長長的倒座房，這是府裡男僕們的住所，盡頭處的角院也是男僕們平日休憩之處，沒什麼可看的，梁安直接將他們引入第二進院，第二進院為待客廳，兩邊設有廳房，供客人休憩之用，抄手遊廊可通向府裡的大花園。

北屋的待客廳裡，翹頭案、八仙桌、扶手椅都是使用顏色深重的黑檀木，看起來莊重而不失典雅，客位也是設八人座，寬敞大氣。

再往內，便是垂花門了，外院和內院以垂花門隔開，男僕們就此止步，垂花門兩側開有小側門和抄手遊廊，這裡是葉長風和林氏的院子，西廂房設有忘憂和桂嬤嬤等人的房間，卻獨獨沒有葉如濛的。

葉如濛逛了一圈，忍不住問道：「我住哪兒呀？」

梁安笑道：「小姐的院子在後面呢！」

「我的院子？」葉如濛聽得眨了眨眼。「你是說我一個人有一個院子？」

「小姐的院子取名叫忍冬院，請隨老奴來。」

葉如濛一聽，心中感到有些驚喜，連忙挽著林氏的手跟上去。她有一個單獨的院子，聽起來像作夢似的，這院落未免太大了吧？

一踏入院子裡，葉如濛心跳都有些快了，這座忍冬院裡種了不少花草，西北角還有一塊草地，草地上設有鞦韆和搖椅。葉如濛暗暗吃驚，怎麼她的院子這麼大啊，和她家差不多大。

梁安站在北屋門前介紹道：「小姐，這是您的房間，左邊是書房，還有一間淨室。右邊是兩間廂房，可以給您身邊伺候的大丫鬟住。」

葉如濛點了點頭，她還是第一次住上北屋，這北屋光線明亮，一推開門就有穿堂風吹來，因為陽光充足的原因，風也是暖和的。

梁安繼續道：「這西廂房是服侍您的丫鬟們住的，東廂房是客臥，小姐若有要好的小姐來府上借住，可以住在這兒，或是要佈置成畫室、琴房也可以。」

葉如濛眼珠子轉了轉，說得好像這院子真是她的了一樣，也不知道他們家能在這住多久呢，他們家真的要搬進來了嗎？她心中還不是很確定，只對著梁安點了點頭，面色有些謹慎；不過，倘若真能住上一陣子，她一定要拉葉如思來這裡玩。

「這裡還有個小廚房，小姐平日要是想吃什麼，可以自己開小灶。」梁安一一介紹道。

葉如濛依舊點頭，沒有太大的驚喜，這裡真好，也漂亮，不過怎麼說到底不是他們家，她看看就好了，金窩、銀窩，總是不如自家那個住了十幾年的溫馨小窩。

「小姐。」梁安道：「您下面有三個大丫鬟伺候，這邊再給您添四個二等丫鬟、六個三等丫鬟還有六個粗使婆子。」

葉如濛聽得微微瞪大了眼。「這也……太多了吧？」她平日有紫衣、藍衣、香北三人照顧都覺得多了，哪裡用得著這麼多人？

梁安笑道：「小姐金枝玉葉，自然是要好生服侍。小姐放心，三等丫鬟和粗使婆子都是住在正房後面的後罩房，平日不會打擾到小姐的清靜。」

梁安手一揮，便有四個青衣丫鬟上前來福了福身。「奴婢一言、小唐、小宋、小元見過小姐。」

葉如濛是個臉盲，努力瞪大眼記住她們，除了一言年紀稍長些，其他三個丫鬟看著不過十六、七歲，模樣皆是生得乖順可人，她感覺長得都差不多。

紫衣看見一言，微微一笑，一言垂眸，笑而不語。

「小姐要是有什麼事，找一言就行。」梁安道。

一言上前一步道：「奴婢帶小姐去看看房間吧！」

「哦，好的。」葉如濛跟了上去。

一言先帶她去看的是書房，書房寬敞明亮，比她原先的屋子還大，大自書桌、琴几、畫案、棋桌，小至筆墨紙硯都很齊全，還有幾座黃花梨木書櫃，一眼望去，便有一股濃濃的書香氣，高几案桌上有幾盆小巧的盆栽，翠綠紅粉，生意盎然。

葉如濛看得眼睛都亮了，這裡看起來好舒服，窗臺前還有小榻和茶几可以休息，要是能和六妹妹在這兒煮茶就好了。她跑到窗臺前眺望，窗臺正對著院子裡的草地，能看到外面的鞦韆。

「咦？這是什麼東西？」葉如濛忽然注意到窗臺下有一間小木屋，約有半人高。

一言笑道：「聽說小姐養了一隻小狗名叫滾滾，這是滾滾的屋子。」

「滾滾的屋子？」葉如濛一聽，頓時忍俊不禁，連忙跑出去看。果然，小屋子正面開了一道圓拱形的門，上面還有房簷可以遮風擋雨，一面開有小窗，另一邊，則是圍著小屋設了一個環形的小樓梯，這樓梯直通屋頂，屋頂是平的，四周設有一尺來高的小圍欄，如同一個小天臺，冬日若滾滾能趴在這上面曬太陽，想想都覺得愜意。

葉如濛看得笑咪咪，這屋子設計巧妙，也夠大，她都能鑽進去呢，就算滾滾長大了也能睡，真好，以後要是得還回房子，這狗屋她想搬走。

這還不止，葉如濛這座院子的側面連著一座小花園，葉長風院子也有，兩座小花園是相連的，僅隔著一個窄小的花瓶門。

葉長風一家逛完院子和小花園後，已近午時，在這兒用了豐盛的午飯，又在後花園裡逛了整整一個下午，還未能全部逛完。因為快入冬了，天色暗得快，葉長風便帶著妻女們先回府了。

葉如濛一家人回去時，正好在大街上遇到歸家的葉長澤，雙方只在馬車上打個照面，便各自錯開回家。

葉長風搬遷新屋之事，葉長澤已經知道，葉長風昨日便回國公府說了，因為後日正式入住，要請母親領他們入新屋。

葉長澤放下車簾後，面目有些沈鬱，因為這陣子不太好睡，他雙眼下有著淡淡的烏青，他重重呼了口氣，閉目倚在車壁上小憩。

馬車微微晃動著，腦海中不由得浮現起長嫂林氏的面容來。剛剛大哥掀起車簾的時候，他只看見大嫂一張溫婉如初的臉，她都沒怎麼老，或許是因為她的溫柔善良，歲月對她格外地留情，懷了身孕後，倒比往昔所見要稍稍豐腴了些，面色極佳，想來是與大哥恩愛如初。看見他，也是一如往常般善意的笑臉……葉長澤喉結滾動了一下，她像個菩薩，端莊而嫵媚。

他在心裡，總是忍不住將她與妻子柳若是做比較，他知道，她的美麗不及妻子，可是她卻一直在他心上，讓他心心念念，不能相忘。若說柳若是是一朵嬌豔的紅玫瑰，那她就是一株純白色的百合，玫瑰不及她的芳香，可惜她的芳香，卻只為大哥一人綻放。

「老爺，到了。」車伕在外面恭敬道。

葉長澤狠狠揉了揉太陽穴，他不當這般覬覦長嫂，可是，他總是忍不住，忍不住和大哥比較。在大哥過得不好的時候，他過得好，他在林氏面前便有一種優越感，彷彿他站在她仰望的地方，過著她求而不得的生活；這樣她或許會想，若是她嫁給了自己，她便可以過上這種生活了。

他知道，自己在自欺欺人。

可是如今大哥過得比他好，他連自欺欺人都不行了。他知道，在林氏心中，他永遠都比不過大哥，連他一根手指都比不上。

他不想和大哥爭，可是這次，又是一個不得不正面對決的硬仗！不知林氏能不能生出兒子，若她生的是兒子，可他卻生不出，那她的兒子對他這個掌權的七房來說便是極大的威脅，以大哥、大嫂的性子，只怕是如何都不可能答應將兒子過繼給他，如此，只能希望他那懷了身孕的一妻一妾能給他生個兒子了。想到柳姨娘也懷了身孕，他微微鬆了口氣，這回自己的勝算大多了，令他心情愉悅，回府後直接去了柳絮院。

柳絮院這邊，柳姨娘屏退了下人，此時正站在窗前略顯焦慮地望著窗外，一會兒後，她眼睛一亮，很快，便從窗外爬進來一個年約三十的長臉男子。

「表哥！」柳姨娘見他進來了，連忙關上窗。

這人名喚史海，原名周綿，是柳姨娘的表哥。兩人幼時青梅竹馬，只是後來周綿隨其父離開京城，去年其父病逝，他才回京城，改名換姓，成為葉國公府的一名管事。

「表妹。」史海一站穩便迫不及待問道：「妳腹中孩兒是誰的？」

柳姨娘煙柳眉微蹙。「我算了一下日子，應當是表哥的。」

「應當？」史海懷疑地看著她。

「表哥你說怎麼辦？」柳姨娘也有些手足無措了，她現在需要這個孩子，不管是誰的，只要生下來是男的，她從此就可以在葉國公府站穩腳跟，可是……就怕東窗事發，後果不堪設想。

「當然是生下來了！」史海抓起她的手，殷切道：「不管是不是我的，妳都要生下來。」

「表哥我……」柳姨娘面現愧色。「我對不起你……」

「表妹，是我不好，委屈妳了。」史海擁她入懷。「等我賺夠了銀子，我就帶著妳和孩子遠走高飛。」

「不行。」柳姨娘搖了搖頭。「我不能拋下漫漫。」她若是跟人跑了，只怕會毀了漫漫的一生。

「沒關係，會有辦法的，我們有一輩子的時間。」史海深情地看著她。「我一定會想辦法讓妳離開這兒，讓妳和漫漫都過上好日子。」

「表哥……」柳姨娘動容，主動親吻他。

兩人正吻得熱情似火，忽聽外面傳來丫鬟香凝的聲音。「老爺。」

「香凝，妳主子呢？怎麼不在跟前伺候著？」葉長澤問道，平日香凝都會跟在柳姨娘身邊伺候，這回倒是難得，只守在門口。

香凝有些慌亂，但很快便冷靜下來。「老爺，剛剛主子說頭有點暈，正休息呢！主子自從懷了身孕後，一直睡不好覺，也淺眠得緊，聽到一點聲響就會醒，所以香凝便在門外守著。」

「現在還在睡？」葉長澤話剛落音，聽到裡面傳來腳步聲，很快，柳姨娘便笑著打開了門，髻上的珠釵都取了下來，顯然是剛睡醒。葉長澤見狀，神色變得溫柔。「吵醒妳了？」

柳姨娘嬌笑道：「怎麼會？妾身沒睡著，老爺怎麼過來了？」

「我來看看妳，讓人備膳吧！」葉長澤大步踏了進去。

「老爺您在這兒吃？」柳姨娘有些驚喜問道。

「嗯，叫漫漫一起過來吃吧！」

「好。」柳姨娘歡喜道，葉長澤逕自走在前頭，並未看見身後柳姨娘的笑意不進眼底。

靈犀院。

柳若是聽了丫鬟的回稟，臉一下子就拉了下來，看著一桌精緻的菜餚，她沒了胃口，吩咐下人撤了下去。

飯菜剛撤下不久，管家王英便過來了，給她帶來好些精緻清淡的食物，勸道：「夫人，您懷了身孕，多少得吃一點。」

柳若是抬眸看他一眼，王英年紀比她稍長幾歲，模樣算得上是相貌堂堂，可是若要和葉長澤相比，卻是差了許多。她知道，王英從她年幼時便一直愛戀著她，他從府中的一個跑腿小廝做到管事，再到葉國公府的管家，這當中雖有她的提拔，可更多的是他自己付出的努力，她知道他的癡心，可她更看重的卻是他的忠心。

想到葉長澤留在柳絮院，柳若是心中便沒來由地煩躁，沒好氣道：「不知道瑤瑤在靜華庵有沒有吃飽穿暖，我哪裡還吃得下？」

王英皺了皺眉，忙安撫道：「夫人放心，我都派人打點了，您若不放心，過幾日我尋個時間去看看三小姐。」

柳若是一聽，這才打起幾分精神。「那我先準備點東西，到時你給我捎過去給瑤瑤。」

「好，夫人先喝碗粥吧，趁熱吃。」王英將一碗碧梗粥放在她桌前。

「嗯。」柳若是這才拿起小勺，慢條斯理地喝起粥。

兩日後，葉長風一家人入住新居，因為吉時是寅時，折騰完後，天還未大亮，葉如濛和林氏頂不住睏意，又回屋睡回籠覺。

葉如濛直睡到差不多午時才醒，睡醒後，看著精緻的鏤空雕花床楣，覺得有些不適應。

「嗷嗷！」見主人醒了，滾滾叫了兩聲，跳上床邊新編織的大竹籃，這是牠的新窩，又軟又舒適。

「滾滾。」葉如濛滾了兩圈才滾到床邊，這張楠木拔步床好大，滾來滾去都滾不到邊，大得她都有些不習慣；不僅大，還結實，她早上睡之前在上面踩跳了好幾下，這床一點聲響都沒有，只有帷帳上的玉鈎晃了兩下。

「小姐。」紗幔外紫衣的身影漸行漸近，一會兒後，三層的淡紫色紗幔被一隻纖纖素手撩起，輕盈的紗幔在空中劃起好看而浪漫的弧度，最終止在流蘇蟠螭玉掛鈎上，紫衣笑道：「睡得可舒服？」

葉如濛賴在床上伸了個大大的懶腰，笑得眼睛瞇瞇的。「舒服！」床上鋪的墊子軟而踏實，上面蓋的軟被輕盈又保暖，連枕上鋪著的枕巾都是柔滑的真絲，乾淨又清新。「要是天天都這樣睡，我可捨不得起來了。」

紫衣笑道：「這床品隔五日一換，下回給小姐熏個茉莉香的。」

「不用五日一換吧？如今已冬日，一月一換就成了。」

「換了乾淨又舒服，小姐也睡得好，這個不能省。」

「我沒那麼嬌貴的。」葉如濛嘟囔道。

紫衣笑而不語，主子想來是想把小姐養得嬌嬌貴貴的，以後再也離不開他。

「嗷嗷！」滾滾見葉如濛沒搭理牠，又叫喚兩聲。牠來到這兒覺得很新奇，睡醒後已經在屋內蹓躂好幾圈，就等著葉如濛醒來帶牠出去外面玩。

下午賓客們都來了，主要受邀的是葉長風的一些同僚還有學生們，葉長風負責在待客廳裡接待男賓，葉如濛和林氏則在花園裡招待女眷。

今日是大喜之日，饒是葉長澤夫婦倆再怎麼不喜，也得前來慶賀一番。

柳若是和林氏站在一起，林氏的肚子明顯比柳若是的大了許多，一些不知情的婦人看見，還以為林氏的月分比柳若是多了一、兩個月。因為來的賓客較多，陸清徐的妻子姜氏，還有葉如濛的二嬸季氏也幫忙招呼女眷。

姜姨娘等人看見園中的景色，眼睛都紅了，這屋內的擺設、屋外的園景看著竟是比葉國公府還要氣派，真沒想到將軍府竟然一出手便是這麼大的手筆，怎能不讓她們眼紅？

林氏等人在園中的亭子裡歇息，葉如濛則帶著七房的幾個妹妹們在園中四處走走，經過一座白玉石圓拱橋時，她們都不約而同地停下來，橋上風光極好，引人駐足。拱橋下方是用嶙峋的怪石堆砌起來的一個圓形池，池中水清澈見底，還能看見不少活潑的小魚在池中跳來躍去。池邊立著一隻展翅欲飛、口啣靈芝的仙鶴，仙鶴翅旁的石池開了一個小缺口，池水便從這缺口流了下去，直通向下面一層的湖泊，景致錯落有致，靜中有動，生機勃勃。

「四姊姊，妳家真漂亮啊！」葉如巧忍不住羨慕道，她倚在白玉欄杆上，手摸著柱頭上的石獅子，這欄上雕的石獅子或坐或臥，形態各異、栩栩如生，連獅子的眼睛、爪子都雕得維妙維肖。

葉如濛聽了這話，心中也有些歡喜。「謝謝，妳有空可以再來玩。」她也覺得好漂亮，不過若真要說這是她家，她還覺得有些心虛呢！

「真的嗎？那太好了！」葉如巧高興極了，她以後一定要和四姊姊多多往來。

姊妹幾個又到處走了走，園中景色上百處，逛個一日也不一定逛得完，只能挑近些的隨意看看。

「小姐。」香北小碎步追了上來，福了福身後對葉如濛道：「將軍府的顏小姐來了。」

「寶兒？」葉如濛一聽歡喜得很，對葉如蓉她們道：「妹妹，妳們先在這兒隨意走走，我去招待一下。」

葉如蓉溫婉笑道：「嗯，四姊姊先去忙吧！」

葉如濛笑笑，拉起葉如思的手。「思思妳和我一起來吧，寶兒上次還念叨著妳呢！」

看著葉如濛和葉如思兩人離去的背影，葉如巧癟了癟嘴，她也想去呢，寶兒現在可是將軍府的嫡小姐，她也想認識。

在一旁有些安靜的葉如漫看了葉如蓉一眼，見她面色仍是一如既往地和善，彷彿完全不在意似的。

葉如濛和葉如思到了之後，孫氏正和寶兒在亭子裡與林氏說話，宋懷雪和她娘黃徐婉也在，黃徐婉生得端莊明媚、慧眼豐唇，乍一看去，宋懷遠的模樣有幾分是隨了她。葉如濛知道，今日宋叔叔一家四口都來了，確實，就他們家和宋叔叔的交情來說，關係還是有些親近的。

見她來了，寶兒立刻拉著宋懷雪奔了出來，葉如濛笑，她倒不知這兩人變得如此要好了。

花園裡，女眷們有說有笑，好不熱鬧。前院的待客廳裡，男賓們齊聚一堂，也是熱鬧非凡。來的賓客中，有真心恭賀的，也有羨慕嫉妒的，這不，角落裡就有人眼紅道：「葉先生收下將軍府這份重禮，想來是有意與顏五公子結親了。」

這聲音不高不低，正好讓不遠處的宋江才父子三人聽了去，宋江才置若罔聞，宋懷遠垂眸不語，宋懷玉卻氣得臉都紅了，低聲對宋懷遠道：「大哥，那將軍府有權有勢，只怕葉伯伯看不上我們。」

宋懷遠抬眸看他，微笑道：「葉伯伯會這麼做，一定有他的道理。」

「再有道理，也不能收受如此重的謝禮。」宋懷玉有些義憤填膺，這禮收了，葉四小姐嫁過去，人家說他賣女兒，不嫁過去，更是難說。

宋江才搖頭笑了笑。「玉兒，你說是將軍府有權有勢，還是容王爺有權有勢？」

宋懷玉一怔，他倒是忘了，容王爺也向葉四姑娘提過親。其實說到底，這三家提親，葉伯伯一家都沒有答應，倒不是葉伯伯眼光高，實在是難以抉擇，選了誰都會得罪人。

「是玉兒失慮了。」宋懷玉欠了欠身。

「爹，孩兒扶您去坐一下吧！」宋懷遠開口道。宋江才如今腿腳還不甚索利，畢竟傷了筋骨，大夫說還得養兩個月才能恢復如初。

宋江才點點頭，宋懷遠兄弟倆便攙扶著宋江才到一旁的八仙椅上坐下，宋懷遠面色如常，可若細看，便能發現他眉心略顯憂愁。

在今日之前他還胸有成竹，可是剛剛看見葉伯伯，葉伯伯看他的眼神卻略有躲閃，像是欲言又止，只怕他與濛濛的親事有變了。

葉長風是文人，來的賓客們也大多都是文人雅士，自然免不了賞詩鑑畫、高談闊論一番，此時眾人正激昂地鑑賞著一幅山水畫，忽而門外傳來小廝的聲音。「孔老先生到！」眾人一聽，都住了口，連忙起身相迎。大元朝中先生不少，能被眾多學者尊稱一聲老先生的，非孔儒莫屬。

在場眾人，大多師承於孔儒，也都以此為榮，真沒想到，此次葉長風搬遷新居，竟能請到孔老先生親臨。葉長風也沒想到，他先前確實有發帖子，可是老師年事已高，沒想到他會親臨。

葉長澤在心中暗暗吃驚，大哥什麼時候面子這麼大了？不過，孔老先生來得正好！他向人群中的一人使了個眼色，這人是葉長風在翰林院的一個同僚，名喚甄學海。甄學海會意，朝他點了點頭。

眾人恭迎孔儒坐上高座，紛紛上前來關切地噓寒問暖。

輪到甄學海時，甄學海客氣完後，當著滿堂賓客開口道：「學生有一事不明，希望能得先生教誨，不知……當講不當講？」

「但說無妨。」

甄學海道：「那學生便直言了，葉博士收留將軍府之女，將軍府重情義贈此厚禮，他這般坦然相受，是否算是施恩圖報？」

他話一落音，陸清徐便嗤了一聲。「葉弟收留將軍府之女，此為無心之善舉，善有善報，如何就變成施恩圖報了？」

甄學海笑道：「話雖如此，可是施恩不圖報，才是君子所為，葉博士先前雖為善舉，可是在這之後卻收受了將軍府如此大的恩惠，如此一來，便有些說不通了。」

葉長風笑。「在下以為，施恩圖報真君子，恩將仇報是小人。」

葉長風此言一出，在座眾人都面面相覷——施恩圖報真君子？宋懷玉也有些糊塗了。

「爹，葉伯伯此言何意？」

宋江才皺眉想了想，也想不通透，宋懷遠轉念一想，忽然低笑道：「施恩圖報，子路受牛。」

「子路受牛？」宋懷玉喃道，忽而眼睛一亮，恍然大悟。

尊座上的孔儒笑著捋了捋白鬍子。「老夫此次前來，特備薄禮一份，恭賀離徐喬遷之喜。」離徐，正是葉長風的字。

葉長風一聽，忙屈身致謝。

孔儒的書僮在眾人注視下打開帶來的錦盒，眾人一看，只見裡面靜置著兩捆裝裱好的書卷。書僮拿起書卷，與另一書僮在堂上將兩幅書卷緩緩打開，這是一幅對聯，對聯極其簡單，上聯是「子貢拒金」，下聯是「子路受牛」，雖然只有寥寥八字，卻寓意深遠，不拒酬謝，正是期望能鼓勵感化更多人願意做好事、行善舉。

葉長風朗聲笑道：「先生與學生所想，不謀而合。」葉長風話落音，便命福伯將裝裱好的畫拿出來，懸掛於中堂之上，畫軸落下，竟是一幅子路受牛圖！

陸清徐拍手笑道：「妙哉、妙哉！我看你這中堂畫正好缺一對聯，如今有了孔老的墨寶，真是錦上添花。」

「實乃蓬蓽生輝！」葉長風對孔儒恭敬行了一禮。「學生謝過先生。」

孔儒面目慈祥，讚賞道：「從此之後，我大元朝，富人都會善待庶人了。」

陸清徐朗聲大笑，瞥了人群中的甄學海一眼，甄學海羞得以袖掩面，連忙退了出去。

葉長風春風滿面，原先他還準備了一番說辭，誰知道先生竟然來相助於他，先生這八字，擲地有聲，勝過千言萬語；只是，他忽然又有些想不通，先生桃李滿天下，他也並非先生最得意的門生，先生為何會……葉長風忽地腦門一跳。

就在此時，門外傳來小廝報客之聲。「容王爺到！」

眾人一聽，忽地一愣，像是被人點了穴一般。葉長風也是一個愣怔——他沒請容王爺呀！

不知誰先動作了，眾人連忙奔出廳堂相迎，還未踏出二進門，容王爺便闊步走進，眾人慌忙迎上前去行禮。

祝融見孔儒也顫巍巍地跟出來要行禮，忙伸手虛扶。「孔老先生不必多禮，快快請起。」他身後的青時俐落上前一步，將孔儒扶了起來。

孔儒連忙擺手。「不可、不可，禮不可廢！」

「老先生教導過先父，按禮本王還得喚老先生一聲師公。師公請起。」祝融客氣道，其實岳父大人的老師，也可以喚師公。

見孔儒還有遲疑，青時笑道：「孔老先生不必多禮。」他說著湊近孔儒耳邊。「書冊名錄已經整理好了，總共三千冊，先生有時間可以到文淵閣過目。」

孔儒雖年事已高，但仍耳聰目明，聽到這話眼睛都亮了。「好、好、好！」

這是容王爺答應他的，在大元朝設立六十八處免費書屋，供寒門學子們借閱讀書。

祝融身上自有一股盛氣凌人的威儀，他掃視眾人一眼，一些在朝上與他立場不同的文官，紛感呼吸一窒，脖子涼涼的。

「都起來吧！」祝融淡淡道。「本王此次過來，只為恭賀葉府喬遷之喜，諸位隨意。」

祝融這麼一說，大家才紛紛起身。

這容王爺向來不喜熱鬧，誰請得動他啊！可是今日他居然出席葉長風喬遷的喜宴，難道是……腦子精明些的立即就想到了，莫非這宅子背後的主人是容王爺，只是借將軍府之手送出？這個念頭一浮現，官場上的老狐狸們如同醍醐灌頂，一點點蛛絲馬跡也被他們找了出來。

想來也是，就算是將軍府有這個財力，可這塊地是屬於皇家的，只有皇家人才有權處置呀，看來容王爺真對葉長風的女兒上了心；而且葉府座落的位置，正好毗鄰容王府啊！只怕以後這葉長風要扶搖直上了。有些人已經開始後悔，怎麼就沒捨得將家中珍藏的那些孤本、字畫拿來當賀禮呢！

容王爺一來，堂上安靜許多，也沒人敢開口說話了。

祝融面無表情，開口道：「恭喜葉伯父，小姪備了一二薄禮，小小心意，還望笑納。」

眾人一聽，皆是鴉雀無聲。容王爺居然稱葉長風為伯父，還自稱小姪，他們在朝為官多年，從未見過容王爺對誰自稱小姪，皇上！除了當今皇上！

先前他們都將葉長澤當成容王爺的「未來岳父」，可如今一看，容王爺何時對葉長澤上心過？沒有對比，就沒有傷害。

一旁的葉長澤面上哪裡掛得住，只覺得臉僵得有些笑不出來了，容王爺當年還是乳臭未乾小子時，就未曾尊稱過他，他和所有人一樣都習慣了他的目中無人，誰知道他今日竟破天荒地對葉長風如此彬彬有禮！

而此時萬眾矚目的葉長風也比葉長澤好不到哪去，他只覺得頭皮發麻，連忙拱手道：「王爺折煞微臣了，微臣愧不敢當。」

「無妨，收下即可。」祝融負手而立，又恢復往常不可一世的模樣。

他知道他一來大家都不自在，抬眼看了梁安一眼。「這位是管家吧，讓他帶本王四處走走，諸位自便。」

「這個……」葉長風哪敢這般怠慢，梁安卻主動迎上來，恭敬而得體道：「王爺請隨老奴來。」

葉長風差點就忘了，梁安本就是容王爺的人，這府裡的小廝和丫鬟哪個不是容王爺的人？就連紫衣、藍衣都是。

祝融走出穿堂時，忽然回首看了人群中的宋懷遠一眼。宋懷遠俊逸非凡、超群脫俗，在人群中極為顯眼。宋懷遠對上了他的眼，不卑不亢，頷首致意，眼神波瀾不驚。祝融收回了目光，眸色有些複雜。

「青時，」祝融低聲問道：「了塵大師出關了沒？」

青時有些不明白，爺這陣子問了塵大師問得很是勤快，像是有要事，但又急不來的那種。「想來這幾日該出關了。」

「你派人看仔細了，別讓他出去雲遊。」祝融吩咐道。

青時更加莫名其妙了。「爺有何打算？」

「了塵大師出關後，你想辦法將宋懷遠引薦給了塵大師，最好能讓了塵大師收他為關門弟子。」

「這……」青時有些為難，了塵大師的弟子好像得是和尚吧，宋懷遠一介書生，文采超然，將來定會出仕，怎麼可能看破紅塵出家當和尚？

「去吧，想辦法安排他們兩人見一面，剩下的……順其自然。」祝融道。

前世宋懷遠與了塵大師一見如故，了塵大師說他極有慧根，佛緣甚深。後來，宋懷遠沒有辜負了塵大師的期望，棄文從僧後，果然繼承了了塵大師的衣鉢，成為大元朝最年輕的得道高僧。

其實，他們兩人並無利益關係，捫心自問，他同祝司恪一樣，都十分愛惜他的才情。這樣一個人才，大元不能失之，他從來沒想過因為自己的一己之私對他出手；可是，他卻不得不在意前世在葉如濛墳前和他的偶遇……

宋懷遠站在她的墓碑前，執著佛珠的手輕輕撫上碑上她的名字，指尖有著溫柔與憐惜。他眸中雖無眼淚，可他卻感覺到他的悲傷，一股極輕卻如呼吸般淡淡籠罩著的悲哀。全天下的人都以為他心如止水，不起波瀾，他也不例外。

——聖僧為何哀傷？

——祝相，人非草木，孰能無情？

——聖僧認識她？

今世，他始終對那次相遇耿耿於懷，尤其是宋懷遠來提親之後；而且，銀儀說女孩子對第一個來提親的人都是難以忘懷，他不想承認，他嫉妒得要死。

他慶幸，濛濛沒喜歡上他。

花園裡，女眷們品茶賞花，有說有笑，時不時傳來些鶯聲燕語，氣氛極為融洽。柳若是看著面如桃花的林氏在女眷中巧笑嫣然，只覺得心中憋氣，林氏雖年長自己整整十歲，可是卻一點都不顯老，任誰都看得出她日子過得極其滋潤，也是，有那麼一個一心一意相待的夫君，日子還能過得不好嗎？

柳若是袖袍下的手指緊緊絞著帕子，她自認美貌與身段皆勝於她，可是為何還是輸給了她？若論溫婉賢淑，她難道還不夠嗎？柔情的芙姨娘、嬌弱的紀姨娘、妖豔的姜姨娘，凡是他看上的這些女人，她都仔細觀察過品行，主動幫他納了進來，就連他看上了那個從小和她不對盤的庶妹，她都點頭同意了，明知道自己以後日子會糟心許多，她還是咬牙將她納進來！

可她卻獨獨沒想到，他竟是看上了林若柔這個賤婦！大嫂！大嫂！當年那一夜他醉後的真言，徹底打破了她的幻想。

林氏與孫氏聊著天，心情十分舒爽，絲毫沒有注意到柳若是投來的嫉恨毒辣目光。

「夫人。」香南忽然匆匆來稟。「金儀公主過來了。」

林氏一聽有些吃驚，連忙起身準備出園相迎。

香南連忙道：「公主殿下這次只是過來看望小姐的，不準備到園子裡來，小姐已經將公主殿下帶回自己院子去了，公主殿下還命人送了兩箱賀禮來呢！」

林氏聞言，頗受寵若驚。

孫氏笑道：「殿下看來很喜歡濛濛呢，就讓她們在院子裡吧，我們別去叨擾了。」

「如此，會不會失禮了？」林氏有些不放心問道。

「放心吧！」孫氏笑盈盈的。「若殿下有心，便不會如此低調了，她不過是圖個清靜罷了。」

林氏想了想，這才點了點頭。

內院中，銀儀身著海棠紅的宮裝，端莊得體，款款行於抄手遊廊上，看銀儀端得這架勢，葉如濛也不敢喚她小儀了，只緊隨在她身後恭敬道：「公主殿下怎麼有空過來？」

銀儀微微側首，笑不露齒。「師兄喊我來給妳撐場子。」

葉如濛聽得微微張大了眼，這般調皮的話語被銀儀如此一本正經地說出來，總覺得有幾分滑稽，害她差點忍俊不禁。

好不容易到了忍冬院，銀儀讓葉如濛屏退了閒雜人等，門一關上，原先還抬頭挺胸，像頭頂著一碗水的銀儀立刻就彎腰駝背了。「哎呀，累死我了！」她捶著腰，掃視一圈。「妳這院子還挺漂亮的啊！」

她看見有鞦韆、搖椅，連忙拉著葉如濛奔過去，一下跳到搖椅上，整個人癱在上面。

「瞧瞧妳。」葉如濛笑道：「哪有公主的模樣，小心讓人看見。」

銀儀嘲她吐了吐舌頭。「妳不知道，早上我入宮去覲見皇后娘娘，累死了。」

「皇后娘娘好說話嗎？」葉如濛天真問道。

「皇后娘娘威儀棣棣，我在她面前一刻都不敢放鬆，別說一舉一動了，連眼神都要多加注意。」銀儀苦著臉道。

「那真是好累。」

「沒辦法呀！」銀儀嘆了口氣，誰讓她是她的未來「兒媳婦」？

「妳有空就過來我這裡玩，這整個院子都是我的，不會有閒雜人等進來。」

「那好，到時妳可別嫌我煩。」銀儀笑道，忽然瞄到了滾滾的狗屋。「咦？這個是什麼？」像是小孩子扮家家酒用的屋子。

「滾滾的屋子啊！」葉如濛笑咪咪道，忽然覺得有些不對勁。「滾滾跑哪去了？」滾滾不應該在院子裡待著嗎？

她連忙四處喚了幾聲，忽而聽見通往小花園那方向傳來滾滾熟悉的叫聲。

她笑道：「在花園裡呢！走，我們去找牠玩，順便帶妳去花園裡逛逛。」

「好咧！」銀儀起身。

葉如濛吩咐紫衣她們將石桌上沏好的花茶移到花園裡去，自個兒快步先跑去花園。

她剛走到小花園的月洞門處，便見滾滾從西面跑了過來，可卻不是跑向她，而是往另一邊跑去，葉如濛順著方向一看，頓時嚇得殺豬般尖叫出聲。「啊！」

紫衣一驚，立刻將托盤等物往地上一扔，疾步衝向小花園擋在葉如濛跟前，一看便愣住了，主子怎麼會在這兒？

銀儀也趕過來，看見祝融驚喜道：「表哥？」

葉如濛縮在彎彎的月亮門邊，全身都在發抖，面色慘白僵硬——容王爺為什麼會出現在她的花園裡？為什麼？這不是她家嗎？

未待她冷靜下來，葉如濛又看見令她崩潰的一幕！

滾滾！滾滾竟然不怕死地朝容王爺奔了過去，直接跳起來用兩隻前爪緊緊抱住容王爺的小腿，還很開心地對他叫，小尾巴都豎起來了，興奮地搖著。

祝融面無表情，站在原地，抬起腳來輕輕踢了牠一腳，想將牠踢開，可滾滾被踢開又迅速跑回來，黏得更緊了，還張口咬起他的袍角，一雙大眼睛興奮地看著他，看起來似乎十分開心。

祝融嘴角一抽，喝道：「青時！」

「不要！」葉如濛慌了，顫著腿就奔過去，京中誰不知容王爺有潔癖，滾滾對著他的衣服又咬又舔的，他一定是要讓青時大人殺了滾滾！

葉如濛跑過去，跪倒在他腳下，抱住不死心一直往祝融身上蹭的滾滾，將滾滾壓在懷中，瑟瑟發抖道：「請、請容王爺……恕罪！」葉如濛聲音都在顫抖。「牠只是個孩子，請容王爺放過牠吧！」

祝融皺眉。「起來。」他俯身扶她，可是手一碰到她的手臂，葉如濛就身形一顫，容王爺又碰她了啊！

見祝融俯下身來，葉如濛懷中的滾滾歡快得很，高興地叫了幾聲，鼻子嗅了嗅，靈巧的爪子一把拍上祝融胸口，葉如濛一驚，連忙一把按住牠的爪子抓回來，幾乎同時，一個月牙白的香囊被滾滾的爪子從祝融懷中勾了出來，掉落在地。

葉如濛一愣，下意識地垂眸看向地面，可是還未看清便被祝融撿了起來，祝融以迅雷不及掩耳的速度一把塞入懷中，直起身子負手而立，一臉坦蕩，彷彿剛剛什麼事都沒有發生過。

她瞪大眼睛看著他面無表情的臉，剛剛她好像看到那個香囊上……繡著一隻小狗。祝融站得高高在上，垂眸有些心虛地看了她一眼，又迅速收回視線。

葉如濛忽然毫無徵兆地啜泣出聲，伸出顫抖的手指著他，一臉惶恐。「容……容……」

祝融心知大事不妙，可面上還是保持著一如既往的冷酷。「什麼？」在確認她發現之前，他不可自亂陣腳。

葉如濛跳了起來，手迅速伸入他懷中拽出香囊，看著熟悉的香囊，眼淚突然掉了下來，她看著他顫聲問道：「我的香囊，為什麼會在你這兒？」她繡的不是什麼普通的花樣，這個花樣是獨一無二的，她不可能錯認！

祝融沒有說話。

葉如濛一把緊緊揪住他的衣襟，凶狠質問道：「他人呢？你對他做了什麼？你殺了他嗎？」

祝融沈默，頭腦迅速地思考著其他說法。

葉如濛對他嘶吼道：「我無論如何都不會喜歡你的，你這個殺人凶手！」

她鬆開他，雙手捧住自己的臉大哭，滿手的眼淚模糊了視線，她什麼都看不清了，彷彿天塌下來似的，這一刻腦海中只有一個想法，他若是死了，她也不活了……

第二十八章

「濛濛。」祝融終於開口，抓住她的手腕，湊到她耳邊低聲道：「噓，是我。」

葉如濛一怔，這聲音是容王爺的聲音，可是也像是……容的聲音？葉如濛瞪大了眼看他，震驚得一個字也說不出來。

「我是容。」祝融低聲道。

「你、你你你……」葉如濛結巴著，手指指著他，大腦一片空白。

「我在出任務，易容成容王爺的模樣，妳別揭穿我。」祝融一臉嚴謹道。

葉如濛重重吸了一口氣，還有些沒反應過來。

「嗷嗷！」滾滾在兩人腳邊歡騰地搖著尾巴，極黏祝融。

葉如濛聽到滾滾的聲音才回過神來，重重地吐出一口氣，連連拍著胸脯。「嚇死我了，你真的嚇死我了！」

「噓。」祝融一臉神秘，警戒地看著周圍。

葉如濛連忙收起慌亂的神色，小心翼翼地故作鎮靜，眼神滿是探究地看著他的臉。

這時，在兩人身後懵了許久的銀儀適時地湊上來，悄聲道：「我師兄的易容術可好了！」

樣。」

「好像真的噢！」葉如濛小聲道：「看起來就跟容王爺一模一樣呢！」

青時上前來，從容不迫道：「那當然，金儀公主也是，就連皇后娘娘和太子殿下都分辨不出真假。」他微微一笑，胸有成竹道：「妳若是願意，我也可以將妳易容成葉三姑娘的模樣。」

葉如濛眨眨眼，她和三姊姊？不必了。她看著銀儀，忍不住伸出手輕輕捏了一下她的臉，她的皮膚柔軟滑彈，好真實的感覺，不像有動過什麼手腳，好厲害呀！

她又看著祝融，小心問道：「給我捏一下？」

祝融點了點頭，朝青時揮了一下手，青時會意，讓銀儀和紫衣她們退出去，自己也順道拎起滾滾一併退下，命人關上園門。

葉如濛伸起手在他臉上輕輕捏了一下，好真實呢！葉如濛笑得開心，現在敢直視他的眼睛了，這才覺得他看她的眼神好暖，眸中都是璀璨的陽光，和容王爺的全然不同。

「可是……」葉如濛鬆開手，不解問道：「那容王爺去哪了？」

祝融默了默。「病了。」

「病了？」葉如濛吃了一驚。

「嗯，癱瘓在床。」祝融面不改色道。

「什麼？」葉如濛瞪大了眼。「容王爺中風了嗎？」

她唯一能想到癱瘓在床的病因就是中風，可是容王爺今年不是才十八嗎？怎麼年紀輕輕就中風了？

看著她一臉惋惜的模樣，祝融嘴角一抽，冷靜道：「今日是十五。」

「嗯、嗯。」葉如濛連連點頭。「所以？」

祝融頓了頓，葉如濛呼吸一窒，看他一臉嚴肅，想必容王爺的事一定是個驚天大秘密！

祝融正欲開口，葉如濛忽然捂住他的嘴巴，神秘兮兮地四處張望了下，壓低聲音道：「不知道有沒有密探。」葉如濛將耳朵湊到他唇邊。「你小聲點說，別讓人聽了去。」

她髮間帶著一股幽幽的花香，令祝融心間一動，不過他很快回過神來，清了清嗓子低聲道：「容王爺中毒了，每個月十五就會毒發。」

「天啊，怎麼會這樣？」

「現在不是說話的時候。濛濛，明晚我來找妳。」祝融低聲道。「我在妳房裡闢了一條暗道。」

「什麼？」葉如濛驚訝。「在哪裡？」

「妳房裡。」祝融低垂眼眸。

「房間哪裡？」

「床邊。」

葉如濛瞪著他，這不是先斬後奏嗎？而且他居然將暗道安在她閨房內！

她的床是拔步床，就是將一個架子床安放在一個木製平臺上，平臺四角立柱，鑲安木製圍欄，床頭、床尾的兩面圍欄還開有精雕鏤空的窗戶，就像一個房間一樣將整張架子床圍起來，只不過這房間是由一整套的楠木製成的，奢華而沈穩，祝融就將暗道出口安置在拔步床外。

「濛濛。」祝融討好道：「妳床邊有一串銅風鈴，那是暗道的暗號信物，我要是過來的話，會拉一下風鈴線提醒妳，妳若是同意我出來，就輕輕搖一下鈴，若是不方便，就搖兩下，等妳好了再搖一下，我就出來；若妳不想見我，那就連搖三下，我就回去了，好不好？」

葉如濛有些氣惱。「我能說不好嗎？」他連暗道都挖到她房間裡來了，她不問他是怎麼做到的，像他們暗衛，多的是辦法幹這些事。

祝融見她有些不快，想了想。「那我以後還是爬窗吧，不過，妳院裡戒備有點森嚴，就怕不小心被人發現了……」

「那……」葉如濛有些遲疑了。「那你還是走暗道吧，暗道比較安全是嗎？」

祝融連忙點了點頭。「安全，而且很近，一小炷香時間就能到。」

「那好吧！」葉如濛垂了垂眼眸。

「那我先走了。」

「好，你小心點啊！」葉如濛緊張兮兮，目送他離開。

葉府遷新居之事，雖在京城掀起一陣不小的騷動，但很快又歸於平靜。

知道內情的，曉得這是容王爺送宅子討好未來岳父，誰敢說一聲不是？不知內情的，見孔老先生稱讚葉長風此舉當仁不讓，大家便也心服口服地表示贊同。

如今葉府離國子監近得很，葉長風下值回到家，天不過才剛擦黑。

用晚膳時，葉長風對妻女道：「回來時聽欽天監那邊說，明日會降溫，妳們記得準備好禦寒的衣物，夜裡別著涼了。」

「我明日不出去。」葉如濛道：「明兒早上約了六妹妹和寶兒來我院子裡煮茶喝。」前幾日她讓紫衣她們將她院子東廂房的一間小屋改成茶室，不然那麼多間屋子閒置著空盪盪的，有些浪費。

「嗯。」葉長風點了點頭，顏寶兒和葉如思心思單純，濛濛與她們兩個往來，他並無意見。

林氏想了想，輕聲提議道：「我記得寶兒和小雪關係不錯，妳以後若是方便，也可以請小雪一起來玩。」她說著看向葉長風。「這丫頭是個可人兒，生得漂亮極了，你別看她安安靜靜的，婉妹妹說她平日在家中也調皮呢！」

葉長風點了點頭，對女兒說道：「宋懷雪妳可以與她多多往來，也是個善良的孩子。」說完後忍不住嘆了口氣。「倒是可惜了。」

「可不。」林氏惋惜道：「妾身記得她剛學會說話時，咿啞、咿啞的，聲音可好聽了，奶聲奶氣的，聽得我的心都化了。」

葉如濛一聽好奇極了，湊了過去。「娘，您是說小雪以前會說話？」

林氏點點頭。「會說的。只是後來……我聽宋大哥說，在六、七歲那時，有一次發完高燒就不會說話了。」

「哦……」葉如濛若有所思地點點頭，忽然眼睛一亮。「要不，讓忘憂姊姊給小雪看看？興許能治好？」

林氏嘆了口氣，並沒有抱太大的希望。「宋大哥已帶她看過不少大夫，這樣吧，妳下次喚她過來，再想辦法讓忘憂幫她看一看，小心些，不要當她的面提起。」

「嗯，好。」葉如濛點頭，畢竟那麼精緻的一個玉人，不會說話實在是太可惜了。

一家人用完晚膳，沿著抄手遊廊散步。葉如濛挽著林氏的手臂，葉長風則一手摟住林氏的腰身，一家三口輕聲細語，說說笑笑。

林氏慢慢走著，撫摸著大了不少的肚子，開口道：「我聽二弟妹說，思思前幾日已經和賀家的二公子訂親了？」

「嗯，叫賀知君。」葉如濛快嘴道，對這個妹夫她是滿意的。

葉長風點點頭。「這賀知君是有些才學，品行不錯，上回鄉試就中舉了，平日也是個勤學之人。」倒是他大哥，丞相府的嫡子賀爾俊，整日不學無術，還老愛找賀知君的麻煩，他還為此訓過賀爾俊幾次。

「真快啊！」林氏感慨道，蓉蓉、思思、巧巧，七房的三個姑娘都訂親了，婚事都定在明年上半年，時間有些緊，只怕到時二弟妹得忙暈了。

一會兒後，葉如濛尋了個藉口，先回自個兒的院子，今晚他要過來，她要先回去準備一下。

葉如濛走後，葉長風讓桂嬤嬤拿了件紫底綠萼梅兔毛披風來，將披風給林氏披上，兩人繼續在院子裡的花圃散步。

林氏低聲道：「夫君，濛濛的親事，你是如何打算的？」

如今國公府的三個庶女都訂親了，就濛濛和瑤瑤還沒訂親，瑤瑤發生之前的事，只怕一時半刻沒人敢上門提親；可是她家的濛濛卻有三家來提親，她只中意宋懷遠，將軍府那邊還好說，容王府卻是讓人頭疼。

葉長風沈吟片刻。「此事我自有打算，妳放心。」葉長風拍了拍她的手，見她手有些涼，轉身吩咐香南去取手爐過來。

葉長風將林氏送回屋後，忘憂迎出來，給葉長風使了個眼色，葉長風會意，去了書房。

書房裡，已經有一個負手而立的黑衣人在等候著。

「微臣……」葉長風正欲行禮，黑衣人卻連忙制止他，恭敬地邀請他入座。葉長風心中腹誹，這廝定又是來談私事！

一個時辰後，祝融才準備離開，走之前還不忘提醒道：「宋懷遠那兒，請伯父盡快與他說清，免得他生出不該有的心思。」若是紅塵難斷，還如何遁入空門？

「我明日便約他出來，與他說清楚。」葉長風手緊握成拳。

「辛苦了，婚事這塊，伯父、伯母若是有什麼不滿意的地方，儘管與梁安提，我定會滿足您的要求。」

「知道了。」葉長風手中的拳頭又緊了緊。

「我回去了，伯父不必相送。」祝融輕輕一躍，俐落地從北窗離開。

葉長風隱忍不語，瞧容王爺翻窗熟練的動作，不知在自己女兒閨房翻過多少次了！葉長風氣得胸悶，只能自己拍拍胸口順了順氣。

一想到明日要面對宋懷遠，葉長風重重地嘆了一口氣。

葉如濛回到自個兒的忍冬院後，便去淨室沐浴，她超喜歡泡這個溫泉，好舒服，每回都泡到她想睡覺。

淨室的門是對著臥房的，淨室和臥房都燒了地龍，暖和得緊，葉如濛只穿著一套淡紫色的素綢中衣便從淨室出來，坐在梳妝檯前梳理著被溫泉水蒸騰得有些濕潤的長髮。

葉如濛看著圓鏡中的自己，鏡中的少女烏髮如雲，面如桃花，雙眼含春，帶著將會情郎的嬌羞，她微微垂下雙眸，有些不敢看了。

將烏髮梳理柔順後，她用他送的血龍木百合簪將長髮挽起來，只是似乎挽得有些鬆，正欲放下重新挽過，卻聽見拔步床床罩邊傳來幾聲悅耳的銅鈴響。

葉如濛有些驚訝，他怎麼來得這麼快？可是又難掩心中的歡喜，幾步跑過去，猶豫了一下，抓起銅鈴輕輕搖了兩下。在原地站了一會兒，才走出來從黑酸枝雕花衣架上取下一件蜜合色的百蝶穿花對襟褙子穿上，拾掇齊整後站在落地鏡前照了照，覺得得體了，這才回去再輕輕搖一下銅鈴。

沒一會兒，便聽見床罩外傳來聲響，葉如濛倚在圍欄邊的雕花窗戶上看，見床罩外的胡桃木地板上，緩緩掀起一個方形的口子，從中冒出一顆頭來。祝融依舊是一身蒙面黑衣穿著，看見她，眸色欣喜，立即跳上來。地板重新合上，竟看不出任何痕跡。

祝融站在圍欄外看著她，她的一頭烏髮斜斜輕挽著，挽得有些鬆垮，看起來帶著幾分慵懶的魅惑，顯然是剛沐浴完，髮鬢處有些濕潤，面容也有些殷紅。

「濛濛。」他輕喚一聲，大步走來將圍欄內的葉如濛抱出來，葉如濛連忙一把摟住他的脖子，一雙晶瑩如玉的小腳在空中蹺了一下。拔步床內的地面鋪了毛茸鬆軟的地毯，她剛剛跑進去時脫下睡鞋，這會兒被他抱出來，便光著腳丫子了。

祝融也看見了，眸光一動，葉如濛連忙縮起雙腳，輕輕撥了撥褙子的下襬，勉強遮掩住雙腳。

她抬眸看他，只看了一眼，便定定地盯著他看。

祝融抱著她，雙目柔情似水。「妳在看什麼？」

「我看你。」葉如濛眼睛眨也不眨，她抬手輕輕撫著他的眉心，溫暖的指腹，輕撫過他的眉峰。

祝融任她作為，只柔柔地望著她，眼裡似能溢出水來。

葉如濛輕輕地掙扎一下，想要落地，祝融不給。「地上涼，妳沒穿鞋。」

葉如濛不掙扎了，雙手攀緊他的脖子，問道：「你這次過來不是要談正事嗎？容王爺中毒了？」

祝融點了點頭，抱她在榻上坐下，低聲道來。「容王爺中了一種叫噬月的毒，每逢十五月圓之日，便會毒發不能動彈，毒發時間一次比一次久，這段時間我就易容成他的模樣，替他處理事務，包括現在。」

其實這話不假，他前世便中過這種毒，不過毒發時不是不能動彈，而是全身包括每一寸筋脈都疼痛難忍，是足以令人失去理智的那種疼痛。每次一發作，便得度過漫長如一生的一夜，每次熬過一夜天亮醒來，他全身都傷痕累累。最致命的是，這種毒每發作一次，疼痛便更勝上次幾分。

「這就是你蒙面的原因？」

「嗯。」他點點頭。

「他怎麼會中毒的？」葉如濛仰頭看他，滿是好奇。

「二皇子下的，以此逼迫他背叛太子。」祝融抿唇。「如今，容王爺已經是二皇子的人了。」

「什麼？容王爺背叛了太子？」葉如濛差點跳起來。上輩子容王爺不是助太子登基嗎？他們兩人向來如同雙生子般關係緊密，容王爺怎麼可能會輕易背叛太子殿下？難道……容王爺上輩子沒中毒，但這輩子中了毒，因此背叛太子殿下？這樣一來，恐怕之後的朝政局勢演變也會跟前世有所不同吧！

「濛濛，妳聽好……」祝融湊近她耳邊，聲音壓得低低的，絮絮地指示著。

葉如濛聽得臉色發白，顫聲道：「嫁給……嫁給他？」

祝融堅定地點點頭，又低聲在她耳畔細細說了許多話。

葉如濛咬唇，久久之後，才遲疑地點了點頭，她心亂如麻，可是她知道，她要聽他的。

祝融如釋重負，打從昨日無預警被她撞見真面目，他就在想，不如將計就計，藉這個機會……娶了她吧！

兩人沈默了一會兒，葉如濛忽然輕聲問道：「我能不能看看你現在的模樣？」這個念頭不起還好，一起她就好奇得心癢難耐，她從沒有近距離仔細看過容王爺，以前她根本不敢接近他。她將臉貼在他胸前蹭了蹭，伸出一根手指，認真道：「我就看你一眼，一眼就好。」

祝融遲疑，抱緊了她，低頭在她耳畔道：「可是……我雖然是易容成容王爺的模樣，但不可能一模一樣，妳要是覺得我長得不好看，會不會嫌棄我？」

葉如濛聽了，低頭認真地想了想，抬起頭來搖搖頭。「不會的，你多醜我都喜歡。」他小時候那麼漂亮，長大後醜不到哪去。

祝融面巾下的唇微微一笑。「那，我有一個要求。」

「什麼要求？」葉如濛眨了眨亮晶晶的眼。

「妳若看了我，要主動親我一下。」祝融說著嘟了嘟嘴，面巾微微鼓了一下。「要親這裡。」

葉如濛有些不好意思地低下頭，臉都有些熱了，一定是這屋裡的地龍燒得太熱了，她又穿得多才會這樣。

「不願意啊？」祝融有些失望。「好吧！給妳看一眼，如果妳嫌棄我長得醜，就不用親了，不醜的話就親一下好不好？」祝融商量道。

葉如濛抬眼看他，有些忍俊不禁地點點頭。

祝融頓了頓，抬手輕輕拉下面巾，面巾下是一張俊秀好看的臉，鳳目微斂，長而上揚的劍眉，直而高的鼻梁，嘴唇平而略厚，有一種說不出的好看。

葉如濛看得目不轉睛，不知道為什麼，不覺得他像冷酷的祝融，他溫柔可親多了，但差在哪裡，她又說不上來。

祝融輕輕問道：「我長得不好看？」

葉如濛搖搖頭，忍不住低頭抿唇笑，他真好看，模樣俊俏，她喜歡。

「那……」

祝融話未落音，葉如濛便抬起頭來，迅速在他唇上輕啄了一下。祝融反應極快，葉如濛正欲往後退，他的頭便低下來，緊緊追上她的唇吻住了她，一下子便含住了她的唇瓣，輕輕吮吸著。

葉如濛忍不住往後縮著脖子，可是祝融的唇卻始終緊緊追隨，讓她避無可避，沒一會兒，葉如濛便繳械投降，任由他霸道地親吻。

祝融親得有些喘，待離開她的唇後，卻見她唇瓣紅豔微腫，更加引人採擷，他忍不住狠狠輕啄了幾下，恨不得將她吃入腹中。

祝融重重吐了口氣，笑道：「看夠了？」

葉如濛垂眸。「嗯。」她總不能說還沒看夠吧？

「繫上。」祝融努了努嘴。

葉如濛乖乖給他繫上面巾，眨著眼睛看了看他，忍不住低頭抿嘴笑，又抬起頭來看他。他就是長這樣的嗎？她一定要好好記住他的模樣。

兩人額頭抵在一起，低低說了許多話，直到夜深人靜，葉如濛才催促著他離開。

次日一早，葉如濛盥洗後從淨室裡走出來，推開屋內的一扇小窗，誰知窗外的冷風一下子就從窗縫灌了進來，她當場打了個噴嚏，連忙關上窗，轉頭對內室的紫衣道：「外面怎麼冷成這樣？」

紫衣正鋪好床，走了出來。「昨兒半夜就突然冷了。」

香北從門外走進來，身上還帶著寒氣，不敢離葉如濛太近，福了福身後道：「小姐，夫人早上說了，今兒個天太冷了，讓您在房中用早膳，不必過去她那兒了。」如今的葉府太大，從忍冬院走到夫人的院子，得走上小半炷香的時間，抄手遊廊裡開闊透風，走過去一定會凍壞。

用完早膳後，葉如濛在院子裡追著滾滾玩，滾滾和她玩得不亦樂乎，沒一會兒，牠便穿過書房和淨室，來到書房北面的空地上。葉如濛跑得有些累便停下來，滾滾見她沒追上，在原地轉了轉，等她追上。

葉如濛笑道：「就你跑得快！」

前面的滾滾見她沒追上，已經屁顛顛地跑回來，看見她的模樣，學著她的樣子在她腳邊跳了幾跳。

葉如濛看見牠這傻裡傻氣的模樣，忍不住失笑，她蹲下身子，用手指輕輕戳了戳滾滾的小腦袋。滾滾叫了幾聲，舔了舔她的手。

「小姐。」香北從葉如濛身後的抄手遊廊走過來，福了福身後道：「顏小姐和六小姐到了。」

葉如濛聽了心中歡喜。「請她們去茶室。」她們可來了！

「是，小姐。」香北福身後踅了回去。

葉如濛抱著滾滾還未走出抄手遊廊，便聽到院門口那兒傳來寶兒銀鈴般的笑聲，寶兒看見她，雀躍著跑過來，笑道：「濛姊姊，今日可冷了！」

寶兒正欲衝過來拿手冰一冰她，卻一眼見到藏在她斗篷裡的滾滾，連忙停下腳來。

葉如濛笑道：「妳還怕滾滾啊？」

「不怕、不怕！」寶兒連連擺手。「不是很怕，陶哥哥送了我一隻白色的小貓，可漂亮了，牠的眼睛一隻是藍色的，一隻是黃色的，漂亮極了，等牠大一些，我就帶牠來妳這兒玩。」

葉如濛將滾滾放下地，滾滾在寶兒裙邊嗅了嗅，寶兒有些僵硬，卻不是很怕，還對滾滾笑了笑，只是不敢蹲下身子。

葉如思走了過來，今日的葉如思披著一件白底喜鵲登梅錦面披風，鼻子都凍得有些紅了，手也藏在披風裡，她體質虛寒，怕冷得緊。

葉如濛連忙迎上前去，將她們主僕幾人帶入茶室裡。

進入茶室後，葉如思解下披風，交到丫鬟小欣手中，笑道：「妳這屋裡真是暖和。」室內外的溫差讓她的臉一下子紅了起來，面頰微微有些發燙。

「妳那兒今日燒地龍了嗎？」葉如濛關切問道，如今是二嬸當家，對她們的用度當是一碗水端平才是。

葉如思點了點頭。「昨夜我去我娘房裡睡了，她那兒燒了，暖和著。」

「那就好。」葉如濛放心道。

寶兒將身上披的粉底金邊如意雲肩脫下來，交到丫鬟手中，笑嘻嘻道：「往年冬日凍得可厲害了，我一直以為冬日睡覺都是這般冷，回將軍府才知道，原來冬日睡覺也有暖和的時候。昨夜冷了我不知道，早上醒來就見身上多了一床薄薄的軟被；起來時也沒發現，因為屋裡和院子也是暖和的，就偶爾吹來幾陣冷風，我還覺得有些奇怪，一出門才發現是天變寒了。」寶兒嘰嘰喳喳，話說個不停。

很快，幾個小姑娘便脫下鞋子，坐上老紅木五屏風寶座式羅漢榻，說說笑笑起來。

「欸，思思。」葉如濛忽然想起來，開口問道：「七妹妹的親事是訂在什麼時候？」

她知道，葉如思和賀知君的親事是定在明年二月，這樣正好，趕在賀知君中舉前成親。葉如蓉的她記得是定在四月，至於葉如巧，她倒有些想不起來，是三月還是五月來著？

葉如思道：「定的是明年五月呢！賀大公子下個月初十就要娶嬌寧郡主了，聽說是嬌寧郡主的要求，半年內不許納妾，是以明年五月才納過去。」

「下個月初十啊？」顏寶兒托腮道：「我四哥也是訂這個日子娶我四嫂過門，我還聽我大嫂說，那個誰家的女兒也是這日嫁的，還真是熱鬧。」

葉如濛笑道：「妳四嫂還沒過門呢，這就喚上了。」

葉如思淺淺一笑。「十月初十，寓意十全十美，今年又正是個好日子。」

顏寶兒瞇眼一笑，對葉如濛道：「我四嫂人可好了，大嫂也好，二嫂、三嫂也好。」幾個小姑娘有說有笑，分外溫馨，葉如濛托腮望著窗外的景致，莞爾一笑，這樣真好，大家都好好的。

一個月後。

冬日的午後，陽光總是不夠暖和，葉如濛窩在搖椅裡伸了個懶腰，她已經睡了一個午覺了。

這陣子，她和顏寶兒、葉如思還有宋懷雪往來得頻繁，經常三天兩頭便請她們來府上玩，四個姑娘家聚在一起煮茶畫畫、作詩下棋、讀書彈琴、刺繡投壺，說說笑笑、小打小鬧，經常一待便是一整日。

將軍府的孫氏經常陪顏寶兒一起來，來了之後就和林氏聚在一塊兒，宋懷雪的母親黃徐婉有時也會陪女兒過來，來往得頻繁了，三個婦人便也熱絡起來。

葉如濛看見宋懷雪，初時還有些不好意思，她一見到她，就想到她大哥宋懷遠，所幸宋懷雪很善解人意，在她面前極少主動提及宋懷遠，葉如濛也就漸漸地釋懷了。其實三家提親之事，不知為何，京中初時還熱議著，但漸漸地，京中之人好像開始避諱，想來是礙於容王爺的威嚴，就只有顏寶兒，時不時私下會對她戲言幾句。

「小姐。」紫衣走了過來。「主子過來了，請您去一趟書房。」

「什麼？」葉如濛吃了一驚，他甚少在白日出現，想來是有什麼要事吧，連忙小跑去書房。

祝融仍是頂著容王爺的面容，見她來了一把將她抱起來，在她臉上輕啄了一下，葉如濛嬌瞪他一眼，推開他。「有什麼事？」

「濛濛，」祝融笑道：「我準備將我們的婚期定在四月十五，我找人看過了，那一日是個好日子。」他答應過葉長風，要等她及笄後再娶她，她是四月初四及笄，他想要在當月就娶她，倒不是怕夜長夢多，是他實在是等不及了。

葉如濛知道，他會在來年娶她，如今日子終於定下來，還定得這麼早，她心中是又驚又喜。其實這陣子以來，爹娘都開始在準備她的嫁妝了，只不過是一直暗暗地準備，不敢讓人知曉，想必過幾日，她自己也要開始著手繡嫁衣了。

葉如濛有些不放心。「確定嗎？會不會有變？」

「不會，我保證，那一日我會用八抬大轎迎娶妳入門。」

葉如濛低頭淺笑，那快了，還剩不到五個月。突然，她像是想到了什麼，抬起頭來。「慘了。」

「怎麼？」

葉如濛苦著臉道：「前兩日我娘過來讓我挑繡衣花樣，我挑了一個有些複雜的花樣，我怕時間不夠，到時繡不好。」

祝融彎唇一笑。「妳的嫁衣我已經請人繡了。」

他找了宮中最好的繡娘蘭姨，當今皇后的嫁衣就是蘭姨花了整整三年的時間一針一線繡出來的，當年那套嫁衣上的鳳凰閃閃發光、栩栩如生，宮人們仍記憶猶新，展翅欲飛的模樣至今還為人津津樂道。兩年前蘭姨開始專心致志繡未來太子妃的嫁衣，他特意去問了一下，蘭姨說太子妃的嫁衣還差兩個月就能完工，因為太子婚期是在明年九月，經祝司恪同意，蘭姨便先擱置太子妃的嫁衣，先繡起這套谷王妃的嫁衣。

葉如濛自是不知為她繡嫁衣的是這麼一號人物，聽祝融這麼說，反而有些不開心。「可是我想自己繡。」

「乖，繡嫁衣很傷眼睛，要不，妳繡條喜帕就好？」

「就一條喜帕嗎？」葉如濛討價還價。

「那，最多再多一條手帕。」

葉如濛嘟嘴。

祝融說服道：「做新娘子，要準備的東西還有許多，到時怕妳忙不過來，喜帕的話，最遲得在三月前繡好，到時還得綴珍珠。」他命人挑選了一百零八顆米粒大小的南海珍珠，到時要綴在喜帕四邊，盡顯奢華與精緻，她一定會喜歡的。

「那好吧！」葉如濛同意了，現在的她是越來越聽他的話了。

兩人正說著話，門外突然傳來「叩叩」幾聲，紫衣在門外道：「主子，夫人往小姐的院子來了。」

葉如濛一聽，連忙推他離開。「快走吧，小心些。」

「嗯。」祝融輕輕一躍，便出了書房。

祝融走後，葉如濛才走出去，正好見到娘親踏入她院中，忙迎上前。「娘，您怎麼過來了？」

「我過來和妳商量些事。」林氏莞爾道，她面容圓潤，氣色極佳，如今月分大了，身子相較之前豐腴不少，行動起來略顯笨重。

忘憂攙扶著她在酸枝木雕玫瑰圈椅上坐下，林氏屏退了其餘下人，只留下忘憂三姊妹，面色頗為沈重。

「娘，怎麼了？」葉如濛搬了張粉彩百蝶暗八仙繡墩，坐在娘親身邊。

林氏輕輕握住了她的手，低聲問道：「濛濛，妳知不知道妳的這門親事，是要嫁給何人？」

先前夫君讓她準備嫁妝，只道明年四月，濛濛就必須嫁人了，卻不說清是嫁給何人。她細問，夫君只道是來提親的三家之一，說目前尚不能點破，可是讓她放心；她便以為是嫁到宋家，可是這陣子經手的這些嫁妝，實在是華貴得緊，看著倒像是容王府要娶王妃的架勢。

葉如濛咬唇。「娘，爹有和您說嗎？」

「妳爹沒說是何人，我昨夜問他，他只要我放心，要我好好操辦妳的親事；可是我覺得……」林氏身子往前傾了傾。「娘覺得妳爹像是要將妳嫁給容王爺。」她怎麼能不擔心？

葉如濛不禁低下頭，容的事自然是不可能告訴娘親，娘親懷了身孕，告訴她只怕會嚇壞她，可是自己先前那麼怕容王爺，這會兒又說心甘情願地嫁給他，只怕娘不相信。

葉如濛這會兒只能將這事踢回給爹了。「娘，爹的意思就是我的意思，不管爹做了什麼，我們都要相信他，他一定是為了濛濛好，對不對？」

林氏皺眉。「話雖如此……」

葉如濛笑道：「娘您就放心吧，爹同意的人，濛濛也一定會同意的，娘您還擔心什麼？」她放低了聲音。「爹肯定有什麼不方便說的苦衷，我們只要相信他就好啦！」

林氏頓了頓，一會兒後眉頭終於舒展開來，微笑道：「濛濛真的長大了。」

葉如濛笑，挽著林氏的手臂，伸手摸了摸她鼓鼓的大肚子。「當然啦，我就要當姊姊了。娘。」葉如濛仰頭看她。「有了弟弟、妹妹，爹和娘還是會疼濛濛的是不是？」

「傻孩子，這是說的什麼胡話？」林氏摸了摸她的髮。「手心、手背都是肉，爹和娘還能不疼妳不成？」

葉如濛嘟嘴。「可是手心的肉多一點呢！」

林氏被她的孩子氣逗得失笑，伸手刮了刮她的小鼻子。「弟弟、妹妹還沒出生，妳就吃他們的醋了。」

「才不會，濛濛已經長大了，等弟弟、妹妹出生了，濛濛會和爹娘一起疼他們，可是爹娘也要繼續疼濛濛，不能因為我長大了，就不疼我了。」葉如濛摸著林氏的肚子，雖然知道弟弟、妹妹看不見，可她還是對他們笑著，彷彿他們看得到似的。

「別說妳長大了，就算妳以後嫁人、當母親、老了當祖母了，只要爹娘還在，我們都會一直疼妳。」林氏慈愛地看著女兒。

葉如濛樂開懷，抱住林氏的手臂，頭枕在她胸前。「娘，就算濛濛以後嫁人了，我也不是潑出去的水，我會常常回來看您和爹爹的！」

「傻瓜，以後嫁人了哪裡能常常回來？被人笑話呢！」林氏面上雖笑著，眼眶卻微微有些濕潤，養了這麼多年的女兒，怎麼說嫁就嫁了，她哪裡捨得？

不過，遠兒那孩子極好，濛濛嫁給他一定會幸福的；還有宋大哥、婉妹妹這樣的公爹、公婆；小雪性子極乖巧，這樣的小姑多好呀；小叔的話，玉兒那孩子也是個知書達禮的，說話輕聲細語。原先她還擔心玉兒若是娶了一個不好相處的姑娘，濛濛會受欺負，如今玉兒訂親，娶的是溫柔的蓉蓉，姊妹倆成了妯娌，她真沒什麼可擔憂的，只盼望著濛濛嫁過去，能給遠兒多生幾個孩子，早日為宋家開枝散葉。

第二十九章

今年的初雪，是冬月初一一早下的，伴隨這場初雪到來的，還有一位故人。

葉如濛得到消息時，正在院子的藤編鞦韆上賞雪，聽了丫鬟的稟報，立刻跳下鞦韆，提起裙子往她爹娘的院子裡跑去。

此時大堂之上，站著一位年約三十、身形略微瘦削的男子，男子朗目疏眉，頭戴墨色逍遙巾，身穿石青色雲緞襖，外披白綾花鶴氅，腳踏一雙深藍色的綢面長靴，一眼望去，頗有幾分道家人飄飄然的仙氣。

他與葉長風久別重逢，正談笑風生，忽聞堂外傳來急促的腳步聲，一回首，便見門外奔進來一位身形窈窕的少女，還未待他看清其面目，少女便朝他奔過來，緊緊地抱住他，悶在他懷裡喊了一聲。「六叔！」聲音還帶著哭腔。

葉長傾一怔，這才反應過來，原來這位少女正是他數年未見的姪女。

「濛濛！」林氏被葉如濛這出格的舉動驚得從座上站了起來。

葉長傾也略微詫異，輕輕推開了葉如濛順勢後退一步，打量她一下，笑道：「濛濛都長這麼大了。」不過，今日姪女的反應有些奇怪，小姪女年幼時是很黏他，可每次剛黏上他不久，他就外出了，等他出去個一年半載再回來，她又將他忘了，得怕生一陣子才會熟絡，怎麼這回……這般自來熟了？

葉如濛笑著擦了擦眼淚，對他露出一個笑臉，甜甜喊了一聲。「六叔！」

前世六叔聽聞她爹娘去世的惡耗，風塵僕僕地從外地趕回來，見到六叔時，她只顧著哭，六叔輕輕拍著她的肩膀，對她說：「濛濛別怕，有六叔在，誰都欺負不了妳。」她聽完這話，當場就撲到他懷裡，放肆痛哭了一場。

在那之後，六叔幫她安排好一切事宜，還幫她奪回鄭管家他們侵占的財物；只是，六叔在將她帶回國公府安頓好後，便又四處去雲遊了。也是，他一個尚未成婚又已過而立之年的男子，不好帶著她一個將及笄的姪女在身邊，她可以理解他。後來，六叔還經常託人給她送許多小玩意兒回來。

葉如濛這會兒見到他，想起前世種種，便克制不住地往他懷裡撲去了。

林氏有些責怪地看著女兒。「這丫頭，讓六弟見笑了。」

葉長傾爽朗一笑。「哈哈，真沒白疼，這麼多年過去了，難為這丫頭還記得我。」

「當然記得啦！」葉如濛開心得緊，這會兒才注意到大堂角落裡站著一個陌生而漂亮的姑娘，年紀和她差不多，梳著雙丫髻，瓜子臉上一雙狐狸眼，孩子氣中又帶著幾分說不出來的魅惑。

見葉如濛盯著她看，葉長傾介紹道：「這位是依依，比妳稍大一點。」葉長傾頓了頓。「她父親為了救我……去世了，她沒有其他的親人了。」

依依垂了垂眼眸，唇微微一抿，沒有開口說話，顯然還沒走出喪父的陰影。

「大嫂，」葉長傾道：「我有個不情之請。」

「六弟請說。」林氏忙道。

「我想讓依依在你們這兒住一陣子，等我給她尋到……」葉長傾話未竟，依依的眼淚便掉了下來，葉長傾頓時啞口，說不下去了。

「葉叔叔不要依依了嗎？」依依淚眼汪汪地看著他。「葉叔叔準備把依依放在這兒，然後一人出去浪跡天涯嗎？」她抬手擦了擦豆子般落下的眼淚。「對不起，是依依拖累了葉叔叔。」

「傻孩子，說什麼胡話？」葉長傾皺眉道：「我在妳爹墳前發過誓，我會照顧妳一輩子，定會給妳尋一個如意郎君，好讓妳爹可以放心。」

「依依不要嫁人，依依想一輩子陪在葉叔叔身邊。」依依哭泣道。

葉長傾一陣頭痛，求助地看向林氏。林氏連忙打圓場道：「依依，妳就先在這兒住下來吧，畢竟妳葉叔叔還未成家立業，妳今年也幾近及笄，他若帶妳回府，只怕會招來閒言閒語。」

「依依聽話。」葉長傾哄道：「我定會常常來看妳。」

「可是依依不想和葉叔叔分開。」依依這話聽得在場眾人面面相覷，這話怎麼越聽越奇怪呢！葉長傾面上都有些掛不住了。

葉長風勸道：「要不，六弟你也在這兒住下吧，前院那兒都是空房。」

「葉叔叔……」依依抬眼，哀求地看著他。

葉長傾無奈，點了點頭。

「這樣也好。」林氏吩咐道：「香南，妳先帶依依姑娘下去，依依姑娘就住在後院吧！」林氏起身，輕輕拉起依依的手，輕聲道：「在這兒不要拘謹，有什麼問題，找香南就可以了。」

「依依謝謝夫人。」她揉了揉眼睛。

「嗯，快下去休息吧，一路奔波過來，只怕累壞了。」林氏溫婉道。

「依依姑娘，請隨奴婢來。」香南道。

依依看了葉長傾一眼，這才啜泣著跟過去，一步三回頭，生怕葉長傾跑了。

葉長傾撫了撫額，看著兄嫂審視的目光，無奈道：「大哥、大嫂別多想，我都可以當她爹了。」他頓了頓，四處張望了下，意有所指地問道：「她呢？」來了這麼久，也不見她出來，難不成還在避著自己？

林氏掩嘴笑道：「今日忘憂去藥鋪，算算時辰，差不多該回來了。」

「咦？六叔也認識忘憂姊姊？」葉如濛好奇道，聽這意思，好像很熟呢！

葉長傾摸了摸眉毛，有些難為情。

葉如濛見六叔閉口不言，便沒有繼續往下追問，只問起他在外雲遊的趣聞，葉長傾坐了下來，與他們一一說起這幾年自己雲遊的所見所聞。說來，依依也是他前不久才認識的，她父親是林中獵人，他在他家中借住了幾宿，離去那日，依依父女相送，誰知路上遇到一頭黑熊，她父親為了救他們兩人，被黑熊活活咬死。

葉長傾正色道：「就因如此，我才暫代父職，將依依視為自己的女兒一般看待，盼能為她尋一門好親事，以慰其父在天之靈。」

「六弟。」葉長風提議道：「不如，你收她為義女如何？」

葉長傾面色有些為難。「我提過幾次，可她就是不肯，一提就哭。」他嘆了口氣。「只是因為她還是小姑娘罷了，待她遇到意中人，自然會想通透。大嫂，妳若方便，替我留意一下有無適齡的青年，不要求大富大貴，找個普通些的人家也行，品行可靠，能娶了當正妻的。」

「嗯，好的，我替你留意一下。」林氏應允道，其實以依依的姿色，只怕一些富貴人家搶著娶回家當侍妾，可是，他們都清楚一個道理——寧為窮人妻，不作富人妾。

葉如濛在一旁聽著，沒有開口說話，她聽得出來，這位依依姑娘好像喜歡六叔呢，可是六叔都可以當她爹了呀，六叔今年都三十有四了。

「老爺、夫人。」丫鬟進來回稟道：「忘憂姑娘回來了。」

葉長傾一聽，下意識地站了起來，往門口望去，只見從垂花門遠遠走進一個身形窈窕的年輕女子，女子梳著百合髻，身著一套淺綠色的襖裙，披著一件銀白底色綠紋刺繡雲肩，身量高䠷、體態輕盈，恰似一抹清荷，盈盈獨立。

葉長傾雙手緊握成拳，終於迎了出去，快步走了一小段路，終於在院中與忘憂相遇，兩人都停下腳步。

葉長傾喚出聲。「小憂。」他看著她，她已經不是當年那個天真無憂的小姑娘了，她梳著婦人的髮髻，眉目間略顯滄桑。「妳瘦了好多。」當年的小姑娘，臉上還有些嬰兒肥，如今瘦得下巴都有些尖了。

忘憂微微頷首，禮貌而疏離。「六老爺。」

她這聲呼喚讓葉長傾嗤笑出聲，他看著她。「喚什麼六老爺？」

忘憂垂眸不語。

「妳可許人了？」葉長傾直言問道，他在外遊歷多年，知道有些地方的女子不是成親才會挽髮，有些女子，若是年過二十還未許人，是必須將長髮挽起的。她今年二十有六，聽大嫂說她提過自己已經嫁過人，可是她為何獨居，大嫂他們又為何未曾見過她的夫君一面？若是她已與夫君和離，或是被休棄，他都可以……照顧她。

她十四的時候，他二十二，好像大她許多；如今她二十六、他三十四，兩人又似乎差不了多少。幸好，他未娶，她也獨身，而不是像當年那樣，她已訂了親。

當年他因不忍為她送嫁而遠離京城、雲遊四海，卻不承想他走後，她家卻出了那樣的大事，當他趕回來時，已救援不及，如今若還有機會，他當要牢牢把握。

忘憂後退一步，冷靜道：「忘憂只願為亡夫守節。」

葉長傾聞言一頓，唇張了張，竟說不出話來。若是和離，或是休棄，他皆可以爭取，可如今卻是……她與亡夫天人永隔，他如何爭得過一個永遠活在她心中的死人？

葉長傾垂首失意道：「是我冒昧了。」

忘憂頷首，福了福身後，朝屋內的林氏走去。

中午，用完午膳後，葉如濛帶著依依在前花園小逛了一會兒，直到午休，依依才回去後院。葉如濛只回院子小憩一會兒，便準備出府了，她今日約了顏寶兒她們去寺廟上香，尤其今日還下著雪，不能錯過那雪景。

出府前，她如往常一樣先同娘親說了一聲，林氏提議道：「不如妳帶依依一起出門散散心吧！」

葉如濛想了想，有些為難。「娘，我中午已經帶她散過心了，今日我約寶兒她們，事先沒和她們說過，這樣有些不好。」她承認自己有些想偷偷出去的心態，不太想帶著依依。「而且……」她小小聲道：「我覺得依依好像很不開心，整個人悶悶不樂的，和她在一起我也開心不起來。」

林氏輕聲道：「所謂喪三年，常悲咽。她剛剛失去父親，心境抑鬱乃人之常情，妳當多多開導才是，切勿因此疏遠她。」

被娘親這麼一點醒，葉如濛不由得想到了前世的自己，確實，前世她痛失雙親後一直沈浸在悲傷中無法自拔，終日只知顧影自憐，整個人萎靡不振，沒人願意和她做朋友。

「濛濛知道了，可是……」葉如濛有些內疚，雙手合十向林氏乞求道：「今日是例外，今日下雪了呢！娘，我明天請寶兒她們過來，到時找依依一起到我院子裡玩，以後只要我出去玩，我都帶著她好嗎？」

「嗯。」林氏柔柔笑道：「妳去吧，娘下午去看看她。」

「好咧！」葉如濛開心道：「那娘下午陪依依說說話，給她吃點好吃的。」

「妳這丫頭，當誰都像妳一樣愛吃啊！」林氏寵愛地刮了刮她的小鼻子，不忘囑咐道：「路上小心些，少玩雪！」

「知道啦！」葉如濛有模有樣地福了福身，退了出去，立刻奔往車馬院去了，她有自己專屬的漂亮馬車，巴不得天天都坐著它出門去呢！她和顏寶兒約好了，顏寶兒去接宋懷雪，她去接六妹妹，她們就在街口那兒碰面，一起去感天寺。

今日是初一，上香的人多，幾位小姑娘有說有笑地走在寺中灰瓦紅柱的抄手遊廊裡。葉如濛如今已與宋懷雪熟絡了，知她性子也很活潑，一笑便停不下來。既然兩人不生分了，她準備明日讓忘憂姊姊給她看看，要是能治好她的啞疾那就更好了；若是治好了，這個小丫頭說不定話比寶兒還多呢，到時她身邊就有兩隻嘰嘰喳喳的小麻雀了，她還怕悶不成？

四個小姑娘上完香後，聚在亭子裡喝著剛煮開的清茶，葉如思笑道：「早上我讓小欣將今年初雪存了起來，分裝成好幾個小罐呢！明日帶去妳家裡，我們可以煮茶喝。」

「好啊！」葉如濛贊同道：「今日廚娘新做了幾樣糕點，我吃著都覺得好吃，明日妳們都來嚐嚐。」

「一定很好吃！」顏寶兒開心道，她和濛濛一樣，吃什麼都覺得好吃。她自從回了將軍府，整個人都胖了一圈。顏寶兒說著，突然想起什麼，從袖中掏出一袋還香噴噴、熱呼呼的糖炒栗子。「妳們試試，這是我們府上廚子秘製的糖炒栗子。」

葉如濛拿了一顆，掰開來送入口中，這栗子是開過口的，栗子殼經過高溫翻炒都往外翻了出來，她只輕輕一掰，栗子肉就與殼便完全分離，連一點渣渣都沒黏在栗子殼上，葉如濛細細品嚐一口，讚嘆道：「香甜軟糯，真好吃！」

宋懷雪與葉如思吃了，也連連點頭，幾人就著香甜的糖栗子，品著淡淡的清茶，好不愜意。茶水的清潤沖淡了栗子的甜膩，栗子的香甜化解了清茶微微的苦澀，這一甜一淡，一濃一清，猶如天造地設般地搭配。

幾人坐了一會兒後，覺得有些涼了，這才起身離開，葉如思剛站起來，亭外便有一個丫鬟走來，葉如思認得，這是賀明玉身邊的丫鬟，名喚小月。

小月低聲道：「葉六小姐，我家公子想請您去唐梅園走走，不知是否方便？」

葉如思聽了，微微垂下眼眸，面頰有些泛紅。

葉如濛這會兒離得近聽到了，笑道：「當然方便了，哪裡會不方便？」

「姊姊。」葉如思臉脹得通紅。「妳別笑話我了。」

顏寶兒湊了過來，調皮道：「是什麼？濛姊姊快說出來讓我也笑話笑話？」

葉如濛笑，將葉如思輕輕推了出去。「還不快去，我們去前面的梅花亭坐一會兒，你們別著急，不到天黑我不會回去。」

宋懷雪也好奇了，打著手語問道：「妳們在說什麼？」

葉如思拿帕子掩著臉，羞瞪葉如濛一眼，對小月道：「妳同他說，我不方便去了。」

「不會、不會！」葉如濛連忙道，拉著宋懷雪和顏寶兒兩人就走。「我們不方便帶著妳。」

宋懷雪和顏寶兒不知發生了何事，只知道跟著葉如濛小跑離去，待跑遠了，顏寶兒連連追問，葉如濛這才笑道：「還能有什麼事？不過是去會未來夫君了。」

在大元朝，男女訂親後少有悔親，是以兩人大多可以光明正大地相會，多增進些感情，也可讓婚後的夫妻生活更加恩愛和諧。

顏寶兒聽了，不由得羨慕道：「真好。」這陣子因為她和陶哥哥走得近，她娘還說過她兩次，說她過了年就十三，癸水也來了，不能與外男如此親密。

「好什麼？」葉如濛笑問：「莫不是妳也愁嫁了？」這兩個小丫頭，今年不過十二歲，還不到成親的時候呢！

「我們才不愁嫁，我們三個中，最早嫁的肯定是濛姊姊！」顏寶兒咧嘴笑道，嘴邊一對深深的梨渦盡顯天真無憂。

宋懷雪聽了連連點頭，打了個「贊同」的手語。她們在一塊兒待久了，有時她做些簡單的手語，葉如濛她們都能看懂。其實葉如濛和顏寶兒私下還學了一些手語，寶兒學得比葉如濛還勤快呢！

幾人去梅花亭休息，正說笑著，忽而顏寶兒站了起來，伸長脖子看著亭外。「咦？外面那公子身影看著與賀二公子有些相似。」

葉如濛聞言轉過身，見是個身著雨過天青色長袍、身形清秀的年輕男子，正從離她們不遠處的小道上路過，葉如濛點頭道：「確實有點像。」

宋懷雪探頭一看，拉了拉葉如濛的袖子，點點頭，手語道：「是賀二公子。」賀二公子經常與她大哥宋懷遠往來，她一眼便認出來。

葉如濛更加覺得奇怪，這賀知君不是約了六妹妹在唐梅園嗎？怎麼這個時候會出現在這兒？莫非是他遲到了？可是瞧他走的方向，也不是去唐梅園的呀！

她忽然心生幾分不安，忙讓紫衣去攔住他，緊接著帶著顏寶兒幾人追了上去。賀知君被紫衣喚住，一回首便見葉如濛一行姑娘朝他奔來，他連忙後退一步，溫文做了一揖。「葉四姑娘、顏姑娘、宋……」

「賀二公子。」葉如濛打斷他文謅謅的問候。「你不是約了我妹妹在唐梅園嗎？你怎麼會在這兒？」

賀知君聞言一驚，有些呆愣地搖了搖頭。「在下並不知舍妹今日也來了感天寺，在下此行是約了友人前來探討詩詞。」

「不對！」葉如濛急了。「是小月說的，說是賀公子請……」她說著一頓，瞪大了眼。「你大哥也來了？」小月說的是「我家公子」，賀知君與賀明玉兄妹倆感情要好，賀明玉的丫鬟只說了「我家公子」，她們便下意識以為是賀知君，卻沒想到會是賀爾俊！

賀知君聽葉如濛這麼一說，一個愣怔，反應過來後立刻拔腿朝唐梅園跑去。

葉如濛等人也連忙追上，一進唐梅園，便看見賀爾俊的小廝如常守在一邊，如常一見賀知君，連忙攔住他，賀知君一把推開他，朝他身後跑去，果見梅園深處，賀爾俊一臉痞樣，葉如思和丫鬟小欣兩人抱在一起哭哭啼啼的。賀知君一見，頓時怒火中燒，積攢多年的怨氣在這一刻爆發出來。他衝上前去，對準賀爾俊的臉就是一記拳頭，直打得賀爾俊一個踉蹌摔倒在地。

賀爾俊趴在地上，捂著臉詫異地看著賀知君，在確認是自己的庶弟後，怒言道：「你個畜生，你敢打我？」

此時，如常也奔了上來，斥道：「二少爺！大少爺可是您兄長！」

「你個庶子也敢打老子？」賀爾俊氣得爬起來，一把揪住賀知君的衣襟，兩人當場就打了起來，如常想上去幫忙，卻被紫衣彈出的一顆小石子射中腦門，一下子就暈了過去。

賀知君雖是個文弱書生，可賀爾俊更是個酒囊飯袋，自從上月初十娶了嫣寧郡主那個惡妻後，時常流連於青樓縱慾行歡，今日睡到午時醒來後，雙腿還有些發軟。

兩人初時還算是勢均力敵，可沒一會兒，賀知君便占了上風，將賀爾俊按倒在地，騎壓在他身上制住了他，喘著氣痛心道：「大哥，我敬你是我大哥，平日你在書院裡、在家中、在大庭廣眾之下，欺我、辱我、謗我，我可曾頂過一次嘴、說過你一個字的不是？朋友妻尚不可欺，葉六姑娘是我未過門的妻子，你怎可如此羞辱她？是可忍孰不可忍！」賀知君氣極，揪住他衣領，將他人提了起來又往地上撞去，狠狠撞了幾次，如此發洩著。

「你個目無尊長的畜生！」賀爾俊被他撞得頭昏腦脹，只能硬著嘴斥道：「敢毆打兄長，我要回家告訴母親，看母親怎麼責罰你！」

「悉聽尊便！」賀知君最後一下，將他狠狠撞向地面，賀爾俊後腦勺重重磕在地上，只覺得一陣天旋地轉。

賀知君這才從他身上爬起來，拉起葉如思的手便往外跑。「我們走！」

葉如濛等人皆呆若木雞地愣在原地，宋懷雪更是看得嘴巴都張大了，真是沒想到，賀哥哥平日看起來斯斯文文的，打起架來也這麼厲害啊！

「畜生！畜生！」賀爾俊回過神後，連連叫罵，用手摸了摸疼痛的後腦勺，忽地發現濕熱一片，立刻叫得跟殺豬似的。「娘啊！流血了啊！」

葉如濛一聽，忙喚紫衣去請寺院裡的醫僧過來，可別真鬧出事來，若是出了大事，賀知君不能去參加會試就糟糕了。

「妳們、妳們快送我去醫館啊！」賀爾俊手指著她們一群弱女子，十足貪生怕死的模樣。

葉如濛怒道：「你想得美！你居然敢欺負我妹妹，也不怕這事傳出去！」調戲、欺辱未過門的弟妹，真是讓人唾棄！

「就是！」顏寶兒跟著雙手插腰，凶巴巴道：「當心你爹打斷你的狗腿，還有你家裡那隻母老虎咬死你！我告訴你，思思是我朋友，你以後要是還敢欺負她，我就叫我五個哥哥打死你！」她邊說，邊抬腳狠狠在他手背上踩了一腳，踩完立刻拉著葉如濛和宋懷雪跑了。

賀爾俊又鬼哭神號了一陣，連連甩手呼疼。

幾個小姑娘跑遠後才停了下來，宋懷雪對顏寶兒手語道：「妳真厲害！」

顏寶兒吐了吐舌頭。「不知道他會不會找我算帳，不過我不怕，我娘會護著我，還有我哥哥們，我爹也捨不得打我。」

葉如濛放心得很。「賀爾俊是吃了熊心豹子膽才敢去找妳算帳！」

「可是他都流血了，妳說丞相夫人會不會……」顏寶兒還是有些擔心，京城中的人都知道丞相夫人疼兒子是出了名的，要是丞相夫人來找她算帳，那該怎麼辦？

「他做了這樣的事還敢告訴別人？說出去不怕被人參他那丞相老爹一本啊！」葉如濛不滿地道：「所謂慈母多敗兒，說的便是賀爾俊這種！」今日這事，不論是她們還是賀爾俊，都不可能對外說，她們是為了思思的清譽著想，而那賀爾俊，做出這樣的事情如果還敢告訴別人，那可真是豬腦袋了！

宋懷雪有些擔心，打了一段略微複雜的手語，她的丫鬟曉雲解釋道：「我家姑娘擔心葉六小姐，她會不會出事？」

葉如濛想了想。「應當沒事的，賀二公子是好人，我們回梅花亭裡等，說不定待會兒他就將六妹妹送回來了。」

「對，而且小欣也在呢！」顏寶兒道。

「那就好。」宋懷雪手語道，拍了拍胸口，微微放心，可是又擔心賀爾俊以後還會找葉如思的麻煩。

「這樣吧！」顏寶兒打了個響指。「我下午回家讓我五哥去嚇一嚇那個賀大公子。」

「這個主意好。」葉如濛贊同道。

宋懷雪聽了，手語道：「這樣不好吧？等下害得寶兒的五哥被責罰。」宋懷雪一想到顏多多就滿懷憐憫，他那次幫了她，被他爹打得不能人道，想來是將軍家兒子太多，不指望靠他來傳宗接代。

「放心！」顏寶兒拍著胸口。「就嚇嚇他，又不打人，我五哥不會怎樣的，賀爾俊難不成還敢跟別人說他被我五哥嚇壞了？羞不羞人？羞不羞人！」顏寶兒說著，連連用食指刮著自己胖嘟嘟的小臉。

宋懷雪和葉如濛皆看得失笑。

日暮西沈，賀知君才將葉如思送回來，他沒有多說什麼，只是囑咐葉如濛多多照顧她，而後便離去了。

賀知君一回到丞相府，便看見丞相夫人冷著臉坐在高堂之上。

「母親。」賀知君垂目請安，他一隻眼也被賀爾俊打腫了，下午的時候，葉如思給他敷了熱雞蛋，這會兒已經不疼了。

「還不給我跪下！」丞相夫人狠狠拍了拍扶手，一張風韻猶存的臉都有些抽搐了。

賀知君抬眸看看她，掀起長袍跪了下去。「母親，知君動手打大哥是不妥，可是大哥……」

「你個白眼狼！」丞相夫人氣得臉頰抽搐，面上塗抹的白粉幾乎都要掉下一層。「我可曾虧待過你？將你送到國子監，還好吃好喝的，可是你呢，你竟然將你大哥打成這樣！」

「母親！」

「你還敢頂嘴？」丞相夫人站了起來。「去！去給你大哥道歉去！」

賀知君跪在原地，不肯起身，有些倔強。「是大哥有錯在先。」

「混帳！就為了一個國公府的庶女，這樣的女子，要來做什麼？不如將婚事退了！」丞相夫人怒瞪著他。

「母親！」賀知君心中一緊。「葉六姑娘何錯之有？若是退了這門親事，我們丞相府如何給國公府一個交代？」更重要的是，無故退親，定會對葉六姑娘清譽有損。

丞相夫人反問：「她何錯之有？要姿色沒姿色，要才情沒才情，卻引得你們兄弟倆這般相爭！」丞相夫人冷臉道：「我看你明日起也不必去國子監了。」

賀知君低頭，知道自己再辯解下去只會引來她更大的不滿，便輕聲道：「知君想見一見父親。」母親不能因此事就不讓他去國子監，明年二月便是春闈，母親此舉，只怕是想讓他在明年的會試上失利。

「你父親每日朝務繁忙，你難不成還想因此事打擾你父親？」丞相夫人上前一步，威逼道：「去給你大哥跪下認錯。」

賀知君隱忍不語。

丞相夫人一字一句道：「你要知道，庶子就是庶子，永遠不可能凌駕於嫡長子之上。」她站在他面前，高高在上，意有所指，最後轉身回到座上悠悠地喝了一口茶，慢條斯理道：「我會派人去國子監替你告病假，這個月，你便在家中好好休息，好好養傷。」

賀知君默了默，袖袍下的雙手緊握成拳。「兒子，知道了。」

只要等來年，來年若能高中，待他有了地位和身分，他便可以帶著葉六姑娘搬出府去，絕對不會讓她同自己一樣受這些欺辱。

當賀知君來到賀爾俊院子門口時，謝姨娘早已等在那兒，看見他後忍不住上前斥道：

「知君，你也太不懂事了，他是你大哥，你怎能將他打成這樣！」

「姨娘。」賀知君低聲道：「是大哥欺辱在先，他、他調戲了思思。」此話一出，他都覺得羞愧難當，他竟有一個這樣的兄長，實為恥辱！

謝姨娘聞言怔了怔，壓低嗓子道：「可是你也不能動手打人，打了人便是你的錯，不知夫人要怎麼懲戒你。」

「她讓我來給大哥道歉，禁足一月。」

「你一定要忍耐。」謝姨娘囑咐道，見賀知君臉色變了，她又連忙道：「是姨娘不好，拖累了你。」

「姨娘這是說的什麼話。」賀知君嘆了一口氣。「姨娘，我一定會出人頭地，到時讓妳過上好日子。」只要他有了身分、地位，他姨娘的身分也會跟著水漲船高，到時母親就不能再這般欺負他們母子了。

「你要記住，凡事不要太出眾，我聽說先生一直對你讚賞有加，可這樣的話傳回來，對我們母子倆都沒好處。」謝姨娘無奈道。

賀知君沒有答話。

謝姨娘這會兒才注意到了他眼眶的傷口，心疼道：「呀，怎麼這樣？是……是你大哥打的？」謝姨娘忍不住拿起帕子想觸碰，賀知君下意識地將頭往後仰，輕輕「嗯」了一聲。

謝姨娘心疼得眼眶都紅了。「疼嗎？」

「已經不疼了，姨娘不用擔心。」賀知君看了她一眼，有些不明白地問道：「姨娘怎麼會在這兒？」

「我聽說你將你大哥打得都流血了，給他送根人參來，免得他記恨你。」

賀知君看向她身後丫鬟手中捧著的一個鍍金邊紅木匣子，心疼地喚了一聲。「姨娘！」

他知道，這是一根五十年的人參，是父親去年賞給姨娘補身子之用。「妳留著自己用，母親庫房裡百年的人參有十幾根，不缺妳這根；況且，不論妳怎麼做，大哥都會記恨我的。」

「還是要做給外人看一下的。」謝姨娘催促道：「我們快進去看看你大哥吧，也不知他傷得如何了。」

「呵！」賀爾俊冷眼看著跪在自己榻前的賀知君，嘲諷道：「你下午打我的時候不是還得瑟著嗎？喲喲喲，瞧瞧現在！」賀爾俊下榻，伸出一根食指狠狠地戳著賀知君的腦門，直戳得賀知君頭都歪了。「你打我呀！打呀！」他凶惡道，收回手指了指自己頭上包著的紗布。「你有本事現在再打一下，你不打就是孬種！」

賀知君跪得背如挺竹，不語不動，唇抿得像一條直線。

謝姨娘有些看不下去，跪下道：「大少爺，知君他知錯了，您就原諒他吧！這裡是一根五十年的人參……」

「姨娘！」賀知君欲扶她起身，謝姨娘卻執意不肯起，賀知君看得心中煎熬。

賀爾俊嗤笑一聲，接過她手中的匣子，打開來一看，將人參捏起來。「這麼小一根也好意思送過來？還不夠塞牙縫！」他鬆開手，人參掉在謝姨娘面前，他抬腳踩在上面，重重地蹂躪著。

謝姨娘看得心疼不已。「大少爺您別生氣，氣壞了身子不好。」

「不想我氣壞身子，你們母子倆就給我滾！滾遠一點！」賀爾俊將匣子往地上一砸，轉身便往外走，可是走沒幾步，卻踅回身抬腳狠狠地踢了賀知君後背一腳，賀知君毫無防備地被踢倒在地，額角正好撞在那紅木匣子上，當場頭破血流，昏迷過去。

謝姨娘立即撲過去，一見到血便哭喊起來。

賀爾俊吃了一驚，如常連忙伸手去探賀知君的鼻息，鬆了口氣道：「還有氣。」

賀爾俊撇了撇嘴。「將人拖出去，別死在我院子裡，晦氣！」他說著便往外走，如常忙跟了出去。「大少爺，您去哪？」

「去哪？去怡紅院，難不成對著那個母夜叉？」想到那個惡婆娘他就覺得噁心，成親到現在，他就碰過她兩次，洞房那日一次，十五那日一次，那惡婆娘要身材沒身材、要臉蛋沒臉蛋，躺在床上像個死人一樣，他哪裡有興致。今日是初一，按理說還得同房，幸虧他受傷了，就此逃過一劫。

次日，葉如濛一早就約了顏寶兒三人。

她在娘親的院子裡和依依用完早膳後，就帶著依依回到忍冬院的茶室裡等著，一會兒後，葉如思與宋懷雪如約到來，可顏寶兒卻遲到了，這是從來沒有過的事。

顏寶兒趕來時，顯得有些焦急，她是個藏不住心事的人，喜怒都寫在臉上，顯然是發生了什麼不好的事。

葉如濛昨日就與她們說過依依的事，這會兒顏寶兒來了便將她介紹給依依。顏寶兒對依依扯嘴一笑，可眉心仍是皺著。

「是發生了什麼事？」葉如濛關切問道。

顏寶兒抓了抓頭，上了茶榻。「昨日下午，我回去後就將賀大公子的事與我五哥說了，然後我五哥當晚就去攔那賀大公子，說他要是再敢惹我生氣，他就打斷他的狗腿！」

「然後呢？」葉如濛有些不明白。「那賀大公子不會回去告訴丞相夫人了吧？」這麼不害臊真敢說呀？

顏寶兒苦惱道：「本來是沒事的，誰知道昨天晚上，賀大公子真的被人打斷了腿！」

「不會吧？」葉如濛等人吃驚，宋懷雪更是驚得捂住了嘴。

顏寶兒繼續道：「當時我五哥當著好多人的面說要打斷他的狗腿，今兒早上丞相夫人就找上門來了。」

「那是妳五哥做的嗎？」葉如思急切問道。

「我五哥說他沒做，他昨晚就回來了，根本就沒去那、那種地方。」顏寶兒說著聲音低了下去。

「哪種地方？」葉如思不明白。

「就是……那種……」顏寶兒聲音低了低。「唱歌的那種。」

葉如濛幾人恍然大悟，都不好意思繼續往下說了，隔了好一會兒，葉如濛才問道：「既然不是妳五哥做的，那還怕什麼？」

「確實不是我五哥做的，門房和我三哥，還有府裡好多下人都看見我五哥回來了。可是……」顏寶兒抓了抓頭。「我五哥當時喊的是——打斷你的狗腿！好多人都聽到了，就因為這句話，我爹揍了他一頓，而且那丞相夫人真不是個好說話的，非要把這話扯到侮辱朝廷命官上頭來。」

「這是什麼意思？」葉如思不解問道，和侮辱朝廷命官有什麼關係？

「我五哥說的是狗腿，不就是說那賀大公子是隻狗嗎？那狗是誰生的呢？」顏寶兒嘆了口氣。「我爹氣得火冒三丈，就喊道——你個小兔崽子，看我不打斷你的狗腿！然後我五哥呢，還頂嘴——我是小兔崽子，那你不就是老兔崽子了？然後我爹就真的下棍子了！」

顏寶兒這話，說得在場眾人哭笑不得。

「那現在妳五哥怎麼辦呀？」宋懷雪有些著急，讓丫鬟曉雲問道。

顏寶兒攤手道：「現在他被我爹關在家裡，那丞相夫人氣極了，回去時還瞪了我一眼，可凶了！她就認定這事是我五哥做的，我出門的時候，她還說要告到順天府去，我爹說讓她去告，如果真是我五哥幹的，要打、要殺悉隨尊便！」

「寶兒，這事真不是妳五哥做的吧？」葉如思擔憂問道，此事因她而起，叫她如何不擔心。

「當然不是了，我五哥說大丈夫坐得正、行得直，是他做的他就認，不是他做的，打死他他也不認！」顏寶兒拍著胸脯道。

葉如濛點了點頭，確實，顏家人脾性如此，顏多多既然敢一口否認，此事定不是他所為；既然如此，她便放心了，以將軍府的權勢，不怕別人敢誣陷他們。葉如濛這麼一想，忙安慰眾人一番。

與此同時，相隔不遠的容王府書房。

祝融坐在書案前，托腮聽著青時的稟報，聽完後忍不住彎唇一笑。「這個顏多多，倒是湊巧。」

「爺。」青時道：「顏多多昨晚回府時遇到了宋懷玉，兩人還小酌了幾杯，這宋懷玉稟性純良，以兩人的交情，倒可為其作證。」

祝融點了點頭。

「保險起見，要不要找隻代罪羔羊來？」與賀爾俊有過節的人可多了，賀爾俊前不久還與太尉府的嫡次子在怡紅院裡搶過一個姑娘呢，當時兩人差點就動起手來了。

「不必。」祝融笑道：「順天府尹最近挺閒的，給他尋點事做。」丞相夫人可不是好對付的主兒。

「是。」青時應道。

祝融喝了口熱茶，問道：「賀爾俊的腿什麼時候能好？」

「爺放心，春闈前都走不了路。」

「春闈前……」祝融摸了摸下巴。「那就快好的時候讓他再摔上一跤，在殿試前，別讓他有精力找賀知君的麻煩。」

青時想了想，不解道：「爺，屬下不明白，既然賀知君才是嫡子，為什麼不乾脆現在就揭露他的身分呢？」當年換嬰的證據都已經找全了，丞相府中也安排了臥底，此事隨時可行。

祝融手肘斜斜撐在書案上。「其一，此事若是揭露，賀相必會受人彈劾，現在我們手中並無適合人選可以代替其職。」

「屬下覺得，倒是可以舉薦武一宣。」

祝融搖頭。「此人看似忠良，實則心性不定，遲早會被二皇子收買。」

青時點了點頭。「屬下明白了，那其二是？」

「其二，濛濛想讓她妹妹嫁給賀知君。」祝融輕描淡寫道。

青時一聽就明瞭了，若賀知君的身分揭露了，丞相夫人定不會讓兩人順利成婚。

「還是爺想得周到，可是……」他又有新的顧慮。「就算他們兩人能成親，只怕這葉如思遲早會出事。」宅門大院裡，病死、難產死，有多少是天意，又有多少是人為。

「所以要等，最好的時機就是等到明年殿試結果出來後。」而且這麼多年來，賀知君一直是庶子，若是在考試前人生突逢此巨變，只怕會影響他正常的發揮。

「爺是想等賀知君與丞相夫人關係更惡劣一些？」青時想到的更多。

祝融頷首。「會試和殿試的時候，丞相夫人定會出手，到時你再出手相救，讓他知道是我們一直在暗中助他。他是個可造之才，雖然公事上收買不來，但私下定會鼎力相助我們。」

青時知曉。「屬下看濛姑娘與葉六姑娘確實交好，要不要派個人暗中保護葉六姑娘？」

祝融思慮片刻，道：「到時你安排兩個陪嫁丫鬟給她即可。」既然是她的妹妹，那他這個當姊夫的也該留心一下；其實以濛濛和葉如思的交情，只要濛濛嫁給他，丞相夫人便不敢動葉如思了。

兩人剛談完丞相府之事，墨辰便回來了，稟報道：「爺，今日早上靜華庵出事了，葉老夫人派去的施嬤嬤發現了葉如瑤的替身，被那替身用枕頭悶死了，屍體被人推下山崖，偽裝成失足的假象。」

半個月前，柳若是便安排娘家的人將葉如瑤暗中接了出來，藏身在她二姨母家——逍遙府中。

祝融默了默。「留好證據。」

「是。」墨辰繼續道：「宮中傳來消息，柳淑妃派了兩位貼身宮女入逍遙府，聽說是要管教葉如瑤。」

「管教？」青時笑道：「難不成葉三姑娘經此小小磨難，便要從此脫胎換骨不成？」

墨辰面無表情道：「今日宮中還發生了另一件事，二皇子向皇后請旨，求娶葉如瑤為王妃。屬下猜想，這應該是柳淑妃與容德妃之間達成的協議。」

柳淑妃是葉如瑤的二姨母，容德妃是二皇子的生母，這兩人合作……

祝融勾唇一笑。「祝司慎以為娶個品德有缺的女子當正妃，就能打消聖上的懷疑了？」

青時道：「只怕皇后不會同意。」

「皇后確實沒有同意。」墨辰道。

若是皇后同意，只怕就成了她的過錯了，傳出去不知得有多難聽，不知道的還以為是皇后娘娘有心排擠二皇子，故意讓他娶葉如瑤。

祝融笑道：「我猜，祝司慎不日就要去聖上面前請旨。」

「那聖上不是會大發雷霆？」青時略微不解。

「以他現在的處境，確實要讓聖上發洩一下。」

青時思慮片刻，點了點頭。「將政事引到婚事上來，確實好上許多。」青時頓了頓。

「柳淑妃既然已經派出人來，只怕此事八成能成。」

「葉如瑤與祝司慎？」祝融面上溢出濃濃的笑意。「能成倒是能成，但卻不一定是正妃。」

青時看著祝融滿臉笑容，只覺得身心越發舒暢起來。自從爺的親事訂下後，爺的笑容是越來越常見了，有時還能看到他無意中笑得像一朵花。

三人繼續在書房中商談要事，將近午時，有一黑衣人閃進書房，單膝跪地道：「主人，葉長風今日在下課後約談了宋懷遠，已經退了宋懷遠的親事，葉長風深感愧疚，對宋懷遠做了一揖。」

「宋懷遠做何表現？」

「俯身相扶，神情略微沈重，只說了一句——學生理解先生為難。」

祝融揮了揮手，黑衣人退下。

祝融看向青時。「再安排一次。」

青時摸了摸鼻子。「爺，了塵大師雖然讚賞宋懷遠，可是他也說了，宋懷遠雖有慧根，可此生並無佛緣。」青時實在想不通，為什麼爺非得這麼固執不可，堂堂一個才子，怎麼可能說出家就出家？宋懷遠是一點出家的念頭都沒有呀！

祝融道：「葉家退親，說不定他就看破紅塵了，再試一次。」而且，宋懷遠一而再、再而三偶遇了塵大師，難道就不覺得自己與佛有緣嗎？他要讓他偶遇到懷疑自己的人生。

「可是爺……」

祝融嘆了口氣，話題一轉，突然說到別件事上。「韃靼王子那邊，竟有些固執，也是，三公主珠儀一來年幼，二來也沒銀儀這般貌美。」

青時連忙接口。「其實珠儀殿下也是個美人胚子，韃靼那邊成親極早，若是從胡俗的話，珠儀殿下是早已到適婚年齡的了。」

祝融若有所思點了點頭。「是吧，可是要韃靼王子同意，卻是不容易的。」

「屬下現在就去安排，以後每逢初一、十五，都讓那宋懷遠去一趟臨淵寺。」宋懷遠是個孝子，讓他每月初一、十五陪同其母黃氏去燒香拜佛並不是難事。

祝融滿意地點了點頭。

第三十章

逍遙侯府。

氤氳的淨室內，一個香樟木浴桶中盛放著滿滿的白色羊奶，浴桶裡倚坐一人，兩肩略微削瘦，脖頸處及肩背的肌膚比羊奶還要雪白，往上看，五官面容稱得上絕色傾城，只是臉頰上的兩團紅血絲顯得有些突兀，怎麼看都不應該出現在這天仙般的玉人臉上。

此時淨室中只有輕響的水聲，淨室外，由遠而近地傳來匆促而略顯沈重的腳步聲，緊接著，門外便響起了丫鬟的聲音。「小侯爺，您不能進去，小姐還在沐浴呢！」

葉如瑤聽了，雙肩微微一聳，又舒緩下來，他不敢進來的。

門外傳來一道清潤又有些著急的男子聲音。「瑤妹妹都洗多久了，快喚她出來，我真的有急事找她！」

「奴婢知道了，小侯爺您先迴避一下。」

「我當然知道，妳們手腳伺候得快一些！」

葉如瑤不屑地撇了撇嘴，門外那人是她的表哥——逍遙小侯爺朱長寒。她二姨母柳若詩嫁給逍遙侯後，就生了這麼一個兒子，打小就寵得不得了。朱長寒長她兩歲，從她有記憶起就愛跟在她屁股後面，她說什麼就是什麼，十足一個跟屁蟲。

她小時候還挺喜歡他的，只是後來有了融哥哥後，她便漸漸地疏遠他了；到後來，她越長大越覺得他討人嫌，更懶得去搭理他。

她從靜華庵偷偷搬來逍遙侯府時，她知道，朱長寒肯定是樂壞了，冷夜裡還跟著侍衛偷偷上山來接她，一見到她，哭得眼淚、鼻涕都流出來了。

她這才知道，自從她上山後，朱長寒也經常上去，還常常守在庵堂門口，不只如此，他每日都託人捎吃的、穿的、用的給她，誰知道東西竟沒一樣到她手中。那日一看見她那副鬼模樣，他當場便心疼得哭了。她也哭了，為自己，她都覺得自己委屈得不得了，能活著下山實為不易，哭完後，她便覺得這一切都過去了，未來還有大把好日子在等著她；可是朱長寒呢，每日看到她仍是一副心疼得食不下嚥的模樣，她一見他這模樣就心生煩躁。

葉如瑤沐浴完後，吁了一口氣，舒服，這才是她要過的人生，穿戴整齊後，她懶懶站了起來。「讓表哥去側廳等我吧！」

側廳裡，身穿綠色團花暗紋錦衣的少年已是坐立難安，才坐在位子上喝一口茶，就忍不住站起身來回地踱步，急切張望著。

少年身量清雅，五官俊秀，明眼人一看，便知是個容貌出色、出生富貴的少年郎；若真要從他五官中挑出點毛病來，便是眉色略淡，使得整個人看起來沒什麼精神，少了些男子當有的魄力。

此時此刻的他眉頭緊皺，急得脖頸都有些紅了，他按捺不住，可剛轉身，便看到了心心念念的表妹姍姍來遲。

葉如瑤穿著一襲桃紅色的齊胸袘地襦裙，雍容雅步緩緩朝他走來，如同天仙下凡。朱長寒又一次看呆了，世上怎麼會有這樣的美人兒？這才是他的表妹，無論什麼時候都將自己打扮得精緻華麗，就像是這個世上最尊貴、最嬌氣的人兒。

他只記得自己從懂事起便開始喜歡她了，小時候就覺得她漂亮得不像話，長大後，她果然生得比誰都美。他愛戀了她整整十四年，除了她，世上再沒有其他女子能入他的眼。

「表哥，你這麼急有什麼事？」

少女柔柔的話語聲將他點醒，朱長寒回過神來，這才想起正事，看了一眼她身後的幾個丫鬟，命令道：「妳們下去。」

丫鬟們福身，退到了不遠處。

葉如瑤略微不滿，不過她知道他的心性，定不會對她做出踰矩之事，便隨他去。

「表妹，妳聽我說。」朱長寒上前一步，可怕唐突了她，不敢離她太近，只壓低了聲音道：「我今日從宮中得到消息，二皇子向皇后娘娘請旨要娶妳為王妃！」

「什麼！」葉如瑤一聽，眉頭一皺。二皇子祝司慎？

二皇子她見過不少次，有時她能隱隱約約地察覺到二皇子對她的愛慕，可是他一直都沒有表現出來呀，怎麼會如此突然地向皇后娘娘求娶她呢？不對，以她現在的名聲，二皇子怎麼可能會想娶她為王妃？葉如瑤一下子思緒都亂了，不過，融哥哥也是在那件事之後才和她斷絕關係的，莫非二皇子一直偷偷愛慕著她，如今見融哥哥和她撇清關係，便再也按捺不住，寧願揹起罵名也要娶她為妻？

「表妹。」朱長寒急道：「還好皇后娘娘沒有答應，妳千萬不能嫁給二皇子，妳知道二皇子府中有多少侍妾嗎？我去向姨母說，讓她向皇后娘娘請旨，我娶妳為妻好不好？我發誓，我要是娶了妳，絕不納妾，就娶妳一個人，我以後每天都聽妳的話……」

葉如瑤這會兒心亂如麻，聽他一直聒噪個不停，越加煩躁起來。「表哥你閉嘴！」

朱長寒被她高聲一吼，連忙閉嘴，有些委屈地看著她，葉如瑤知道自己語氣有些過了，忙放軟聲音道：「表哥，你這樣說得我很煩，你容我想想先。」

朱長寒連忙道：「好好好，妳別急，我一定會幫妳想辦法的，妳放心，一切有我。」他連連拍著自己並不強壯的胸口。

葉如瑤抿唇不語，好在她娘今晚會過來，今晚，她一定要和她娘好好商量，她一點都不喜歡二皇子。

葉府，葉如濛剛沐浴完，祝融便過來了，和她商討一些婚事的細節，兩人商量完後天色還早，祝融不大想走，葉如濛也有些捨不得他，便和他提起宋懷雪的事。

「今日忘憂姊姊幫小雪看了身子的狀況，說小雪的啞疾只是心病，她要是能克服自己的心病，便能開口說話了。」葉如濛提起這事笑咪咪的，她真希望能聽到小雪開口說話呢！

祝融只低低應了聲，他不太喜歡她與宋懷遠的妹妹太過親密。

葉如濛還想說點什麼，就在這時門外響起了紫衣的聲音。「小姐，依依姑娘往這邊來了。」

「哦，知道了。」葉如濛連忙催促祝融離去。

祝融不走暗道，轉而從窗口躍上屋頂，回頭瞥了一眼剛踏入葉如濛院子的依依，忽而眸色一深，這個依依看起來有些眼熟，好似前世在哪見過？待依依進入葉如濛屋子後，他將紫衣悄悄喚至書房詢問一番。

祝融問道：「這個依依來歷如何？」

紫衣一怔。「根據暗衛調查，是林中一名獵戶之女，其父遭黑熊襲擊身亡，有葉長傾親眼為證。屬下試過她身手，她不會武功。」

祝融沈思片刻。「她的身分我另外派人去查，妳、藍衣還有一言都得多留心她，其餘人照舊，若她出現在濛濛身邊，妳們三人中至少要有兩人陪在濛濛身邊；另外，讓忘憂試探一下她是不是懂醫毒。」

「屬下知道了。」

祝融離去，很快便到了葉長風院子裡。

葉長風此時正在書房裡與梁安商談雜事，梁安見祝融到來，立即退了出去。

門一關上，祝融將葉如瑤已離開靜華庵、施嬤嬤身亡之事告知葉長風，葉長風氣得胸口發悶，施嬤嬤雖然總愛板著臉，但她處事大公無私，幼時也極其疼愛他和七弟，沒想到柳若是竟然如此歹毒，對她下此毒手。

祝融淡淡開口勸慰了幾句，繼而將祝司慎求娶葉如瑤之事說了。「我看柳若是是準備投靠二皇子了。」

葉如瑤在靜華庵那段時日過得十分艱辛，想來是他出手太過明顯，讓柳若是有所察覺，知他們七房不可能再與他交好，便轉而決心投靠二皇子了。

葉長風憤道：「二皇子心術不正，七弟這是與虎謀皮！」

「此事應是柳若是自作主張罷了。」祝融問道：「只不過，先生何以看出二皇子心術不正？」

「不在其位、不謀其政。」葉長風頓了頓。「我也是聽濛濛說的，按照濛濛的說法，想來二皇子早有篡位之心，可平日卻見他謙恭謹慎，可見其心機深重。」

「確實，不過此生軌跡已變，聖上已開始懷疑他，是以他才會計劃求娶葉如瑤，故意惹怒聖上，藉以製造他無心皇位的假象。」

「但若柳家真投靠了二皇子……」葉長風有些擔憂。

「先生不必擔心，柳若是不過一個跳梁小丑，鎮國公是有遠見之人，再疼女兒也不可能和她一起糊塗。」祝融覺得，柳若是此舉有些賭氣成分在內，似乎是想告訴他——我女兒就算當不上容王妃，還可以當二皇子妃，並不是只能攀附他。

葉長風想了想，點點頭，至於柳若是的大哥鎮國將軍柳若榮，他一點也不擔心，鎮國將軍一家人忠肝義膽，絕不會背叛皇上意圖謀反。

祝融頓了頓。「先生覺得，您六弟為人如何？」

葉長風不明白，思慮片刻後道：「他心性隨意灑脫，少年時略微放蕩，今已多有收斂。」

祝融問的當然不是這個，複又問道：「您覺得他可會投靠二皇子？」

葉長風一驚。「斷然不可能，他無心朝政，一生只羨閒雲野鶴。」

見祝融沈默，他又道：「我葉某人以性命擔保，我六弟品性純良，忠君愛國，斷然不會做出有辱家國之事。」

祝融和善道：「先生無須介懷，我只是問一問罷了。」若他沒記錯，這個依依前世是二皇子的人，今世若是尋常獵戶之女就罷，但若是二皇子安插的人，就要小心提防了。

兩日後，二皇子祝司慎果然向皇上請旨，求娶葉如瑤為王妃，引發龍顏大怒，令其回府禁閉十日。

五日後，二皇子生母容德妃向皇后娘娘求情，皇后娘娘在聖上面前好言相勸，聖上鬆口，同意二皇子將葉如瑤納為側妃，不得扶正。

此時於宮外，金碧輝煌的二皇子府——

這座七進的府邸是去年聖上在祝司慎及冠時所賜，建得大氣輝煌，也是準備給祝司慎成婚之用。大元朝皇室先祖留有遺訓，為免皇子龍孫沈迷於女色，皇子們滿十六方可經人事，十八後方得成婚。

宮中的消息傳回二皇子府時，祝司慎剛洗浴完，穿著鬆垮的中衣，赤著腳踩在屋內的卍字福紋羊羔絨毛毯上。

祝司慎生得一對濃眉，目深而鼻高，鼻尖處略微下彎，嘴唇有些厚，下巴上有一道深深的美人溝，模樣不如祝司恪明朗俊逸，卻極具男人味。

他斜斜地躺在單翹頭紫檀木貴妃榻上，隻手撐頭，慵懶開口。「不得扶正？」他嘲諷一笑，他還真的從來沒想過要扶正葉如瑤。

像葉如瑤這樣的美人世間少有，但也不是絕無僅有。他承認，多年來，他看著她日漸美麗，確實心動，只是礙於祝融那個黑面神，從未打過她的主意，只是今時，已經不同往日了。

「殿下。」一名內侍匆匆而入，跪在地上稟報道：「啟稟殿下，樓裡傳來消息，藍美人懷了身孕，已經三月有餘。」

祝司慎微微垂目，笑道：「傳喚她來。」

藍美人被內侍帶入屋內時，全身瑟瑟發抖著，自從懷有身孕以來，她每日過得戰戰兢兢，生怕被人知曉，誰知道還是隱瞞不住，被人揭發。一見到祝司慎，她便匍匐在地，朝他爬去。「殿下，妾身知錯了，妾身只是想為殿下誕下一兒半女，妾身……妾身深愛著殿下啊！」

祝司慎看著她，朝她招手示意她再靠近一些，藍美人爬行幾步，人抖得像篩糠一樣。祝司慎伸手抬起她的下巴，確實是個美人，鵝蛋臉，柳葉眉，巧鼻櫻口，肌膚賽雪，他看著她粲然一笑。「妳是愛我的人？還是愛我的身分？」

藍美人顫巍巍道：「自然是……是愛殿下的人。」

祝司慎笑容更深。「是啊，生下我的庶長子，或是庶長女。」

「求殿下饒命！」藍美人連連磕頭，雖然地上鋪了柔軟的墊子，可因其用力過猛，沒幾下藍美人便磕得額頭赤紅一片。

「饒什麼命。」祝司慎好笑道，抬手將她輕扶起來，手探向她的下身。二皇子府中有個公開的秘密，就是府中所有的婢女、美人，都是不著褻褲的。

「坐下來。」祝司慎笑道，淫邪的目光已說明了一切。

藍美人眼淚掉了下來，殿下這話，她不會傻到以為殿下是讓她坐到貴妃榻上。她不敢違抗他的命令，只能顫著腿跨坐在他身上。

殿下在房事上有著異於常人的英勇，平日她們服侍殿下，至少都要三個美人結伴同床，被殿下寵幸上一夜後，姊妹們第二日都會下不了床。剛開始殿下會很溫柔，可一旦她們動了情，便會變得極其粗魯，惹得她們喊聲一個比一個大。

今日的祝司慎，尤其沒有任何前戲……

貴妃榻周邊，站著不少丫鬟也跪著不少內侍，他們雙目垂視，對於榻上傳來藍美人痛苦的呻吟聲置若罔聞。

當藍美人摔倒在地，內侍即刻上前探查她腿心，而後稟報道：「殿下，尚未見紅。」

祝司慎微微蹙眉，覺得有些噁心，輕輕咳嗽了一聲。

聞言，角落裡站著的美貌丫鬟立刻碎步上前，跪倒在祝司慎榻前，仰起頭來張開櫻桃小口，盛住了祝司慎口中吐出的一口清痰，嚥了下去。

這些貌美的丫鬟，是祝司慎私養的「美人盂」，所謂「美人盂」，便是一件用活人做的「痰盂」，作用是盛接主人咳出來的痰唾。這是前朝宦官遺留下來的風氣，當時的豪族富戶對此舉爭相仿效，誰家權勢熏天、財大氣粗，誰家就要擺個活生生的美人做「盂」，那「美人盂」越是光鮮漂亮，越能顯得主人身分顯赫。

這「美人盂」接了痰後，正欲退下，祝司慎忽然抬眸看了她一眼，見她年紀約莫十三、四歲，模樣生得極其出挑，他興致未減，將她拉入懷中，「美人盂」身子一顫，在他懷中瑟瑟發抖，他勾唇笑問：「處子？」

「美人盂」不敢看他，瑟瑟點頭。

「放心，我會溫柔待妳。」他靈活的大手探入她衣內，極盡挑逗。祝司慎在房事上有個習慣，就是絕不親吻女人的嘴，對於「美人盂」，他是第一次碰，純屬一時興起，可是他連她脖子以上的部位都不想碰。

祝司慎雙手挑逗著「美人盂」，看向跪在地上滿頭大汗的藍美人，忽然停下動作，伸手從榻下摸出一根寸長的什物，丟給一旁跪著的內侍。「自己看著辦，若是孩子生了下來，你養。」

「奴才不敢、奴才不敢。」內侍惶恐地猛磕頭，但見主子眼神越加狠戾，他不敢違抗，只好上前拾起那什物，一把將藍美人按倒在地。

藍美人掙扎哭喊道：「求王爺饒命！」

其餘內侍見狀，忙上前來按住她。

祝司慎笑著，將注意力轉移到身上生澀的小美人上頭。

如今天下人都知他愛慕葉如瑤，先前只是因為容王爺的關係一直將感情深埋於心，現在終於守得雲開見月明，寧願頂撞聖上也要娶她為妃。在這等緊要關頭，他身為一個「癡情種」，怎麼可能會讓自己府上的美人生出亂子，壞了他的計劃？

因為葉如瑤即將被二皇子納為側妃，葉老夫人便派人將她從「靜華庵」接回府中待嫁。葉國公府派了王英前來接她，葉如瑤在逍遙侯府哭哭啼啼的，說什麼也不肯隨王管家回去。她從小就只想過嫁給融哥哥，不曾想過有一天會嫁給其他人，更何況還是當側妃？

逍遙侯夫人勸道：「瑤瑤，二皇子對妳一往情深，就算他將來娶了正妃，憑著妳的美貌，還有他的一片癡心，妳還怕什麼？」

葉如瑤小時候，她確實很喜歡她，再加上自己的兒子極其喜歡她，兩個小孩子青梅竹馬，她便一直想著將來可以讓她當自己的兒媳婦，兩家親上加親；誰知道後來容王爺摻和進來，而且隨著葉如瑤日漸長大，她這驕縱的性子是越發難伺候，也越來越嫌棄自己的兒子。她的寶貝兒子可不是生來給她嫌棄的，她寵愛她是一回事，卻不會將她娶進門來禍害自己的兒子，更何況她兒子還是單相思，誰看不出來葉如瑤一顆心都掛在容王爺身上。

今日葉如瑤回府之事還是瞞著自個兒兒子的，自從葉如瑤過來後，她兒子也不愛往外跑了，天天宅在府裡，伸長脖子等在葉如瑤經過的路上，今日好不容易才尋了個藉口讓他出府。

葉如瑤拿帕子擦著眼淚。「姨母，我真的不想嫁給二皇子，我不喜歡他！我娘答應過我，會讓我嫁給融哥哥的！」

「那都是多少年前的事了，今非昔比啊孩子。」逍遙侯夫人語重心長道：「妳就沒想過，妳在靜華庵中過的那些生不如死的日子，是誰一手安排的嗎？」

葉如瑤一怔，眼淚都忘了擦，隔了好一會兒才慌張道：「是、是施嬤嬤，施嬤嬤看我不順眼，所以才會和那些姑子們一起坑害我！」

「孩子，妳回去好好問一問妳娘，是誰有那麼大的權勢一手遮天，若不是淑妃娘娘出動了暗衛，只怕還不能將妳順利接下山來。」

「不可能！」葉如瑤倔強道，只瞪大了眼看著地上，拚了命不讓眼淚落下。

逍遙侯夫人重重嘆息一聲。「容王爺如今心悅葉如濛，妳對葉如濛下了那般毒手，他怎能輕易放過妳？妳姨父昨日還跟我說，別看容王爺年紀輕輕，論其心狠手辣，不亞於朝中任何一人。」

葉如瑤眼淚終於掉下，整張臉慘白如雪。不！她不相信，融哥哥不可能會那樣對她！

「夫人！」丫鬟匆匆來稟。「小侯爺回來了，已經朝這邊趕過來了！」

逍遙侯夫人面色一變，命令道：「快攔住他！」

葉如瑤仍有些沒回過神來，聽了她這話，抬起眼眸怔怔看著她。

逍遙侯夫人朝她微微一笑，寬慰道：「瑤瑤，妳先回府去，姨母晚些時候再去看妳。」她說著轉身離開，這個兒子，只怕府中的下人沒人攔得住。

果然，她迎出去時，朱長寒已經朝這邊衝了過來，慌慌張張道：「娘！表妹呢？」

「王管家已經將她接回府了。」逍遙侯夫人冷淡道。

「娘！」朱長寒急了。「您知道他們要將表妹嫁給二皇子嗎？還是當側妃！」

「我當然知道！」

「怎麼可以這樣！」朱長寒氣道：「她要當王妃我都捨不得，她怎麼可以去給人當側妃？我要去找爹，我要讓爹跟皇上請旨，我要娶表妹！」

「混帳東西！」逍遙侯夫人氣急。「你就沒看出來瑤瑤一點都不喜歡你嗎？堂堂男子漢，一點尊嚴都沒有，瑤瑤不是什麼好姑娘，她哪裡配得起你！」

「娘！」朱長寒怒吼一聲，滿臉悲憤。「娘！您怎麼可以這樣說表妹？」

「你……」逍遙侯夫人氣得都有些站不穩了，一向乖巧的兒子居然敢這樣和她說話。

朱長寒震驚地看著她，質問道：「在母親心中，原來表妹是這樣的人嗎？」他憤而甩袖。「在我心中，表妹永遠是全天下最好的姑娘，就算她不喜歡我，我也會一直喜歡她，就算讓我一輩子給她提鞋我也願意！」

「混帳！」逍遙侯夫人氣得抬手給了他一記耳光，但打完之後，自己都有些怔了。

「娘……娘不是故意的……」可是他堂堂一個逍遙侯世子，竟說出這樣的話來，叫她怎能不氣！

朱長寒捂著臉，憤憤道：「我就是要娶表妹，除了表妹，我誰也不會娶，如果我娶不到她，我就出家當和尚去！」他說完，轉身就跑。

逍遙侯夫人氣得眼淚都出來了。「來人，給我攔住他，將他關起來！要是讓世子跑出去，全部杖責二十！」

眨眼便到了十五這日，話說這日，葉如濛約了銀儀公主去臨淵寺上香，誰知道在臨淵寺偶遇了容王爺，竟是破天荒地與容王爺愉快地交談一日。直到黃昏，容王爺才將她送回葉府。

這消息傳到葉國公府，葉如瑤將前來為她量身做嫁衣的繡娘們都趕了出去，抱著枕頭痛哭了一場。

這個冬天，自是一家歡喜一家愁。

愁的是葉國公府的七房，風光熱鬧多年的七房，今年第一次寂靜低調起來，往年走訪的賓客絡繹不絕，今年少了一大半還不止，來的大多還是衝著二皇子的面子來的。葉如瑤雖然在外名聲不好，可是就要當二皇子側妃了呀，二皇子對她那般傾心，寵愛是在所難免的，說不定七房因為葉如瑤和二皇子的關係又風光起來了呢？

嘖嘖嘖，說書先生還為此感慨，這國公府七房，成在一女，敗在一女，成敗皆在此一女！

另一家喜的，自然是葉國公府的長房了，長房葉長風如今在國子監混得風生水起，他的女兒葉四小姐與容王爺往來也日漸密切，上元節那日，還與容王爺上街夜遊呢！容王爺在聚寶閣一擲千金，買下花燈之冠贈予她；這還不止，同行的還有太子殿下、金儀公主和銀儀公主，嘖嘖嘖，接下來，只怕這葉四小姐要扶搖直上了！

二月初一這日，葉如濛早早地起身，盥洗後出了房門，只見門口那塊寂靜許久的草地上，萌生出不少嫩芽，她心情大好，花園裡的梅花未謝，桃花又開了不少花苞。冬盡春來，他們家的花園很快就要被春色染綠了。

葉如濛雙手合十，站在桃樹的花苞下，低聲許願道：「希望娘能平平安安生下弟弟。」一定要是個弟弟啊！可是……如果是個妹妹呢？她這麼一想，頓時有些心虛，彷彿會被未出生的小妹妹聽見似的，連忙心想道，沒關係的，是妹妹我也喜歡，只要平平安安、健健康康就好！

許完願後，她歡快地踏著腳步朝爹娘的院子裡走去，昨日她娘說肚子有些疼，怕這兩日就要生了。

早在半個多月前，產婆們便都陸陸續續住到府裡來，奶娘們也尋好了，好吃好喝地供養著。葉如濛看見弟弟、妹妹那些小東西，只覺得心都要化了，一日比一日期待。

今日林氏已經躺在榻上疼得有些起不來，忘憂在一旁餵她吃著紅糖糯米粥。

爹爹今日還要當值，剛去國子監不久。大元朝有規定，若妻子產女，可休七日假，產子，可休十五天，光憑這點，葉長風就盼妻子能生個兒子，這樣他便能在家陪她久一些。

因為林氏要生產了，這幾日顏寶兒她們不敢過來，葉如濛便一直守在娘親身邊，今日更是寸步不離。

看著娘親疼得出汗，還得在忘憂她們的攙扶下在屋子裡走來走去，她心疼得都哭了，直抹眼淚。

林氏怕嚇到女兒，到了中午，硬是攆她回自個兒院子裡休息去。

葉如濛睡了一覺，醒來才得知娘親已經進產房了，她連忙趕過去，守在產房外緊張得不得了，好幾次熱淚盈眶，比誰都要著急。

「裡面怎麼沒聲音啊？」葉如濛急得後背都冒汗了。

「小姐放心。」紫衣安慰道：「還沒生呢，現在先蓄點力氣。」

「我爹怎麼還不回來啊！」葉如濛又道，她爹不在，她著急得很，也害怕，她不想一個人承受這些。

「還不到時辰呢！」紫衣寬慰，連連拍著她的肩膀。

葉如濛急得在產房門前走來走去，突然停了下來。「要不……派人將我爹先喚回來吧！」要是爹知道娘要生了，一定會趕回來的。

香南為難道：「可是夫人吩咐了，不要打擾老爺，等老爺下值歸來即可。」

「是啊！」香北勸道：「老爺也差不多要回來了。」

葉如濛正緊張著，突然聽到裡面傳來娘親的一聲叫喊，緊接著，桂嬤嬤就推門出來了，葉如濛整個人打了個激靈，上前抓住桂嬤嬤，驚喜道：「生了嗎？」

桂嬤嬤道：「哪有那麼快！小姐，夫人讓您回自個兒院子待著。」林氏擔心她，怕她聽到生產的聲音嚇壞了。

「桂嬤嬤，我不走，我要留在這兒陪我娘！」葉如濛朝裡面高聲喊道：「娘，濛濛在這兒，您別怕！」

「夫人不怕，她是怕您怕，您在夫人還要分心擔心您呢！」

「娘，我不怕的！」葉如濛連忙道：「我真的不怕，我是大人了！娘您別怕，濛濛就在外面等著您，爹就快回來了。」

桂嬤嬤勸道：「小姐您聽話，先回自個兒院子去。」

「桂嬤嬤我求求妳，妳就讓我待在這兒吧，妳就和娘說我回去了，我不說話，我不會打擾她的，我就想陪陪她。」葉如濛忙緊緊捂住自己的嘴。

桂嬤嬤還想說什麼，有婆子從垂花門外跑了進來。「老爺回來了！」

話剛落音，便見一襲寶藍色儒服的葉長風風一般地從門外跑過來，在桂嬤嬤跟前晃了一下，直接衝進產房去了。

桂嬤嬤一怔，連忙跟了進去。

葉如濛眨了眨眼，她爹……進去了？

「夫人！」葉長風奔了過去，緊緊抓住林氏的手。

林氏額上已冒出不少汗，看了他一眼，喘氣道：「夫君你怎麼進來了……」

「夫人，妳別怕，為夫在這兒。」葉長風抓著她的手，連連親吻她的額頭。「妳別怕啊！」他說這話，自己聲音都在顫抖。怎麼說呢，他夫人這胎已算高齡，他就擔心這個，昨夜也是擔心得一宿沒睡。

「夫君，我不怕，你快出去。」

「妳真的別怕，妳人平安就好，生男、生女一樣好，我都會疼他們。」

「夫君你快出去！」林氏急道，生孩子時便意來得洶湧，這個關頭哪裡忍得住。

「好好好，我出去。」葉長風見她真急了，連忙急步退了出去，在門外等候。

「爹，娘怎麼樣了？」見他出來，葉如濛連忙問道。

「還、還好，還好。」葉長風連連擦汗，可是仔細一想，娘子的肚子實在太嚇人了，怎麼這一胎會這麼大？以前懷濛濛的時候，也就那麼大一個，這胎幾乎一個頂倆了，不知是不是吃得太補了，這生出來得幾斤幾兩啊！他怎能不擔心？

葉長風候在門口，汗如雨下，丫鬟們端過來的茶一口就喝光了，連喝了幾大杯，也不敢去出恭，生怕孩子在他出恭的時候就生出來了，後面乾脆不喝茶了，對林氏的這一胎，他比生濛濛的時候還要緊張。

葉如濛也急，手指咬得滿是牙印，手中的帕子都快被她絞爛了。都快黃昏了，弟弟、妹妹怎麼還不出來，娘怎麼叫得越來越慘啊！生孩子怎麼會是這樣子的呢？

突然，裡面傳來了一聲嬰兒響亮的啼哭聲，葉如濛一怔，和葉長風面面相覷，父女兩人都屏住了呼吸。

「生了、生了！」裡面傳來產婆歡快的聲音。「恭喜、恭喜，喜得貴子！」

葉如濛怔怔的，突然跳了起來，緊緊抓住葉長風。「貴子！爹，是弟弟，是弟弟，娘生了個弟弟！」她太過欣喜，喊得聲音都變了。

「哈哈！」葉長風笑了兩聲，又忽地止住笑意，朝屋裡喊道：「夫人呢？」

裡面沒有傳來任何聲音，緊接著，又傳出了一聲嬰兒微弱的哭聲。葉長風心一沈，心情忽然大起大落，臉色慘白，人幾乎又要衝進去了，可是下一刻門便被人打開，產婆滿面笑容，喜氣洋洋道：「恭喜老爺！喜得雙生子，母子三人平安！」

「雙、雙生子？」葉長風眼珠子都快瞪出來了，比出兩根手指。「兩個？」

「是啊！」產婆笑得都快看不見眼睛了。「兩個健健康康的小公子！」

「啊！」葉如濛忽然整個人跳了起來，難以置信地捂住了嘴，眼睛瞪得比牛眼還大，整個人呆愣了一瞬間，竟是喜極而泣。「兩個弟弟！雙生子！」她緊緊地捂住了眼，可是眼淚還是透過她的指縫洶湧而出，居然是兩個弟弟！她有弟弟了，還是兩個！這就像是在作夢一樣！

「哈哈哈！哈哈哈！」葉長風仰天長笑，掀起長袍大步跨了進去。

他們葉家有後了！

「小姐……」見葉如濛還捧臉哭泣，紫衣輕輕喚了她一聲。

葉如濛忽然緊緊地抱住她，埋頭在她肩上哭泣道：「我有弟弟了。」她有弟弟了，有弟弟了！是弟弟，以後她不是一個人了！

「小姐，這是喜事啊，值得高興的，怎麼哭了呢？」

「我、我是高興！」葉如濛連忙用手背擦著眼淚。「我高興哭的。」可是她也難過，一想到前世，她的兩個弟弟根本沒來得及降臨人世，她怎能不難過？她一想到這，就揪心似地疼。

葉如濛擦淚後定了定神，拔腿就往產房內跑。

紫衣忙拉住她。「小姐，等會兒，產房污穢，讓她們拾掇好，我們先去睡臥裡等著吧！」

產房旁邊，是早已準備好的睡臥，準備給林氏坐月子用的，從產房到睡臥，有一道相通的門，林氏生完不用出門，直接就能送過去了。

葉如濛在睡臥裡等了好一會兒，才看到兩個奶娘懷抱著嬰兒過來，襁褓顏色不同，一個藍色，一個紫色。

葉如濛心跳如擂，滿懷希望地湊過去看了一眼，可是一看，臉立刻就皺成了苦瓜，怎麼皺巴巴的這麼醜啊！她連忙去看另外一個，也是大失所望，這個也一樣皺巴巴的，明明是雙生子，醜起來還各有各的特色。

「小姐可要抱一下？」奶娘笑咪咪道。

葉如濛一聽，頓時高興得喜孜孜，可是又連連擺手，心中是既歡喜又害怕。他們看起來那麼小，她怎麼敢抱？可是……她忍不住想親近些，就湊近他們、看看他們。

林氏被兩個婆子放在床架上送過來，葉長風費力將她抱下來，放在柔軟的美人榻上。

她臉色略微蒼白，氣色不算差，面上洋溢著新為人母的喜悅。她終於為葉家生下兒子了，還是兩個，此生足矣。當知道自己生了兩個兒子的時候，她當時在想，就算此時去見葉家列祖列宗，她也對得起他們了。
林氏才剛躺下，藍色襁褓包著的小娃娃便哇哇大哭，他一哭，另一個也緊跟著哭了起來。
「怎麼啦？」葉如濛慌得手足無措。「弟弟們不舒服嗎？」
桂嬤嬤笑道：「餓了呀。」她從奶娘懷中抱了一個去林氏懷裡，林氏解開衣裳，將嬰兒接過來。嬰兒吃奶是本能的，一觸到乳頭便停止哭泣，使勁地吮吸著，疼得林氏「嘶」了一聲。
桂嬤嬤欣慰笑道：「老大力氣可大了，一出生那個腳蹬得，哭得也響亮！」
「吃奶勁也大。」林氏慈愛笑道，看向沒奶吃還在哭的老二，有些心疼道：「快抱過來。」
「有奶嗎？」桂嬤嬤問道。
「有的，脹著呢！」林氏道，她這次奶水足得很，另一邊已經開始溢乳了。她將老大往下移了移，桂嬤嬤抱著老二挪了個合適的位置，捏著林氏的乳頭塞到老二口中，老二立刻停止哭泣，也開始吃起奶來。
葉如濛羞紅了臉，有些不敢看，隔了好一會兒，才忍不住偷偷瞄了一眼，這兩個小傢伙閉著眼睛努著嘴吃得爭先恐後，生怕有人和他們搶似的。
桂嬤嬤笑道：「老大五斤二兩，老二五斤整。老爺，國公府那邊人還等著呢，要去報了嗎？」

葉長風這邊早已笑得嘴都歪了，聽了這話，微微合攏嘴，點了點頭。「嗯，派人去報吧，如實報就好。」

「祖母知道了，肯定開心極了！」葉如濛歡喜道。

林氏聽到這，才將目光從兩個愛子的臉上移開，微微抬起頭來，對上葉長風笑意盈盈的眼，與他相視一笑。

葉長風在她榻旁坐下，看著吃奶的一對幼兒，抬眸對林氏感激道：「柔兒，辛苦妳了。」

林氏低垂眼眸，笑而不語。

老二先吃飽，忘憂接了過來，將他抱到旁邊小榻上休息去了，小傢伙一放下就睡著了，想來是吃奶吃累了。一會兒後，老大也吃到睡著了，林氏輕輕按了按，將乳頭從老大口中撥了出來，老大已經睡著，小小的嘴巴還保持著吃奶時圓圓的形狀，看起來甚是可愛。

林氏憐愛地拿真絲帕子輕輕擦了擦他嘴邊的奶漬，擦淨後將他抱給了桂嬤嬤。

兩個孩子安頓好後，林氏問道：「孩子們的什物夠嗎？」

她真沒想到自己能生出一對雙生子，她先前倒是做了不少嬰兒的小衣裳、小鞋襪，因為不知男女，便男女各做了一份，深藍淺紫、淡粉鵝黃都有。

「夠的。」葉長風看向忘憂，笑問：「忘憂早就知道是雙生子了？」

難怪她命人備的東西都是雙份，一份藍色、一份紫色，他初時還以為是有備無患，沒承想竟有兩個。

「嗯，五個月的時候就已經診出來是雙生子，不過看夫人當時情緒焦慮，怕說了夫人焦慮更甚，便一直隱瞞著。」忘憂笑道：「其實也不是百分百確定，怕讓夫人空歡喜，還望老爺、夫人莫怪。」

「哈哈。」葉長風開心還來不及。「妳們，可真是給了我一個大驚喜！」

「忘憂妳也不提醒我一下。」林氏這會兒可愁了。「我還做了許多粉色的小衣裳呢！」小男嬰穿粉色衣裳，讓人看了還不笑話。

葉長風憐愛地刮了一下她的鼻子。「夫人現在就愁這個了？」

林氏笑。

這邊，香南端來剛熬好的熱騰騰紅棗小米粥，問道：「夫人可要進食了？」

「嗯，給我。」葉長風接了過來，坐在貴妃榻邊，舀起一勺小米粥吹了吹，以唇試了試溫度，餵到她口中。

葉如濛則趴在一旁的榻邊，左看一下老大，右看一下老二，想要記住他們。她覺得，兩個弟弟看起來好像長得不一樣，又好像長得一模一樣，要是在外面看見，她還真的認不出來啊！

看著看著，她突然心生感慨道：「娘，您說弟弟他們怎麼長得這麼醜啊？」

正在餵林氏喝粥的葉長風一聽，不樂意了。「什麼醜！妳剛生出來的時候更醜！」

葉如濛聽了，一臉委屈地看著娘。

林氏笑道：「剛出生都這樣，過幾天就會長開了。」

葉長風也失笑。「妳剛生出來的時候，臉皺巴巴的，整個身子都紅通通的，眼睛瞇得像條縫一樣，爹看了很久，都分辨不出來妳眼睛是睜開的還是閉著的，誰知道幾個月後，妳眼睛瞪得像黑葡萄一樣大，妳看現在，眼珠子多大！」葉長風越說越自豪，現在他家閨女是越長越好看了。

葉如濛又仔細辨認著。「弟弟們好像長得像娘多一些，爹您看，他們下巴尖尖的。」

「那長大後肯定像我。」葉長風得意洋洋道。

「為什麼？」葉如濛不明白。

林氏笑而不語，已是有些乏了。

葉長風樂呵呵道：「妳剛出生的時候長得像我，後來越大，便越像妳娘。」

剛開始葉老夫人抱到葉如濛的時候，見她長得那麼像自己兒子，還不相信是個女孩子，偷偷扒開襁褓看了，這才幽幽嘆了口氣。

葉如濛還想說什麼，卻見爹朝她做了個「噤聲」的動作，她轉頭一看，她娘已經睡著了。

葉長風輕輕地給林氏蓋上軟被，林氏面容疲憊，嘴角仍含著淡淡的笑意。葉長風靜靜看了她好一會兒，起身來到一旁的榻前。

他和葉如濛站在榻前，看著兩個熟睡的嬰兒，父女兩人忽然對視一笑。

葉如濛輕聲道：「爹，好了。」她眸光盈盈，滿懷希望。

葉長風看著她，抬起手來輕輕拍了拍她的肩膀。「嗯。」

直到晚上，葉如濛才回自個兒院子，雖然很累，可是也很開心。這個時候，她特別、特別想見到容，她想告訴他，她有弟弟了。

葉如濛一推開門，便見一襲黑衣的祝融站在鎏金銅仕女落地燈旁，她怔了一瞬，忽然朝他跑過去，跳起來雙手攀住他脖子抱住了他。祝融忙手一撈，摟住她的細腰，一下子，葉如濛整個人便掛在他身上。

葉如濛一會兒後才鬆手，腳踩在他靴面上，笑道：「我娘生弟弟了！」

「嗯。」他眸中有笑意。

葉如濛笑容越加燦爛，手指比了比。「還是兩個！」

「嗯。」他眸中笑意更深。

葉如濛雙手合十，低頭閉目。「我真的好開心。」

祝融抱她入懷。「我也開心。」妳開心，我就開心。

葉如濛摟住他的腰，臉趴在他胸膛上，一會兒又止不住哭了出來，她開心，她開心得很，沒有人知道她有多開心，她爹也不如她開心。她這輩子，一定要好好保護她的兩個弟弟，保護他們長大成人。

祝融抱緊了她，沒有任何安慰的話，千言萬語，盡在不言中，他懂她來之不易的感動。

林氏喜誕雙生子的消息傳回葉國公府後，葉老夫人笑得合不攏嘴，之前身子還有些病態，第二日一覺睡醒，神采奕奕，一大早就坐上馬車往葉府這邊趕來了。

葉如濛迎出來，便見她的祖母葉老夫人在二嬸季氏的攙扶下快步朝他們走來。

葉老夫人看見她，笑得臉都皺了，一把鬆開季氏的手，整個人幾乎是健步如飛。

「祖母。」葉如濛忙上前行禮。

「好孩子，起來、起來！」葉老夫人中氣十足，抓起她的手連連拍著她的手背，幾乎是將葉如濛整個人往房屋裡拽。

她剛跨過門檻，葉長風便迎了出來，壓低著聲音笑喚了一聲。「母親。」

「我的寶貝孫兒呢？」葉老夫人往裡眺望著，視線被矮座紅木浮雕屏風給遮擋住了。

「噓。」葉長風低聲道：「柔兒剛睡著，您小聲些，昨日這兩個小傢伙折騰了足足一晚。」

葉老夫人聽得直皺眉。「沒請奶娘嗎？」

一旁的桂嬤嬤解釋道：「請了四個呢，夫人奶水足著，想自己餵。」

「自己餵好。」葉長風連忙附和道。

葉老夫人快步朝裡走去。

進去後，林氏正酣睡著，一旁的睡榻上，躺著兩個襁褓包著的小娃娃。

葉老夫人靠近一看，笑得眼睛都看不見了。「哪個是哥兒啊？」

「藍色被子的這個。」葉長風道。

葉老夫人輕輕抱了起來，聲音都軟了。「哎喲喂，生得真漂亮！瞧瞧這鼻子、嘴巴。」

葉如濛吐了吐舌頭，祖母怎麼會覺得好看呢？她站在一旁，看著祖母抱了大弟弟又抱小弟弟，抱完小弟弟又抱大弟弟，幾乎是愛不釋手，不由得想，她小時候祖母也這麼歡喜地抱過她嗎？

「母親，您坐。」葉長風給葉老夫人悄聲挪了張玫瑰椅過來。

葉老夫人小心坐了下來，笑意盈盈地看著懷抱中的嬰兒。「這個是仲君吧？」

「嗯。」葉長風恭敬道：「母親懷中的是老二仲君。」

「葉伯卿、葉仲君……」葉老夫人喃喃輕語，不由得回憶起往事，感慨道：「國公爺在天有靈，也該瞑目了。」這些孫輩的名字，是老國公在生前就取好了的。

葉老夫人欣慰道：「只盼著你七弟也能生下兩個兒子，咱們國公府就後繼有人了。」

葉國公府。

柳若是有些坐不住了，昨日得到林氏生產的消息後，她便焦慮得一夜難安。真是好命，居然給她生下一對雙生子！林氏生子的消息也在催促著她，她們兩人幾乎是同時懷上的，林氏已經生了，她自然耽擱不了幾日了。

「夫人。」丫鬟來稟。「二爺到了。」

柳若是忙道：「快讓他進來。」

二爺是她的弟弟柳若琛，在太醫院就職。柳若琛擅長婦幼之症，自她有孕以來，便一直都是柳若琛為她診脈。

柳若琛今年不到三十歲，看起來也十分年輕，生得頗為陰柔，他一進來，柳若是便藉口屏退了其餘下人。

「小弟，林若柔已經生了。」柳若是壓低聲音。「我這個也不能拖太久了。」

「三姊妳別急，我給妳把把脈。」

柳若琛把脈後皺了皺眉。「未足月便催生，我怕將來對這孩子有些影響。」

「有何影響？」

「體弱多病，其實……後天多補補也無大礙，只是以後要費心了。」

柳若是下定了決心。「只能這樣了。」她撫著肚子，心懷愧疚。孩子，是娘對不起你，你出生後娘一定會好好待你的。

「三姊，我明日便將藥給妳帶來，連服三日；不過，到時妳生產可能會有些危險，最好讓大姊派宮中的產婆來。」三姊這樣做實在是太冒險了，若是有個萬一，只怕大人、小孩都危險；可若不是如此……只希望母女平安吧！這一胎他已經診出來，有八成會是個女兒，只是他一直不敢告訴她。

「三姊，若這胎還是女兒，妳要作何打算？」柳若琛試探問道。

「女兒？」柳若是一怔，冷笑了一聲。「女兒又如何？也是我的。」

「三姊，妳就沒有想過……」柳若琛雙手食指放在桌上，調換了一圈。

柳若是嗤笑一聲。「想都別想！」讓她自己的女兒流落到別人家，喚別人做娘，讓雜種來亂了葉家的血脈？作夢！柳若是勾唇一笑。「就算我生不出來，林若柔不是生了兩個兒子？」

「可是……他們肯嗎？」柳若琛遲疑問道。這一家子若要抱養他們的孩子，只怕比割下他們身上一塊肉還疼，不，就算是要了他們的命，估計他們也不肯給。

「不肯又如何？頭上還有個老夫人呢！」柳若是唇角一彎，點到即止。

到時只要老夫人一哭二鬧三上吊，還怕大哥、大嫂不肯鬆口？一想到林若柔的兒子養到她名下，喚她一聲母親，她是一點兒也不生氣，反而覺得分外地愉悅。一個小嬰兒，她想怎麼拿捏還不容易？她倒想看看，十八年後，他會如何與親生父母、親生姊弟反目成仇！

第三十一章

五日後。

林氏在睡臥中笑盈盈地逗著搖籃中的兩個愛子。「卿卿、君君……」

兩個小傢伙還沒什麼反應，只是眼珠子轉了轉，老二打了個呵欠，便眯眼睡了，老大在襁褓裡動個不停，時不時還哭上幾聲。

「怎麼啦？」葉如濛湊了過來。「卿卿餓了嗎？」

「沒有，想人抱呢！」林氏笑著伸出一根食指來，輕輕放在他手心裡，小傢伙立即就停止哭泣，握住了她的手指。

葉如濛見了覺得有趣，也伸出一根手指放在他另一隻手心裡，小傢伙也握住了，還握得相當緊，葉如濛笑道：「卿卿力氣真大！」

「可不是，哪像妳，出生的時候像隻小奶貓似的。」林氏說著，可是這小傢伙已經不滿足於握住娘親和姊姊的手指了，哇哇哭了起來，林氏忙讓葉如濛將他抱起來，免得把老二給吵醒了。

葉如濛這幾日已經抱過許多次，算是會抱了，這會兒小心翼翼地將老大抱了起來，見她動作還有些生硬，桂嬤嬤忙過來幫忙，一邊用手托住老大的頭，一邊指導道：「小姐，您這兒稍微墊高點。」

葉如濛調整了幾次，可是老大卻越哭越厲害，她眉頭都皺了。「你這小傢伙，我早上逗你，你還笑來著！」

桂嬤嬤見狀，只能接了過去，抱著他在屋裡走了一會兒，小傢伙才肯瞇眼睡了。

睡臥安靜下來後，林氏看向一旁剛放下書卷的葉長風，輕語道：「七房那邊還沒消息嗎？」昨兒早上便傳來消息，說是要生了，可這會兒都黃昏了，還沒消息傳來。一般來說二胎都會好生些，她生雙生子雖折騰了半日，可也不算難產，只是因為兩個小傢伙長得壯實了些，她看七弟妹那肚子，小小圓圓的，應該比較容易生才是。

「還沒。」葉長風站起來舒展下身子。「有消息了大寶自然會回來。」

「要不……」林氏看向忘憂。「要不忘憂妳去看看吧？看有沒有什麼需要幫忙的。」都快兩天了，就怕有個什麼萬一。

葉長風道：「不必了，宮中御醫、產婆都去了，忘憂去了也沒用。」

「是啊！」忘憂道：「忘憂就在這兒陪著夫人。」

忘憂話剛落音，福嬸就進來稟報道：「老爺、夫人，大寶回來了，七房生了個閨女，五斤一兩，母女平安！」

林氏聞言，舒了口氣，雙手合十道：「阿彌陀佛，平安就好！」可是又有些擔憂起來，七房怎麼還是生閨女，他們會不會打起她這對雙生子的主意來？

晚上，林氏忍不住跟葉長風提了，葉長風握著她的手道：「我們一家五口，會永遠在一起。」

得到他的保證，林氏笑了笑，安心在他懷中睡著了。

葉國公府這邊，柳若是睜眼醒來時，葉長澤守在她榻邊，柳若是臉色憔悴，眼淚一下就掉了下來，哽咽道：「國公爺，妾身對不起你。」

葉長澤抓起她的手安慰道：「沒事，妳沒看我們這閨女生得多漂亮，像妳一樣美。」他強顏歡笑道：「將來呀，說不定生得比瑤瑤還好看。」

站在葉長澤身後的葉如瑤撇了撇嘴，爹就知道騙娘，爹剛知道的時候，不也是大失所望嗎？她可是親眼看見爹嘆了一大口氣；還有祖母，知道時臉都黑了，娘難產差點就死了，可她連看都沒來看娘！

「國公爺……」柳若是哭得更厲害了，唇色慘白。

葉如瑤瞥了一眼，心裡剖析道：哭是解決不了問題，可是在男人面前適當地哭，卻是有用的，這點娘倒是做得不錯。

葉長澤輕輕拍著柳若是的手背。「妳好好休養身子，以後我們還可以再生。」此次生產，她身子、血氣皆是大虧損，差點連命都搭上了，他自然心疼，畢竟夫妻一場。

接下來，只盼望柳姨娘能爭氣些生個兒子給他，到時抱到妻子名下養著，總好過跟大哥要兒子；以大哥的心性，只怕和他扯破臉都捨不得給自己半個兒子。

「女兒我也疼，妳沒看瑤瑤，女兒我更疼。」葉長澤勸道：「妳剛生產完，再哭容易傷了眼睛。」

「國公爺……」柳若是擦了擦淚，總算是止住了哭，對一旁的嬤嬤道：「把孩子抱來我看看。」

「夫人。」嬤嬤回道：「奶娘正抱著吃奶呢，待會兒吃完奶給您送來。」

「好、好。」柳若是應了，手緊緊拉著葉長澤的手，生怕他放手，她就這麼躺在床上仰看著他。

這個男人，她又愛又恨，此時此刻，她是愛他的。

他也愛她啊，可是他的愛太多了，他不只愛她，他還愛著其他女人。

可是這一刻，夠了，只要他願意這樣陪著她，她就別無所求了。

柳若是產女的消息傳到柳絮院後，柳姨娘吐出一口濁氣，只覺得提著的心、吊著的膽都放了下來，忍不住笑諷道：「我這姊姊真是好福氣，連生兩個女兒。」

她的貼身丫鬟香凝笑道：「我看您這一胎尖尖的，一定是個兒子！」香凝自年幼時便跟隨在她身邊，忠心耿耿，是她一手培養起來的，她也從來沒把她當成外人。

「我這一胎，只能是兒子。」柳姨娘堅定道，這是她翻身的唯一機會了。

二月初九，葉長風和女兒去葉國公府探望七房剛出生的九姑娘，九姑娘取名葉如芝，小名芝芝。

葉如濛不敢抱，碰都沒敢碰她，只站在一旁看了看，笑著誇幾句，在側廳裡坐了一會兒後，她便去找葉如思了。

葉如思還有七日便要出嫁了，也不知丞相府是怎麼安排的，婚事安排得這般急，竟然定在二月十六。這賀知君還得參加會試呢，會試分三場，分別在二月初九、十二、十五日舉行，也就是說賀知君一考完試就得成親，這樣他還能專心考試嗎？

葉如濛到了葉如思院子裡，不由得對婚期抱怨了幾句，葉如思無奈道：「丞相夫人說派人看了黃曆，適宜成親的日子只有初九、十四和十六這三日，最後，賀二公子便挑了十六這日。」

葉如濛嘆了口氣，又覺得自己不應當著她的面這般掃興，便轉移話題調笑道：「等我弟弟們滿月時，賀二夫人可一定要帶著妳的夫君一起來。」

葉如思被她說得羞紅了臉，卻又不知如何反駁。四姊姊說得也屬實，她兩個弟弟滿月席辦在三月初一，那個時候，她和賀知君已經成親了。

「欸，妳看見妳九妹妹了嗎？」葉如濛問道。

葉如思點了點頭，笑道：「看見了，好小一個呢！」

「妳抱她了嗎？」

葉如思連連搖頭。「不敢抱，我看母親寶貝著呢，除了三姊姊，誰也不給抱，碰一下下都不行，奶娘她們看得可緊了。」

「祖母抱了嗎？」葉如濛悄聲打探著。

「祖母？」葉如思想了想，搖了搖頭。「這個我倒不知道，不過祖母不大高興是真的；爹倒沒什麼不高興，這幾日白天還經常陪著母親。」葉如思湊到她耳邊低聲道：「因為這事，柳姨娘還不高興呢！」

葉如濛小聲問道：「柳姨娘什麼時候生啊？」

「我聽我娘說，按日子五月便該生了。」

「哦，也不知道男的還是女的。」葉如濛隨口道。

葉如思想也不想。「自然都希望是男的了。」

葉如濛沒有答話，也有人不希望是男的啊！

七日後，賀知君與葉如思大婚。

婚宴也算是熱鬧，與新郎賀知君交好的皆是文人雅士，鬧洞房時文雅得緊，雖然喝得腳步虛浮，也未曾亂了規矩，個個面紅耳赤地吟詩作對，為新娘、新郎祝福。

葉如濛和顏寶兒還有宋懷雪幾人，身為葉如思的閨中密友自然也在場，只笑盈盈地接過他們的詩作，當著眾人的面吟出來。

宋懷遠身為賀知君的摯交，從婚宴開始就一直未離開過賀知君，他書寫好對聯後，顏寶兒欲去接，宋懷雪卻將她的手拉了回來，宋懷遠微微一笑，朝葉如濛遞了過去。

葉如濛對上他的眼，微微一怔，繼而對他溫和地笑了笑，接了過來。爹已與他說清楚了，他態度這般溫和，想來已是想開了，那她還彆扭什麼呢？還不如自在些。

葉如濛緩緩打開，顏多多湊了過來，笑問道：「寫了什麼？」

葉如濛見了，笑盈盈道：「洞房花燭夜，金榜題名時。」

只簡單的兩句，卻十分地應景，也飽含了最佳的祝福。眾人聽了皆是開懷大笑，一襲紅衣的賀知君拱手醉笑道：「承君吉言。」

宋懷遠笑如春風拂面，從容不迫道：「春宵一刻值千金，賀兄莫辜負此良辰，我等便不打擾了。」他說著，展手擁著幾位與他交好的文人踏出了喜房，有他開頭，文人們也不好再厚著臉皮鬧下去，只文謅謅地調笑幾句，便紛紛退出喜房了。

「哎，這就走啦？」顏多多覺得真沒勁，這些人喝沒幾杯皆醉醺醺，鬧洞房也鬧得有氣無力，想當初，他四哥成親時他們鬧洞房就跟打群架似的，把小外甥女都給嚇哭了，直鬧到後半夜呢！

顏寶兒笑道：「那將來五哥你成親，我一定讓他們都別走，就在這兒守到天亮！」

顏多多不好意思地撓了撓後腦勺，「嘿嘿」傻笑了兩聲，若有所思地看向顏寶兒身邊的人，宋懷雪意外撞見他的目光，一下子燒紅了臉，一會兒後才反應過來，原來他是在看她身後的葉如濛，只覺得難堪得想找個地洞鑽進去。

葉如濛也鬱悶，這顏多多使勁瞄她做什麼？瞧他那紅通通的臉色，少說也有幾分醉意，該不會對她起色心吧？一想到這，葉如濛覺得好笑，她怎麼會這麼想顏多多。

眾人出去後，顏多多像尾巴一樣跟在這幾位姑娘身後，美其名曰保護自己小妹，怕她被醉酒的賓客們占了便宜。

「寶兒。」眾人身後，傳來一聲清潤的呼喚。

顏寶兒一聽便歡喜了，未見其人先呼其名。「陶哥哥！」

今日的陶醉身著一襲寶藍色暗寶相花紋直裰，玉冠束髮，他站得挺拔，略顯瘦削的體型俊逸清華，葉如濛怎麼也難以將他與那些大腹便便的商賈聯想在一起，今晚的宴席上，他形單影隻遊走在這些才子舉人中，看著竟是比他們還多出幾分清虛寡淡的風度來。

「陶哥哥，你今天是不是很悶呀？你待會兒送我回家好不好？」顏寶兒看見陶醉，開心都是大咧咧地寫在臉上。

「哎。」顏多多不樂意了。「還有我呢！有我在哪裡需要他送妳回家？」

「你還說！讓你陪著陶哥哥，你人都去哪了？」

「我……」顏多多無法反駁，他跑去和人喝酒了，還喝了不少，這會兒出來庭院裡被風一吹，酒意已有些上頭。

「要不五哥，你送濛姊姊回去吧！」顏寶兒重色輕友，將顏多多推到葉如濛跟前，眼巴巴地望著陶醉，意思就是——沒人送我回家了，陶哥哥你帶我回家吧！這模樣，像足了一隻小獅子狗。

陶醉微微一笑，朝著眾人道：「告辭了。」

顏寶兒立刻屁顛顛跟了上去。

顏寶兒笑咪咪的，有些羞澀道：「陶哥哥，思思今天真漂亮。」

陶醉側首看她，見她臉有些紅通通的，不由得淺笑道：「等妳成了新娘子，會比她還漂亮。」

顏寶兒臉紅了，頭低低地抿嘴笑不說話。

陶醉彎唇一笑，小丫頭果然長大了，已經知道害羞了。

兩人靜靜走著，都放慢了腳步。

一會兒後，顏寶兒低聲道：「陶哥哥，我今年十三歲了。」

「嗯。」

「還有兩年。」

「嗯。」

「你等等我。」

「……嗯。」

寶兒笑，陶醉從懷中摸出一個沉香木匣子，遞給了她。

寶兒打開，見裡面是一支丁香紫的蝴蝶停柳釵，笑得眼都瞇了。

顏多多這邊也不管自己妹妹了，只對著葉如濛傻笑。他這妹妹對陶醉的心思，只要眼不瞎都看得出來，其實對這個妹夫他沒太大意見，就是年紀大了點。

「濛……」顏多多正欲開口，又連忙改口道：「葉四姑娘，我送妳回府吧！」

「不用。」葉如濛連忙道：「我隨我爹一塊兒回去。」

「哦。」顏多多有些失望。

葉如濛看向身後的宋懷雪。「小雪，妳哥哥們呢？」

宋懷雪的丫鬟曉雲道：「我們大少爺可能要幫賀二公子善後，沒那麼快走。」

「那小雪的二哥呢？」

曉雲摸了摸頭。「二少爺酒量奇差，這會兒只怕都醉倒了。」

曉雲話才落音，宋懷玉便被小廝踉踉蹌蹌地攙扶著過來了，腳步虛浮如蛇行，看見一襲紅衣的顏多多，還將他誤當成了賀知君。「走！再敬一杯！」

宋懷玉的小廝對曉雲道：「大少爺讓我們先送二少爺回府，小姐也和我們一同回去。」

「走！再喝兩杯！」宋懷玉一把抱住了顏多多。

顏多多連忙撐扶住他。「要不，我一起送你們回去吧！」宋懷玉醉了，他這話是對宋懷雪說的。

宋懷雪垂了垂眸，沒有說話。

「這倒可行。」葉如濛道：「再請丞相府一個婆子陪同吧！」

「行，那我就送他回去。」顏多多看了看她。「妳……待會兒妳同妳爹回去是吧？」

「嗯。」葉如濛點頭。「你看好宋二公子，還有，小雪。」葉如濛微微一笑，宋懷雪喜歡顏多多，其實她和葉如思都看出來了，兩人私下還說過。有時顏多多會來接寶兒回家，宋懷雪與顏多多一碰面，兩人都有些不自在。今日顏多多或許是有些醉了，平日見到她倒沒什麼，今日從喜房裡出來後，便一直盯著她傻笑，看得她都有些難堪了。

顏多多將宋懷玉扛上馬車，葉如濛拉著宋懷雪說了一小會兒話。「看來顏多多今日也有些醉了，我先前聽寶兒說顏多多酒量也不好。」

宋懷雪微微一笑，點了點頭。

「其實，我和他沒什麼的，小雪妳別放在心上。」葉如濛這麼一解釋，宋懷雪忽地紅了臉，心中暗忖，難道濛濛知道了什麼？她臉本來就白皙，稍微一點點紅都看得出來。

送走三人後，葉如濛微微舒了口氣，準備去找她爹，可是一轉身，便見宋懷遠站在她身後不遠處。

宋懷遠對她溫和一笑，緩緩朝她走來。

今晚的月光分外皎潔，那一張平日豐腴而瑩白的臉，因飲酒的緣故雙頰略微紅潤，一雙眼尾微微上揚的眸光匯集，流而不動。

葉如濛莫名就想到了那靈鷲山上拈花微笑的佛祖，莊嚴而慈悲，不容褻瀆。他在月光中緩緩朝她朝來，彷彿赤著腳，一步一生蓮，身後光芒萬丈，葉如濛差點就要雙手合十朝他道一聲阿彌陀佛了。

「葉四姑娘。」他薄唇輕啟，柔柔喚了她一聲。

葉如濛感慨，宋懷遠真可稱得上是一位多情而慈悲的聖人，見他雙頰泛紅，她覺得有幾分不真實，彷彿作夢似的，聖人也會飲酒嗎？

「葉四姑娘？」見她直看著他發呆，他又喚了一聲。

「嗯？」葉如濛回過神來，連忙低頭福了福身。「宋大哥。」

宋懷遠看著她，笑而不語。

葉如濛忽然覺得，他那略微殷切的目光像是在打量她有沒有慧根，難道是想度她入佛門？

葉如濛這麼一想，便忍不住抬頭看了他一眼，忽而注意到他耳朵，他雙耳齊眉高，耳垂長而豐滿，嘖嘖嘖，這輪廓飽滿得，一看便是得道高僧的耳相啊！

宋懷遠正欲開口，葉如濛身後的紫衣忽然開口道：「小姐，我們要回府了。」兩人這般對視著，要是讓主子知道了……

「哦、哦。」葉如濛連忙點頭，看向了宋懷遠。

宋懷遠朝她盈盈一笑，眸中柔情似水。「路上小心。」

「嗯。」葉如濛點了點頭，福身後離開。高僧，一定是高僧，便連看著她的眸光都是滿滿的愛，真是大愛無疆！

葉如濛覺得今天這麼一天下來，過得還算挺順利的，就是一回到自個兒屋子，容有些奇怪，硬逼著她看容王爺的臉看了一個晚上，一個勁兒地問：「好看嗎？」最後還把她吻倒在榻上，直到被她踢了一下腳才肯鬆手。

三月初一，葉府辦雙生子滿月宴，府前車水馬龍，賓客絡繹不絕。

內院裡聚滿了女眷，顏寶兒、宋懷雪和葉如思都來了，和葉如濛一起聚在東廂房裡逗弄著搖籃裡的兩個小傢伙。

今日的葉如思與以往不同，她已挽起長髮，結了新婦髻。她穿著桃紅色的襖子，顯得面色紅潤不少，對葉如濛笑盈盈道：「哪裡醜了，多可愛呀，水靈靈的。」

葉如濛笑道：「妳都不知道，這一個月呀，他們簡直就是脫胎換骨！若不是一日日看見他們變化，我都懷疑換了兩個人兒呢！」

現在這兩個小傢伙哪有剛出生時的醜態，原先皺巴巴、紅通通的皮膚全都舒展開了，白嫩光滑得像一片豆腐似的，原先的瞇瞇眼如今瞪得又圓又大，滴溜溜的，那小巧的鼻子、可愛的櫻桃小口，放在這圓嘟嘟的小臉上，簡直能融化人心。

「哎呀，妳看。」顏寶兒叫了起來。「他在吐泡泡！」

幾個小姑娘都看了過去，果見老大嘟著圓圓的小嘴，像小魚兒一樣輕輕咕嚕著，吐出了一個泡泡。

大夥一見都笑出聲，一下子，少女們的笑聲像風鈴般傳入小傢伙的耳裡，小傢伙也嘿嘿笑了起來，唇角咧笑得像彌勒佛似的。

幾個小姑娘都圍著葉伯卿轉，冷落了搖籃中的葉仲君，小傢伙見無人搭理他，哇哇大哭出聲。

奶娘正欲上前，一旁坐著的忘憂率先站了起來，將搖籃中的葉仲君輕輕抱起來，輕聲哄著，葉仲君比起哥哥要好哄許多，只一下子就不哭了。

大夥正圍著小雙生子說說笑笑，忽然，葉如濛眼角餘光瞄見一道綠色的倩影從門外進來，她轉頭一看，屋內的姑娘們不約而同地停止說笑，朝門口的方向望了過去。

顏寶兒見來人是依依，熱情地上前去將她拉過來，笑嘻嘻道：「好久沒看見妳了，也不見妳來將軍府找我玩。」

葉如濛見是依依，面色略顯尷尬。怎麼說呢，其實依依和她們幾人的關係處得不錯，可是不知道從什麼時候開始，依依和忘憂姊姊的關係變得很不對勁；平日溫柔可人的忘憂姊姊，一對上依依就像變了個人似的，一直故意針對她。這兩人看來……好像是在爭奪六叔，其實府裡的人都看在眼裡，只是沒人敢點破罷了。

依依進來後，朝眾人微微一笑，見到葉如思懷中的小傢伙後，頓時喜歡得緊，笑著對葉如思道：「我可以抱一下嗎？」她的雙手已躍躍欲試。

葉如思笑道：「當然可以啦。」說著便將懷中的葉伯卿遞過去，依依還未來得及伸手接過，忘憂卻搶先一步，一把將葉伯卿給抱走了，她一手抱一個，動作相當霸道。

眾人都怔了怔，忘憂神態自如地將懷中的葉伯卿遞給一言，對眾人淡淡道：「他們應該餓了，我們先抱去給夫人，幾位小姐請自便。」

在場的小姐皆面面相覷，忘憂姊姊今日是怎麼了？眾人又看向低垂著眼眸的依依。

依依咬唇不語，就在忘憂即將踏出門檻時，她忽然抬起頭來，眼中噙淚，楚楚可憐道：「忘憂姊姊，妳為什麼要一直刁難我？」

「哦？」忘憂停下腳步，側首看她，面色略冷。「我哪裡刁難妳了？」

「妳總是不讓我抱卿卿和君君，我知道，妳私下還囑咐過姑娘她們，不要讓我抱孩子。」

忘憂不屑一笑。「妳既然都知道，那妳剛剛還厚著臉皮想抱他們做什麼？明知道我不會讓妳抱，妳這不是自取其辱？」

忘憂這話直截了當，說得依依無言反駁。確實，她原本以為在外人面前，忘憂定然不敢不給臉面，誰知道她竟然毫不在意，直接當著眾人的面羞辱她。

在場的小姐們都屏住了呼吸，不明白發生了什麼事。忘憂姊姊向來溫婉，平日說話也是輕聲細語的，怎麼今日會這般咄咄逼人呢？

葉如濛摸了摸鼻子，其實這已經不是第一次了，最近忘憂姊姊一見到依依，總愛對她冷嘲熱諷，那個嘴尖舌巧得連她爹娘都不敢插嘴，她身為一個晚輩，更不好說什麼；而且說實話，她心裡其實是偏心於忘憂的，不知道為什麼，她也有些不大喜歡依依，雖然明知道她並沒有做錯什麼。

而依依每次被忘憂姊姊一說，總會哭得梨花帶雨……這不，依依這會兒立刻掩面而泣，葉如濛或許是有些麻木了，動作也略顯遲疑，還是顏寶兒反應快，立刻上前去安慰她，輕輕拍著她的肩膀。

依依捧臉泣道：「我真的待不下去了。」

忘憂這邊正好跨出門檻，聽了她這話，回頭冷道：「那正好，收拾妳的包袱走吧！」說罷，便抱著孩子頭也不回地走了。

依依緊緊地捂住臉，哭得更厲害了，拔腿也要往門外跑，葉如濛忙攔住她。「依依妳別這樣，忘憂姊姊她……我也不知道忘憂姊姊為什麼會這樣，妳別生氣，我替她向妳道歉好不好？」看見她這模樣，葉如濛一下子對她生起許多愧疚。

依依啜泣道：「我真待不下去了，我還有什麼臉面待下去？我現在就去找葉叔叔辭行。」依依抹了抹眼淚，拉著葉如濛的手哽咽道：「濛濛，謝謝妳一直以來的照顧，我走了。」她說著，一把推開葉如濛，往外跑去。

「哎！」葉如濛正想去追，藍衣忙拉住了她。

「小姐您別去，我去追依依姑娘吧，您待會兒還要招待客人呢！」

葉如濛咬唇，想了想。「那、那好吧……」她有些擔憂地看向依依離去的方向，六叔要是知道了，應當也很為難吧！

眾人都覺得忘憂和依依兩人間奇怪得緊，顏寶兒按捺不住心中的好奇，小聲問道：「濛濛，忘憂姊姊為什麼要對依依那麼凶啊？」

「這個……」葉如濛有些為難。「不太方便說。」她總不能說是為了她六叔吧？其實，六叔和忘憂姊姊、還有依依的關係，她也弄不清楚。唉，她只覺得這三人關係亂得緊。

見葉如濛這樣回答，顏寶兒她們也就沒有往下問了。

葉家長房這邊賓客盈門，葉國公府那邊卻是冷冷清清。

再過五日，便是九姑娘葉如芝的滿月宴了。雖然是個女兒，可柳若是仍是對她寵愛得不得了，或許是因為心懷愧疚，柳若是花費在葉如芝身上的心思和寵愛比誰都多，連葉長澤都笑言她就差將葉如芝含在嘴裡了。

柳若是如今一門心思記掛著自己剛出生的小女兒，便不免忽略了近來鬱鬱寡歡的大女兒。

葉如瑤這邊，正倚在荷花池旁無聊地餵著金魚，她愁著呢，她的婚期定在六月初六，她不想嫁給二皇子，一點都不想。

葉如瑤重重嘆了口氣，倘若到時真沒辦法的話，她只能嫁給朱長寒了，只要她同意，朱長寒肯定會拚了命地娶她；可是不到萬不得已，她不想這樣做，朱長寒是她最後的底線。

「小姐。」葉如瑤身後的如意上前低聲稟報道：「小侯爺過來了，說是給小姐帶了些好玩的東西。」

葉如瑤撇了撇嘴，將最後一把魚糧撒入池塘，不屑地看了一眼池塘中爭先恐後的金魚，懶懶道：「走吧！」有這個朱呆子帶來的東西，總好過自個兒一個人無聊好。

葉如瑤慢吞吞地往院子裡走去，身後跟著脖子上戴著金項圈的多多，多多回到葉國公府後，又恢復了往常的精神，經過一個冬日的休養，牠新長出來的皮毛光滑雪白，被修剪得圓滾滾的，看起來就像個雪團子般，討喜得緊。

柳絮院這邊，葉如漫聽了下人們的稟報，終是坐立不住，往庭院裡去了。

她走進紫香亭，在亭中耐心候著。表哥每次回去，大多愛走這條路，而且……也不用等太久，過不了一會兒，她那個三姊姊就會趕人走了。她幾乎能想像出，每一次他離開時那副懊惱的模樣，彷彿做錯了什麼事。

可是今日，卻是等了有小半個時辰才見朱長寒從小石子路那兒走過來，而且與以往不同，這回他腳步歡快，顯然心情愉悅。

葉如漫連忙起身，像是偶遇一般出現在朱長寒面前，朱長寒看見她，往後看了看，瑤表妹不喜歡他和漫表妹往來，他怕她看見要生氣；可是，漫表妹也是他的表妹，他看見她總不能不打招呼吧？他對葉如漫打了聲招呼，抬腳就想走。

「表哥！」葉如漫喚住了他，只覺得他剛剛迎面走來時的笑臉有些刺眼，刺得她的心絲絲地疼。

「妳怎麼了？」朱長寒停下來回頭看她。

「你剛剛……去三姊姊那兒了？」她略微失意。

「是啊，我給她送點東西。」

「哦。」她低低應了聲。

看見她略顯落寞的模樣，朱長寒有些愧疚，其實小時候他們三個經常在一起玩，只是後來他一和漫漫玩瑤瑤就生氣，他喜歡瑤瑤喜歡得緊，便聽瑤瑤的話漸漸疏遠了她。

他想了想，從懷中摸出一顆渾圓而斑斕的琉璃球遞給她，笑道：「這個給妳玩！」

他剛剛給瑤表妹的時候她不要，她怕多多會吞進去，他便收了回來。

葉如漫看見這琉璃球眼睛一亮，歡喜地接了過來。「真漂亮！」

朱長寒笑道：「妳喜歡就好，對了，別讓妳三姊姊看到。」他想了想。「妳三姊姊這陣子心情不好，妳多照顧她一下。」

葉如漫的笑漸漸有些僵住，可還是對他微笑著點了點頭。「漫漫知道了。」

朱長寒欣慰道：「妳雖然年紀比瑤瑤小，可是比她懂事多了，我走啦！」

「嗯。」葉如漫目送著他離去，直到他的背影消失在花叢間。她收回了目光，看著手心中的琉璃球，琉璃球在陽光下閃爍著耀眼的光芒，她心情好了許多。

她有自己的驕傲，也有自己的自卑，葉如瑤不要的東西，她也不要，除了他。

葉如瑤這邊，朱長寒走後她覺得有些無聊，便抱著多多到花園裡去玩，只有多多最好，不管在什麼情況下，都一直陪在她身邊；而她那些所謂的朋友們，她也是看穿了，富貴之交，從來只有錦上添花，哪有雪中送炭的道理。

她打起精神來，逗起了多多，她喜歡和多多玩捉迷藏的遊戲，她讓如意抱著多多，等她躲起來後，如意再將多多放下來，到時多多就會到處找她了。

葉如瑤這會兒躲在一個假山後，倚在山壁上等著多多，可是等了好一會兒也不見多多過來，真是奇怪，她正準備出來看的時候，忽然聽到假山前傳來兩個婆子悄聲說話的聲音。

其中一個婆子道：「國公夫人真是好福氣，又生了個女兒。」

葉如瑤一聽，連忙停下腳步，一定是些下人又在嚼舌根！可是，她娘生了個妹妹，她們怎麼還會說她娘好福氣呢？她不由得屏住了呼吸繼續往下聽。

「是啊！」另一個嗓音稍啞的婆子道：「長大後不知道有多漂亮，我看那模樣，將來一定長得比三小姐還好看。」

葉如瑤聽了，當即有些生氣，真是胡說八道！才一個小娃娃，能看得出來什麼？

「唉，三小姐真是浪費了。」原先開口的婆子繼續道：「妳說要是不出那件事，說不定還能成為二皇子妃呢！」

「那有什麼辦法，我說呀，要是將來九小姐長大了，憑九小姐的姿色說不定還能入宮呢！所以妳可別小瞧了七房，生個漂亮富貴的女兒，可比生兒子有用！」

葉如瑤初時聽著還有些憤怒，可是越聽卻越覺得這兩人的聲音很耳熟，這兩人一唱一和的話音，和幼時的某些記憶……漸漸地重疊在一起，就像是噩夢一樣，令她生出一種漫無邊際的恐懼。

「噓，有人來了。」一個婆子壓低了聲音，兩人很快閉上嘴。

待聽得她們離去的聲音，葉如瑤扶著粗糙的山壁，顫抖地從假山後繞了出來——當看到那兩個記憶中熟悉的背影時，她全身忽然顫慄不止！幼時那種熟悉而強烈的恐懼朝她劈頭蓋臉襲來，她緊緊捂住了嘴巴，是她們……是她們！

這是她噩夢中的那兩個女鬼，她們都梳著圓髻，仍如兒時的記憶一般，一個穿草綠色的襖子，一個穿著杏黃色的比甲，她們在那漆黑的夜裡，伸長了紅色的舌頭，斜斜地倚在門口桀桀叨叨著！

「汪汪！」耳畔突然傳來多多的叫喊聲，葉如瑤嚇了一大跳，整個人都跳了起來。

「小姐，您怎麼了？」如意隨著多多追來，卻見她面色慘白。

多多在她腳下，用暖和的身子蹭著她。葉如瑤回過神後，連忙抱起了多多，將牠緊緊抱在懷中，她害怕，她好害怕！她突然拔腿往她娘的院子靈犀院跑去。

「小姐！」如意連忙追上。

葉如瑤整個大腦一片空白，她們是鬼！是鬼！不，不是，她猛地停了下來。她們在光天化日之下出現，她們是有影子的，不是鬼！可是她們是什麼人？葉如瑤強迫自己冷靜下來，現在的她已經不是小孩子，也不是那個什麼都不懂的葉如瑤了，她姨母淑妃娘娘派來的宮人，曾告訴過她不少宮中的陰謀詭計，有個小公主就是被太監扮鬼給嚇傻的！對，她們是人！意識到這，葉如瑤一瞬間就冷靜下來。

陰謀，一定是誰設計的陰謀。葉如瑤咬唇，冷靜地吩咐如意派人去查那兩個婆子的身分，自己則抱著多多找她娘去了。當年她還年幼，許多事情都記得迷迷糊糊，她現在查不一定查得出來，可是如果告訴她娘，她娘一定能查得出來！

葉如瑤急忙跑到靈犀院裡，可是卻不見她娘。

「我娘呢？」葉如瑤抓住院中一個丫鬟問道。

丫鬟看見她這著急的模樣，有些嚇到了，怔了一會兒才答道：「夫、夫人去淨室了，奶娘在幫九小姐洗浴。」

葉如瑤立即鬆開她，往一旁的淨室跑去。

葉府這邊，雙生子的滿月宴熱鬧極了，幾乎是座無虛席，賓客們傳杯換盞，好不喜慶。側席上，葉長澤和他二哥葉長松坐在一起有說有笑，本來還有他六哥葉長傾在的，可是剛剛那會兒一個丫鬟來找，六哥就不見人影，到現在還沒回來。

葉長澤面上雖是喜笑著，可是心中卻難免憋氣，他正與葉長松閒聊，忽而見到自己府裡的一個小廝匆匆忙忙朝他走來。

「怎麼了？」

小廝壓低聲音道：「國公爺，剛剛夫人帶著九小姐在淨室裡洗澡，三小姐不知有什麼有急事，匆匆趕來，結果不小心撞到熱水壺，燙到了九小姐的腳丫子。」

「什麼？」葉長澤吃了一驚，臉色都變了。

「後來夫人打了三小姐一個耳光，三小姐就跑了。」

葉長澤氣得胸口起伏，正欲起身回府，就在這時，又有一個府裡的小廝朝他跑了過來。

「這是怎麼了？」葉長澤喝了一聲，怎麼個個都像趕著投胎似的，讓人看見，還以為他國公府的人多沒規矩。

小廝喘著氣著急道：「國公爺，不好了！柳姨娘早產了！」

「什麼！」葉長澤一把站起來揪住小廝。「這是怎麼回事？」

小廝喘了口氣，回稟道：「今日柳姨娘和八小姐去孝敏寺拜送子觀音，後來不知道怎麼回事，三小姐突然跑過去，將八小姐打了一頓，柳姨娘去攔的時候被三小姐推了一把，當場就見紅了，現在還在孝敏寺的僧房裡呢，嬤嬤們說是動了胎氣，就要生產了！」

「混帳！」葉長澤氣得甩袖，瑤瑤不是被禁足了嗎？如何還能出府去？這樣的事情要是傳了出去，只怕連二皇子側妃都當不成了！

葉長澤匆匆忙忙離去後，葉長松也連忙去後院通知其妻季氏。季氏正與林氏在一起，聽了葉長松的話，連忙趕去孝敏寺。

林氏也有些擔憂，只不過她剛出月子，孩子們離不開她，她只能留在府裡等候消息，直到下午才傳回來消息，說柳姨娘在孝敏寺中生了個五斤四兩的兒子。

林氏鬆了一大口氣，連聲道阿彌陀佛，柳姨娘順利生產好，更重要的是，七房終於生了個兒子啊，七房終於有後，她也能安心了。

葉國公府，靈犀院。

柳若是冷嗤一聲。「五斤四兩？」她懷了八個月生下來的女兒才五斤一兩，柳若月懷了七個月的生下來就有五斤四兩？

「是的。」唐嬤嬤道：「府裡的產婆趕過去的時候，親眼看見那婆子將臍帶剪下來的。」

「有時眼睛見到的，不一定是真的。」柳若是直了直身子，輕輕搖著搖籃。她不相信，怎麼會那麼巧就在孝敏寺出生了？若柳若月是在府中生產，她保管讓人盯得嚴嚴實實的，連隻蒼蠅都飛不出去；可是她偏偏就在外面早產了，而造成這一切的還是自己的親生女兒瑤瑤。

想到瑤瑤，柳若是不免擔憂起來，都快天黑了，怎麼還沒消息？真是淨會添亂的，先前突然闖進淨室說些什麼婆子的事，不小心撞翻熱水壺被她訓斥了一頓，她便氣呼呼地跑了，到底什麼時候才能讓她少操點心。

正想著，王管家便來了，回稟道：「夫人，三小姐躲到逍遙侯府去了。」

「現在人呢？」

王英低頭道：「三小姐不肯跟小的回來，小侯爺也護著，小的實在沒辦法。」

柳若是一聽便皺了眉。「那我二姊怎麼說？」

「逍遙侯夫人說，讓三小姐先在她那邊小住兩日，她會尋個適當的時機將三小姐帶回來的。」

柳若是聽得直皺眉，最後只能無奈地嘆了口氣。這事情壓下是壓下了，可難保二皇子那邊不會得知，若是傳到聖上耳中，只怕整個葉國公府都得跟著遭殃。

柳若是正色道：「王管家可查好了，今日是誰放瑤瑤出府的？」

王英應道：「是史管事放的，他說三小姐以死相逼，他不敢阻攔。小的已經讓人將他打了二十大板。」

「史海？」柳若是皺了皺眉，她想不明白究竟發生了什麼事，會讓瑤瑤不顧一切跑出府去教訓葉如漫，只怕是葉如漫做了什麼過分的事，可是葉如漫還不至於有這麼大的膽子才對。想了想，她吩咐道：「嬤嬤，妳派人去查一下今日下午有沒有發生什麼事。」

「是。」唐嬤嬤福身後退下。

唐嬤嬤退下後，柳若是繼續道：「你去查一下今日幫柳若月接生的婆子，還有孝敏寺的所有僧人，祖上三代都給我查出來。」

「夫人是覺得柳姨娘的孩子有問題……」王英遲疑，府中的產婆都是親眼看見臍帶被剪斷的，他也覺得不假，可既然夫人懷疑，那他就把這孩子當成假的去查。

柳若是看了他一眼。「好了，你下去吧！」

王英剛出去，唐嬤嬤便回來了，回稟道：「夫人，老奴剛剛問了如意，如意說今日三小姐在園中撞見了王婆子和楊嬸兒，像是被嚇到了，還讓她派人去查這兩人的身分。」

「王婆子和楊嬸兒？」柳若是想了想，似有一些印象。

「這兩人都是咱們鎮國公府跟過來的人，王婆子是跟著夫人過來的，楊嬸兒是跟著柳姨娘過來的，我記得楊嬸兒還是柳姨娘奶娘家的一個親戚，只是這兩人，早在七、八年前就出府了，也不知為何今日會在府裡。」

柳若是皺了皺眉。「妳派人去逍遙侯府，讓我三姊盡快問清楚瑤瑤今日打人的緣故，這樣我也好給府裡人一個交代。」

唐嬤嬤應是，柳若是想了想，又問道：「國公爺還在那邊？」

「嗯，已經派人去催過了。」

柳若是面色有些不悅。「母親也在吧？」

唐嬤嬤低低應了聲。

柳若是沒說話，今日柳若月生了個兒子，那母子兩人可開心了，誰會想到她兩個女兒？她大女兒不見了，他們不關心找到人沒，還有一個出生不足月的女兒受了傷，他們也沒來關心一下。

葉國公府這邊有人歡喜有人愁，葉府那邊也是如此，可是他們愁的卻是依依。

依依和忘憂鬧得不愉快，下午去找了葉長傾，兩人談了甚久，依依最後哭著跑出府，葉長傾連忙去追，在追出城門後，兩人都不見了蹤影……

第三十二章

這兩人，如今正在城郊外的一間客棧裡。

葉長傾躺在床上，雙目模糊，一旁的依依已經脫光了自己的衣裳，身上一絲不掛。她爬上床，一雙小手隔著衣物撫摸上葉長傾的胸膛，如蛇一般遊走進他的衣襟。

葉長傾無力抗拒，只喃喃道：「依依，別這樣……」

「葉叔叔，你不喜歡我嗎？」她抓著他的手撫摸上自己含苞待放的胸口，她身子有些削瘦，身材不算飽滿，可是白皙而光滑，帶著一種少女誘人的稚嫩感。

突然，門被人「砰」的一聲踢了開來，依依迅速扯過被子，在床上轉了一圈裹住自己的身體，待看清來人後，彎唇一笑，赤著腳下床，笑道：「忘憂姊姊怎麼來了？」

忘憂往後抬腳將門踢上，冷笑道：「穿這麼少不冷？」

依依裹著被子慢悠悠走了過來，坐下喝了一杯涼茶。忘憂繞過她上前去，抓住葉長傾的手為他把脈。

依依笑道：「葉叔叔身上這毒，只有處子能解，忘憂姊姊，妳是處子嗎？」她說著，輕輕「啊」了一聲，故意像說錯話般捂住了嘴。「我差點忘了，忘憂姊姊可是嫁過人的呢！」

葉長傾已看不清眼前之人，只猛地抽回自己的手腕。「別碰我！」他蜷縮著身子，整個人滾入床內。

忘憂站了起來，冷眼看著依依。

依依笑道：「相信忘憂姊姊不是對葉叔叔無情，這客棧人少，只有幾個粗使婆娘，可她們都和忘憂姊姊一樣呢！」依依眨了眨眼，嫵媚的狐狸眼帶著些許調皮。「忘憂姊姊還是出去，別打擾我們吧！妳忍心讓葉叔叔受折磨，依依可不忍心。」她說著，慢悠悠地走過忘憂的身邊，朝床上走去。

忘憂一把按住她的肩膀，依依迅即回過頭來，手一揚，一陣白色的煙霧自她指甲片裡漫了出來。

忘憂袖子一揮，煙霧消散，兩人都屏住呼吸往後退了幾步。

「妳究竟是什麼人？」

依依微微一笑。「我自然是獵戶之女，不過，我自小便跟著山洞裡的一位爺爺學了不少醫術。」

「我看是醫毒吧！」多虧了王爺提醒，大夥兒對依依暗中都有提防，此次她察覺有異跟上，這才循線找到這客棧。

「那又如何？」依依突然收了笑，狠道：「葉叔叔是我的！」

「用這種下三濫的方式，妳這樣得到他又有什麼意思？」

依依又突然笑靨如花。「妳說，以葉叔叔的性情，要是醒來後發現玷污了我的清白，他會不會娶我為妻？」

忘憂心中冷笑，憑這樣就想成為濛濛的六嬸？未免太過天真。她表面上不動聲色，似有些失落，轉身離開，剛踏出一步，忽然腳步一頓，回過頭。「對了……」

依依心生警覺，果不其然，從忘憂袖中飛射出九支銀針，依依連忙側身閃過，堪堪躲過，可是剛站穩，便被欺上身來的忘憂點住了穴道。

依依不能動彈，冷笑道：「難道妳想看著他死？」

「誰說他會死？」忘憂輕鬆道：「不過是妳醫術不夠精湛罷了。」

「妳有辦法救他？」

「這是自然。」

「不可能！除非妳能在一炷香時間內找到處子與他交合，不然他必死無疑！」

忘憂微微一笑。「此等秘術，自然不能外傳。」她邊說著，一把扯掉依依身上裹著的被子，眸光落在她胸前，諷笑道：「如此一馬平川，妳葉叔叔怎麼會喜歡？妳也未免太不自量力了。」

「妳！」

忘憂不慌不忙地從懷中摸出了一個玉瓷瓶，撥開塞子放至依依鼻下，不到片刻，依依便倒了下去。

忘憂任由她赤裸著身子倒在冰涼的地板上，只拉著被子上了床。

此時的葉長傾痛苦難耐，疼得在床上直打滾，額上都冒出不少冷汗，雙手撕扯著自己身上的衣裳。

忘憂脫下鞋子，朝他靠了過去，可是一觸碰到他，便被他推開，葉長傾咬牙道：「依依！別讓我恨妳！」

忘憂又靠近了些，葉長傾猛推了她一把。「妳給我滾！」

忘憂被推倒在床上，只柔柔喚了一聲。「長傾哥哥。」

葉長傾身子一顫，隱忍著轉過身，拚命瞪大眼，依稀分辨出來，有些難以置信。「小、小憂？」他幾乎是下一刻就朝她撲了過來，將她牢牢抵在身下。

他捧著她的臉，仔細辨認著，隱忍而克制。「是、是小憂嗎？」因為極度忍耐的關係，他連聲音都是顫抖的。

「長傾哥哥。」忘憂輕捧起他的臉。「你說過，你明年就回來的。」

她話未落音，他的吻突然劈頭蓋臉襲來，幾乎是同時，一下子就分開了她的雙腿，喃喃道：「小憂，我想要妳，想要妳。」

忘憂內心不禁有些畏懼，若不是被他死死壓制住，她只怕整個人會不自覺地往後躲，他的視線火熱得幾乎像是要穿透衣物似的，如今的他，理智難存，被慾望控制了身體，就像一頭猛獸，可能會粗魯到撕碎她。

「你、你等等。」忘憂強按住他的肩膀，可是還未待她騰出手來解開自己的腰帶，葉長傾一下子就將她的衣領撕扯開來，裸露出一大片雪白的肌膚，讓他雙目更猶如著火一般。

忘憂咬唇，心中懼怕，罷了，她現在……也算是在執行任務，一切以保護葉家人為先。無關感情，只是身體上有些疼痛罷了，熬過去就算了……忘憂閉目，任他作為。

隔日三月初二，正是春闈放榜之日，賀知君、宋懷玉、宋懷遠三人喜中貢士，宋懷遠名列第一，中了會元。

此時丞相府的人，正難得地聚在一起用午膳。

賀丞相今年四十出頭，年輕時也曾是個眉清目秀的俊兒郎，如今年紀大了，或許是因為居於高位甚少與人言笑的緣故，面目顯得有些嚴肅。

今日的葉如思穿著桃紅色的襦裙，老老實實地坐在賀知君身旁，雖然低著頭，可她的唇角有著掩不住的笑意，夫君中了貢士，身為妻子，與有榮焉。

她對面坐著身穿海棠紅褙子的嬌寧郡主，這嬌寧郡主雖叫嬌寧，可是一點也不嬌寧，生得人高馬大，一張大餅臉也是平淡無奇，說起話來那個大嗓門怪嚇人的。她旁邊的賀爾俊腿已經好了八、九成，勉強能走路，只是不大索利，這會兒看著面如桃花的葉如思，只覺得她這副小鳥依人的模樣看起來嬌羞可人，不由得多看了一眼。

賀知君莫名地察覺到賀爾俊的目光，不由得心中一寒，連忙給葉如思挾菜，擋住賀爾俊的目光。

賀爾俊撇了撇嘴，葉如思依在他弟弟身邊顯得小鳥依人，他呢？他是依在嬙寧郡主身邊顯得他小鳥依人！

「明珠小姑，妳多吃點啊！」嬙寧郡主怕自己嗓音大了，這會兒捏著嗓子給賀明珠挾菜。

葉如思見狀，也忙挾了樣菜給賀明玉。她嫁到賀府來，長嫂不喜，婆婆也多方刁難，明珠小姑明顯是喜歡嬙寧郡主多些，也不太與她往來，所幸她在閨中之時就認識了明玉小姑，嫁過來後與明玉小姑也算是交好。

用完午膳後，賀丞相將賀知君喚去書房，四月初一便是殿試，他希望他能高中一甲，便板著臉叮囑了幾句。

「父親放心，知君定當盡力而為。」賀知君恭敬道。

「嗯。」賀丞相是個話少的人，話交代完了，忽然又想起什麼。「殿試之前，你便與如思分房睡吧，專心學習。」

賀知君沒有應答，想來是母親看不得自己與妻子恩愛，在父親耳邊說了什麼，賀知君又聯想到今日大哥看自己妻子的目光，終於忍不住開口道：「父親，知君想……殿試後搬出府去，請父親成全。」

賀丞相一怔。「這是為什麼？可是嬙寧欺負如思？」

「不關大嫂的事，只是……知君既已成親、立業，再待在家中，覺得有些不便。」

「不便？」賀丞相皺了皺眉，想了想道：「若你能高中一甲，這才算站了業，便准許你搬出府去。」

賀知君欣喜。「謝過父親。」

賀丞相鬍子顫了顫。「你倒是自信。」

「知君不敢。」賀知君俯身。

「行了，出去吧！」

「父親，知君還有一事相求。」

「嗯？」

「思思自嫁予我以來恪守婦道、賢良淑德，平日我們兩人也是相敬如賓，若無端與她分房而睡，恐其自責，知君希望我兩人能繼續同房而眠，而且……思思文采過人，我兩人平日也常常……」

「好了、好了。」賀丞相連忙止住他的話。「同房便同房，去吧！」

「謝父親！」賀知君歡喜道。

葉如思與宋懷雪都在家中為自己的夫君、哥哥們慶賀，便沒有去葉府找葉如濛玩了，今日只有顏寶兒和她娘一塊兒過來。顏寶兒一來，葉如濛便拉著她在一旁逗起搖籃中的弟弟玩。

孫氏對林氏感慨道：「宋家人真是好才氣，殿試後，宋家就是三個進士了，能不能出第二個狀元還不好說。」

會試考中的舉人稱貢士，貢士可以去參加殿試，貢士在殿試中均不落榜，只是由聖上重新安排名次。

林氏笑道：「懷遠這孩子確實是好才氣，若能中了狀元，倒是千古第一人了。」林氏說這話的時候一臉驕傲，彷彿是自己的兒子將要中狀元一樣。可不是嗎？女婿就是半個兒子啊！

正在搖籃旁逗兄弟倆玩的葉如濛抬頭看了林氏一眼，總覺得她娘有些高興過頭了，那自豪的模樣，就好像自己孩子高中似的。

「你們家也是好才氣的。」孫氏指了指搖籃中的兩個小傢伙，笑道：「說不定將來這兩個小子也能中個狀元回來呢！哪像我們家，五個兒子，連個文舉人都沒有。」

林氏聽得掩嘴直笑。「姊姊妳這話不妥，你們家可是出了兩個武狀元的！」

「我倒情願拿個武狀元去換個文舉人回來！」

孫氏說這話，逗得林氏笑個不停。

兩人笑定後，孫氏「咦」了一下，問道：「今日怎麼沒見忘憂呢？」往日裡，忘憂都會跟在林氏身邊的。

「哦，忘憂說是身子有些不舒服。」說到這事，林氏也覺得有些奇怪，昨夜在長廊上見到忘憂時，她步履有些蹣跚，說真的，也不知是不是她想歪了，她看她那走路的模樣，倒像是女子初經人事後的不適。林氏這麼一想，又覺得自己想多了，忘憂嫁過人了，況且她向來潔身自好，怎會與人……這個想法一冒出來，她便覺得荒唐極了。

「可請大夫了？」孫氏關切問道。

林氏笑。「她自己便是大夫。」

「這個可不好說，醫者不自醫，要不我們去看看她吧，看要不要給她請個大夫。」

孫氏這麼一提議，大夥兒便乾脆都往忘憂房裡走去，一道關心關心。

小院裡，忘憂正在自己屋裡躺著，忽然聽到有人敲門。「誰？」

「我。」

忘憂頓了頓，理了理衣襟，上前去開門，看見葉長傾，面上是一如既往的冷淡。「你來做什麼？」

「我有話問妳。」葉長傾看著她。

忘憂看了看門口守著的丫鬟，吩咐道：「妳們兩個先下去。」

丫鬟下去後，葉長傾立刻踏了進去，一進去就將門給反鎖上。

「你做什麼？」忘憂轉過頭來看他。

「和妳談談。」葉長傾淡定道。

「談什麼你也不能鎖門，把門打開。」

「為什麼不能鎖？」葉長傾上前兩步。「更親密的事我們都做過。」

「你胡說什麼！」忘憂後退一步。

葉長傾上前，一隻手摸向她脖子。「這是什麼？」他在她身上留下的痕跡不止一點點。

忘憂一把打掉他的手，扯緊了衣襟。

「這就是證據！妳以為隨便放個青樓女子在我身邊，我就會把她當成妳？昨晚，是誰喚我長傾哥哥的？」葉長傾見她仍是一臉漠然，憋了一會兒，有些委屈道：「我醒來後都讓她看光了，妳得對我負責任！」

這話一下子讓忘憂又羞又惱。「你胡說什麼！」

門外，林氏已經帶著葉如濛她們往這邊走來，走到門口時還在疑惑，走廊上怎麼連一個丫鬟的影子都沒有，葉如濛正想敲門，忽而聽裡面傳來有些激動的說話聲。葉如濛不由得探頭一聽，這不聽還好，一聽登時瞪大了眼。

「怎麼啦？」顏寶兒歪頭問道。

「噓！」葉如濛壓低聲音道：「六叔說讓忘憂姊姊對他負責任！」

「什麼？」顏寶兒一聽，立刻趴在門上。

林氏和孫氏身為長輩，不好做出這等偷聽的動作，可是兩人都忍不住悄悄伸長了脖子，豎起了耳朵，屏氣凝神。

室內，忘憂仍在狡辯。「醫者父母心，換作任何一個人，我都會為他解毒！」

「妳既然已經是我的人了，我自然得對妳負責任！」葉長傾堅決道：「我要娶妳為妻！」

「忘憂說了，只願為亡夫守節！」

「妳哪來的亡夫，讓他上來找我！」

「你！」忘憂怒目而視，可是下一刻卻是嚇得花容失色。葉長傾竟從懷中扯出了一塊帶有血漬的枕巾，沈聲質問道：「這是什麼？」

「不可能！我明明都收……」

「可是妳獨獨忘了這個！」

「不可能……」忘憂皺眉，認真回憶著。

「妳還想否認，我明明是妳的第一個男人！」葉長傾怒吼出聲。

這話吼得大聲，林氏和孫氏都聽到了，兩人大眼瞪小眼，而葉如濛和顏寶兒更是嘴巴張得像雞蛋一樣大！

葉長傾一把將忘憂摟入懷中。「妳再不承認，就休怪我驗明正身了！」

「你！」忘憂瞪他，可是還未等她反應過來，葉長傾已經封住了她的唇。

「唔……」忘憂用力捶打著他，可是她經過昨日之事，此時此刻哪還有力氣去反抗他。

「咦？裡面怎麼沒聲音了？」顏寶兒耳朵緊緊貼著門。

林氏這才意識到她們聽到了什麼，臉色都變了，連忙將兩個小姑娘拉走。

她們走後，忘憂已經被葉長傾壓在榻上，忘憂咬了他一口。「你要做什麼？」

葉長傾一本正經道：「昨夜之事朦朦朧朧，依稀記得表現不佳，自然要重振雄風，方才顯我男兒本色！」

忘憂啐了他一口。

「那……我表現得可以？」

「你那還叫表現不佳？」

「你！」忘憂羞得滿臉通紅。

葉長傾這才將她抱了起來。「我昨日怕是傷到了妳，我看看傷成……」

「啪！」

響亮的耳光聲響起，葉長傾的頭歪向了一邊。

「你給我滾！」忘憂惱羞成怒，指著門口。

葉長傾站了起來，走也不是，不走也不是，站了一會兒。「妳準備一下，我們成親吧！」

忘憂瞪大了眼，等她回過神來的時候，門已經合上了。

次日，早膳時，忘憂低頭喝著南瓜小米粥，心中既煩躁又不安，她總覺得林氏今日看她的眼神很不對，似乎是帶著一種很滿意的笑。那眼神……對！就像是在看自家兒媳婦的那種眼神！她不由得眉毛一跳。

果然，剛用完早膳，葉長傾便過來了，他笑盈盈的，一開口便是來提親，而代他提親之人，還是一早就去了國子監的葉長風！因她家中已無長輩，葉長風是直接和自己媳婦林氏提親的，林氏二話不說當場就答應了，還笑得合不攏嘴，葉如濛也在一旁跟著鼓掌附和。

忘憂怔怔地看著這一家子你唱我和的，她一個字都還沒說，親事便當場敲定了，連良辰吉時都給算好了，就定在三月十五。忘憂甚是無語，知道自己一張嘴說不過這一家子，轉身就走。

葉長傾厚著臉皮追了上去，一把抱住她，所有丫鬟頓時閃退。

「你放開我！」忘憂又羞又怒。

「小憂，我要對妳負責任。」葉長傾壓低嗓子在她耳邊道。

「我不需要！」

「那妳說，妳要如何才肯答應我的求親？」葉長傾死纏爛打抱著她。

忘憂真是頭都大了，這個男人好歹已過而立之年，平日在長輩、晚輩面前都是一副成熟穩重的模樣，在她印象中更是如此，卻沒承想……經過一夜之後，竟像變了個人一樣，似乎這才是他的本來面目。

兩人正爭執不下，忽見前面長廊處出現一道人影，就站在那兒看著他們。葉長傾定睛一看，竟是依依，依依面容憔悴，就站在長廊柱邊含淚看著他們。

葉長傾一愣，手鬆開了忘憂。經過昨日之事，他知依依並不單純，只是念在其父救過他一命的分上，他原本希望能好好安置依依；但若依依對他仍有別的心思，不該心軟時，他也不會心軟。

依依朝葉長傾走去，眼淚像斷了線的珠子一樣嘩啦啦往下直掉。「葉叔叔，依依不要走，依依不想離開你。」她早上醒來時，是被人裹著被子放在自己床上的，雖然身上並無什麼痕跡，可她仍覺得是奇恥大辱，也不知自己經過多少個暗衛的手。

忘憂冷哼一聲。「昨日是誰哭著要離開的？這會兒倒不肯走了。」

依依沒有理她，只顧掉淚。

忘憂看向葉長傾，面無表情道：「趕她走。」

葉長傾嘆了一口氣，放低聲音道：「小憂，妳等等，讓我和依依先談談。」

忘憂看著眼前依依這張哭得梨花帶雨的小臉，實是我見猶憐，不禁更加氣起葉長傾這個笨男人，看不出這小丫頭的奸詐狡猾，內心忽然起了惡作劇的小心思。「她要是走了，這門親事我就考慮一下吧！」她雙手抱臂，自顧自走了。

忘憂回到院子，紫衣已經候在那兒，開門見山便道：「姊，妳的婚事，主子說讓妳自己決定。」

忘憂沒有說話。

紫衣勸道：「姊，主子說妳若是喜歡葉長傾，嫁過來以後想陪在夫人身邊就更方便了呢！」她和藍衣都樂觀其成呀！

「胡說八道。」忘憂瞪她一眼，忽然覺得紫衣看著她的眼神有些奇怪。「怪了，主子怎麼知道這事？是誰讓妳多嘴的？妳們是不是一起瞞著我什麼？」

紫衣摸了摸鼻子，想了想，還是如實道來。「其實，我們昨天所有人都聽到了。」

「聽到什麼？」忘憂眼睛瞪大，忽然意識到什麼，都有些結巴了。「妳是說……我跟葉長傾在房裡說的話？誰、誰聽到了？」

紫衣低垂眼眸，數起手指來。「夫人和濛濛、顏夫人和夏嬤嬤，還有我和藍衣、桂嬤嬤、一言，還有卿卿和君君……」

忘憂只覺得胸悶有一口氣上不來，她實在聽不下去了，索性轉身就走。天啊，她還有何顏面留在這兒！

紫衣還是第一次見到自己向來穩重的姊姊暴走，竟覺得有些好笑，她也難得地露出小女孩的姿態，吐了吐舌頭。真好，姊姊要出嫁了。

忘憂逕自走向自己的小院落，面紅耳斥地只想躲起來，沒想到葉長傾很快又跟了過來。

忘憂看見他，恨不得衝上去咬他幾口，都怪他，昨日口無遮攔，才會害得她在姊妹面前抬不起頭來！

「小憂，依依下午就會離開了。」葉長傾上前討好道，他已經跟她說清楚了。

忘憂仍是一臉冷酷。「哦？你捨得？」

葉長傾淺淺一笑，湊上前去，壓低聲音道：「那妳總該告訴我了吧？」

「告訴你什麼？」忘憂心一沈，他知道了什麼？

葉長傾認真問道：「妳和依依有什麼過節？」

「什麼什麼過節？」忘憂不動聲色。

「如果不是有過節，」葉長傾湊近她耳邊。「那就是在吃醋？」不然，以她的心性，怎麼會一直和一個孩子計較？

忘憂眸色一動，不言不語。

見她不肯解釋，葉長傾也不勉強，只誠懇問道：「她要走了，妳，可以嫁給我嗎？」

忘憂沈默久久，終於開口道：「我還有一個條件。」

「答應妳。」

「你不問是什麼？」

「不問，妳有什麼條件我都答應妳。」

忘憂唇張了張。「那你先給我一封和離書。」

葉長傾心一緊。「做什麼？」

「以後不適合了，我們隨時和離。」說不定，她以後會被派去執行別的任務，她也不確定自己會跟在夫人身邊多久。

葉長傾聞言，釋然一笑。「同意。」他直視著她，堅定道：「我不會讓妳萌生想要離開我的心思。我保證，我會對妳很好、很好，好到妳捨不得離開我，這和離書，妳絕對用不到。」

他自信滿滿，忘憂只覺心中生疼，她轉過臉，抱怨道：「怎麼……日子定得那麼早？」

葉長傾想了想，以為她是擔心時間匆促，許多東西準備不及，便道：「妳放心，大嫂說婚宴所需要的東西都能馬上準備齊全，她會幫我全權操辦。」

忘憂張了張唇，仍是道：「太快了。」她，完全沒有任何心理準備，怎麼就突然要……嫁人了？

「不快了。」葉長傾悄悄伸出手摸了摸她的小腹。「我怕肚子裡的孩子等不了。」

忘憂一聽登時瞪大了眼，一把打掉他的手怒斥道：「你胡說什麼！」

「哪有胡說。」葉長傾一本正經中又帶著些委屈。「說不定已經有了，那麼多次。」

「你！」忘憂羞紅了臉。「沒有！」

「不信，說不定就有了！」葉長傾又厚著臉皮湊了上去。

「你給我……唔……」

兩日後，逍遙侯夫人低調地將葉如瑤送回葉國公府。回到國公府後，葉如瑤見到娘親，低著頭不吭聲，最後還是逍遙侯夫人將那日發生的事情與柳若是說了。原來葉如瑤查到，在假山前嘴碎的婆子是柳若月故意叫來的，她氣不過當下立刻衝去找人算帳，可是因為柳若月懷孕了，她便出手打了葉如漫。

柳若是聽得冷笑，面上散發著磣人的寒意。

葉如瑤委屈道：「娘，您一定要幫我報仇！」

「報仇？妳還沒學精？」柳若是冷瞥她一眼，頗有些恨鐵不成鋼。「柳若月懷孕了，妳不敢打她就跑去打葉如漫，這樣有用嗎？反倒中了人家的算計！」

「什麼算計？」葉如瑤沒聽明白。

柳若是搖了搖頭。「罷了，學是學不精的，只能讓人教精！」此事她並不打算告訴她，只是語重心長道：「吃虧並不可怕，但是妳每次吃了多少虧，就得學會多少乖。」

「娘……」葉如瑤還有些聽不明白她的話。「那您還給我報仇嗎？」

「怎麼報？告訴妳祖母和爹爹說，有兩個婆子故意嘴碎嚇妳？」

葉如瑤氣急。「那就這樣算了嗎？而且……我害得柳姨娘早產，祖母和爹爹肯定要找我算帳的。」她真是賠了夫人又折兵！

「有二皇子的親事在，妳祖母動不了妳的。從今日起，妳最好乖乖待在自個兒院子裡，少出現在妳祖母面前，妳爹那邊，娘替妳扛著。」柳若是眸光狠戾。「不是不報，時辰未到。妳放心，柳若月母女倆，娘定會讓她們永無翻身之日！」就算那賤人真的生了兒子，她也會讓他變成一個女兒！

三月十五，葉府，葉長傾與何忘憂大婚。

喜慶的宴席上，賓客們笑盈盈、七嘴八舌討論著——

「這葉國公府的六郎獨身多年，怎麼說成親就成親了？」

「你不知道吧？新娘子可是他大嫂身邊的女醫！」

「哦？敢情他一回來就與這女醫一見鍾情了？不過我記得，這女醫似乎是嫁過人的？」

「這你就不知道了！」賓客娓娓道來。「葉六郎在外雲遊多年，聽說有一次受了傷，為這女醫所救，女醫就與葉六郎一見鍾情，兩人還訂了終身，但葉六郎後來因家中有事回了一趟京城，誰知再回來時，女醫因家中突逢變故而失蹤，葉六郎苦尋多年，沒承想他心心念念之人竟在機緣巧合之下來到了他大嫂身邊當女醫，他們兩人啊，一開始就因為對方而互不婚嫁！」

「嘖嘖嘖，這兩人真有緣分！」

「可不是嗎，破鏡重圓，值得恭賀啊！今日大家都來沾沾喜氣。」

「噗哧！」一旁的藍衣聽得忍不住笑出聲來，紫衣拿手肘輕輕頂了她一下。

藍衣壓低聲音笑道：「編得比說書先生還精彩，若是讓姊姊聽到了，不知做何感想。」

紫衣抿嘴笑道：「妳是沒聽到，姊夫當初回去國公府告訴老夫人時，說得可是比這人還要動聽，那副深情款款，我都差點相信他與姊姊是真的有這麼一段往事了。」

藍衣掩嘴直笑，而席上的那些賓客們還在感慨著——

「這葉長風果真與葉長傾比同胞兄弟還親呀，各自成親後還是住在一塊兒。」

「可不是，葉府這麼大，聽說是六郎自己出銀子在他大哥府上購置了一個進院，兄弟倆關係真好。」

「不只呢，妯娌倆關係也好，我聽我夫人說，葉大夫人離不開這新娘子，所以乾脆就住到了一塊兒。」

「這樣啊……」客人點了點頭，心中琢磨著，葉長風近來與自己的胞弟葉長澤關係倒有些疏遠了，仔細想了想，似乎是因為兩人女兒的關係。

七房的女兒葉如瑤生得極美，還真不是個福薄的，都快要當二皇子側妃了，說不定七房還能再風光起來，可不能小瞧了他們。

次日一早，忘憂起身梳了新婦髻，葉長傾神采飛揚地跟在身邊，笑得如同春風拂面，看見忘憂有些簡單的頭飾，從妝匣裡取出一支嵌南海珍珠碧玉步搖，左看右看了許久，這才動作有些生澀地插入她雲鬢中。

忘憂有些難為情，板著臉瞪了他一眼。

「夫人。」葉長傾在她耳邊低聲道：「我明日替妳畫眉可好？」這是他想了許久的一件事，為自己心愛的人描眉、貼花鈿。

忘憂懶得搭理他，她已經累得不想說話了。

「妳放心，我今日在紙上先練練，一定會把妳畫得很好看。」今日時間不夠，他們還得回葉國公府去給母親敬茶。

忘憂斜斜瞄了他一眼，昨夜這個禽獸如狼似虎，今日他穿戴再斯文，表現再儒雅，在她心中也不過是個衣冠禽獸罷了。

夫君在一旁笑得開懷，令她總有種誤上賊船的感覺，可想歸這麼想，她嘴邊還是不自覺地揚起了新嫁娘幸福而羞澀的笑容。

——未完，待續，請看文創風579《旺宅閒妻》4（完結篇）

流浪貓狗介紹所

為流浪貓狗加油 和貓寶貝 狗寶貝 廝守終生(一定要終生喔！)的幸福機會

對人來說，貓寶貝狗寶貝只是生活的一部分，但妳（你）對牠們來說，卻是生活的全部，領養前請一定要考慮清楚——

▲ 徵求專屬貓奴的主子　胖卡

性　　別：男生
品　　種：米克斯
年　　紀：6歲
個　　性：略怕生，熟悉後愛撒嬌、討摸摸
健康狀況：已結紮，已施打疫苗。
目前住所：台中市太平區

第285期推薦寵物情人

『胖卡』的故事：

在胖卡年幼時，牠在東海別墅的一座公園中被毒殺，幾乎要失去生命跡象，於是中途緊急將胖卡送到醫院。那時的牠已經奄奄一息，整個癱軟無力，簡直像是一個沒有生命的破娃娃，看到如此可憐的胖卡，中途忍不住流下了眼淚。當時中途及志工們都以為胖卡中毒這麼深，可能無法熬過這難關，卻沒想到胖卡在昏迷兩週後，奇蹟似的甦醒了，而且逐日地康復。

在恢復期間，胖卡的戒心相當重，只要一靠近，便不客氣的對人哈氣及揮爪，想必是之前的遭遇讓牠的心靈受了傷，無法輕易相信人。中途在照顧胖卡時，不強求牠要像家貓那樣乖巧，只是默默地陪伴。

一兩年過去，胖卡已不復見當時瘦弱的身板，反而長成一隻美麗、壯碩的橘貓（所以才叫「胖」卡），樣子十分可愛討喜；同時，漸漸習慣與人相處的牠，開始願意主動親近人，甚至喜歡繞在人的腳邊撒嬌，希望有人可以去摸摸牠、對牠有所關心。

在中途照顧的貓屋裡，不少貓兒一個個都有了歸屬，胖卡卻像是被遺忘了般，還在這裡期待著有個幸福的家可回。若您願意當胖卡專屬的貓奴，趕快來找胖卡吧！請來信leader1998@gmail.com（陳小姐），或傳Line：leader1998，或是搜尋臉書專頁：狗狗山-Gougoushan。

認養資格：

1. 認養者須年滿20歲，有穩定經濟能力，並獲得全家人的同意。
2. 須同意簽認養寵物切結書，並讓中途瞭解胖卡以後的生活環境。
3. 同意送養人日後之追蹤探訪，對待胖卡不離不棄。
4. 同意讓胖卡絕育，且不可長期關、綁著胖卡，亦不可隨意放養。
5. 為讓中途對您有更深入的瞭解，中途會先有份線上問卷請您填寫。

來信請說明：

a. 個人基本資料：姓名、性別、年齡、家庭狀況、職業與經濟來源等。
b. 想認養胖卡的理由。
c. 過去養寵物的經驗，及簡介一下您的飼養環境。
d. 若未來有結婚、懷孕、出國或搬家等計劃，將如何安置胖卡？

文創風 578

旺宅閒妻 3

國家圖書館出版品預行編目資料

旺宅閒妻 / 落日圓著. --
初版. -- 臺北市 : 狗屋, 2017.11
冊 ; 公分. --（文創風）
ISBN 978-986-328-795-7（第3冊：平裝）. --

857.7　　106016732

著作者	落日圓
編輯	李佩倫
校對	沈毓萍　周貝桂
發行所	狗屋出版社有限公司
地址	台北市104中山區龍江路71巷15號1樓
電話	02-2776-5889～0
發行字號	局版台業字845號
法律顧問	蕭雄淋律師
總經銷	知遠文化事業有限公司
電話	02-2664-8800
初版	2017年11月
國際書碼	ISBN-13　978-986-328-795-7

本著作物由北京晉江原創網絡科技有限公司授權出版

定價250元

狗屋劃撥帳號：19001626

網址：love.doghouse.com.tw　E-mail：love@doghouse.com.tw